中國典故

徐尚衡 編著

中國經典

中華教育

目錄

阿堵物

阿堵，六朝、唐時的口語，「這個」的意思。這個東西，這個玩藝兒。錢的隱語。

晉代的王衍，字夷甫，喜清談。他曾擔任元城（今河北大名東）令，在職期間，不理事務，專門談論《老子》、《莊子》。有時候覺得自己剛才說的不妥，便馬上更改，偶爾一次倒也罷了，他卻經常如此，因此世人稱他為「口中雌黃」。

這個「口中雌黃」雖然說話沒個準數，人品倒還不錯，後來做上了宰輔，口碑也還可以。他最大的優點，就是不仗勢斂財。

王衍的妻子郭氏，跟皇后賈南風有親屬關係，憑藉皇后的權勢，搜刮財物無數。王衍對郭氏的所作所為很不滿，可是拿她沒有一點兒辦法。為了保持自己的清譽，王衍口中從來不提「錢」字。郭氏心裏很不是滋味，心想：我掙錢給你用，你倒假裝清高！她想盡一切辦法，硬要王衍把這個「錢」字說出來，試了好多次，都沒有達到目的。

有一天，郭氏又想出個主意。她趁王衍晚上熟睡以後，令婢女繞牀擺了一圈錢，讓王衍第二天醒來以後無法從錢堆裏走出來。王衍早晨起來，看到圍在牀四周的錢，便把婢女喚來，指着牀前的錢惱怒地說：「把這些東西都拿走！」王衍就是不肯說「錢」字，這一次郭氏又輸了。

這事很快就傳了出去。從此以後，「阿堵物」便成了「錢」的隱語，並且帶有輕蔑的意味。

|出處|

南朝・宋・劉義慶《世説新語・規箴》:「夷甫晨起,見錢閡(阻隔)行,呼婢曰:『舉卻阿堵物。』」

|例句|

鄭磊《談談以「阿堵物」服人》:「本文開篇以阿堵物服人,不過是個玩笑。那個東西到底是甚麼,是情,是理,是情理。」

阿香車

阿香推的雷車。比喻雷聲。

東晉永和年間,有個姓周的富豪想在京城謀個一官半職,沒料想在京多年,一事無成。他漸漸心灰意冷,打算返回老家義興(今江蘇宜興),就此度過餘生。

思鄉的念頭一起,京城再也待不下去。說走就走,周姓男子騎着馬,帶着兩個僕人登上歸途。一行人快馬加鞭,來到一座高山面前,周姓男子思家心切,想多趕點路途,打算翻過這座山再尋找住處。太陽漸漸下山,主僕三人迷了路,在山裏轉來轉去,就是找不到出山的路。這地方前不着村後不着店,周姓男子不免有些心慌。

轉過一處山角,他們看到一處院落,院子裏是新建的茅屋,主僕三人懸着的心總算落了下來——今晚不會露宿荒野了!

這時候,一位面目清秀、衣裳整潔、大約十六七歲的姑娘走了出來。那姑娘看到他們三人有些驚訝，說：「天快黑了，前面的村子還很遠，臨賀（今廣西賀州）怎麼能夠趕到呢？」

臨賀？周姓男子聽了有點兒摸不着頭腦，暗暗想道：我是回義興呀，到臨賀去幹嗎？他也不便多說，向那姑娘行了個禮，說：「小姐，我們幾個迷了路，想在你這裏借宿一晚。」那姑娘倒也爽快，立即答應下來。

姑娘給三人做飯，做好以後，三個飢腸轆轆的人將飯菜一掃而光。吃完以後，姑娘又忙着給他們收拾房間，安排他們住下。

夜半時分，半睡半醒的周姓男子忽然聽到門外有人輕聲喊道：「阿香！阿香！」隨後聽到那姑娘應了一聲。門外的人又說：「阿香，我奉命前來喊你去推雷車。」姑娘又應了一聲，跟着來人走了。那天夜裏，雷聲陣陣，大雨傾盆，直到黎明時分，天才放晴。周姓男子暗暗吃驚，尋思道：這個名叫「阿香」的姑娘莫非是下凡的天神？

天亮時分，姑娘回來了。周姓男子不敢說破，向姑娘告辭。走出不遠回頭一看，哎呀，這裏哪有甚麼院落，分明是一座新墳！

煞是奇怪，謀官多年未成，周姓男子到家不久，京城便傳來消息，說他已經被朝廷任命為臨賀太守。他猛然想起，那天姑娘說過：「天快黑了，前面的村子還很遠，臨賀怎麼能夠趕到呢？」那姑娘究竟是誰，他實在無從得知。

| 出處 |

《搜神後記》：「向一更中，聞外有小兒喚『阿香』聲，女應諾，尋云：『官喚汝推雷車。』」

| 例句 |

王安石《讀眉山集次韻雪詩五首》：「若木昏昏未有鴉，凍雷深閉阿香車。」

安樂窩

宋代的邵雍稱其所居為安樂窩。後泛指舒服、快樂、清閒的地方。

邵雍，字堯夫，是宋代的哲學家、文學家。他祖籍范陽（今河北范陽），後來跟着父親遷往共城（今河南輝縣）。

邵雍為人和藹，整天面帶笑容；總是說別人的長處，不說別人的短處；別人問甚麼就答甚麼，從來不說別人不要聽的話。這樣的大儒當然受到大家的歡迎，邵雍一時成為楷模，受到大家的尊重。

宋仁宗嘉祐年間，朝廷詔求天下遺逸名士，當地官員兩度把邵雍推薦給朝廷，邵雍以種種理由推辭，始終沒有赴任。讀書人追求的是「書中自有黃金屋，書中自有顏如玉」，朝廷給他官做，他卻不去做，邵雍的名聲就更大了。

邵雍一生不求功名，過着隱居生活。後來他定居洛陽，以教授門徒為生。西京留守王拱辰造了三十間房屋，給邵雍作為新居。邵雍住進去以後，將這裏稱為「安樂窩」，自稱「安樂先生」。富弼、司馬光、呂公著、程頤、程顥、張載等在洛陽時，都跟邵雍交遊。達官貴人對他十分敬仰，常常和他一起飲酒賦詩。

邵雍勤於著述，有《皇極經世》、《觀物內外篇》、《漁樵問對》、《伊川擊壤集》等流傳後世。

後世的讀書人假如時運不濟，往往想做邵雍式的人物，營造自己的「安樂窩」。

| 出處 |

宋・邵雍《無名公傳》:「所寢之室謂之安樂窩,不求過美,唯求冬暖夏涼。」

| 例句 |

元・關漢卿《四塊玉・閒適》:「離了名利場,鑽入安樂窩,閒快活。」

八叉手

釋義　叉八次手就能寫成一首律詩。形容才思敏捷。

唐代的溫庭筠,別號「溫八叉」,假如不了解這個典故,人們就會產生疑惑:莫非溫庭筠長相兇悍,抑或他的手段毒辣?若要知其究竟,必須知道「溫八叉」這一別號得來的緣由。

溫庭筠極有才華,卻恃才傲物,因譏諷權貴,屢試不第;他放浪形骸,混跡於歌伎舞女間,被人視為品行不端,故而一生潦倒。但是,他在古代文學史上的地位卻不容抹煞。溫庭筠是晚唐的重要詩人,與李商隱齊名,後世將他們並稱「溫李」。

溫庭筠的詩歌多借古諷今,其中有不少佳作,如《經五丈原》、《蘇武廟》等,他的五律《商山早行》更是膾炙人口,其中「雞聲茅店月,人跡板橋霜」一聯,千百年來被人傳誦。這一聯的兩句詩為全名詞句,沒有一個動詞,人們可以根據自己的理解添出不同的動詞,作不同的詮釋。「雞聲」、「月」說明是黎明時分,「茅店」是地點;這麼早就起身趕路，可是到了郊外的「板橋」一看，「人跡」已經印在橋面木板的霜上。這可真是「莫道君行早，更有早來人」。

溫庭筠是我國文學史上第一位著名詞家，詞作主要以婦女為題材。他的詞構圖華美，刻畫精細，善於假借景物表達情思。晚唐五代的花間派將溫庭筠視為祖師爺，稱其為「花間鼻祖」。

溫庭筠才思敏捷，寫作速度極快。有人對他仔細觀察，發現他叉一下手就寫下一句詩，再叉一次手，又寫下一句詩，前後共叉八次手，一首律詩也就寫成了。這事很快就傳揚開了，有人開玩笑說，前人有「七步成詩」的典故，溫庭筠用手「八叉成詩」，就稱他為「溫八叉」吧。雖然是在說笑話，但大家認為這個稱呼不錯，於是「溫八叉」這個別稱很快就傳揚開了；更令人想不到的是，「溫八叉」這個名號竟然傳於後世，成為溫庭筠的美稱。

|出處|

宋・孫光憲《北夢瑣言》：「才思豔麗，工於小賦，每入試，押官韻作賦，凡八叉手而八韻成。」

|例句|

浮雲《先生之風》：「曹植七步而詩成，溫飛卿八叉手而篇定，他們的文字別人欲易一字而不得。」

八斗才

假如天下文才共有一石，他一個人就佔有八斗。比喻文才極高。

「天下的文才如果有一石，曹子建（曹植）一個人便獨佔八斗，我佔有一斗，自古至今的學子一共才佔有一斗。」好傢伙，誰有這麼大的口氣，能說這樣的話！說這話的人便是謝靈運。

南朝的謝靈運，是東晉名將謝玄的孫子。謝家是晉朝有名的大戶，算算他們家的先輩，謝衡、謝褒、謝尚、謝弈、謝安、謝玄、謝石等，哪一個不是響噹噹的人物。藉着祖上餘蔭，他襲封康樂公的爵位。東晉末年，也曾擔任過一些不大的官職。

劉裕奪取了政權後，謝靈運的爵位被降了一級，變成康樂侯，後來被派去做永嘉（今浙江永嘉）太守。他常常扔下公務不管，帶着人遊山玩水。在遊覽中寫下不少山水詩，被後人稱為山水詩「開山之祖」。

劉裕去世以後，劉義隆即位，他就是宋文帝。劉義隆對這位酗酒鬧事、恣意作樂的望族後代非常頭疼，但對他的詩歌和書法卻讚賞有加，稱這兩樣是「二寶」。有了皇上這樣的褒獎，謝靈運更加狂妄，說出了「天下才一石」那樣自我吹噓的話。

謝靈運在文學上的貢獻是巨大的，他的山水詩創作極大地豐富和開拓了詩的境界，使山水描寫從玄言詩中擺脫出來，扭轉了東晉以來的玄言詩風。從此，山水詩成為我國詩歌發展史中的一個流派。

|出處|

南朝・宋・無名氏《釋常談・八斗之才》:「文章多謂之八斗之才。」

|例句|

唐・李商隱《可歎》:「寵妃愁坐芝田館，用盡陳王八斗才。」

八仙過海，各顯神通

八仙：傳說中的八位神仙；神通：本指神仙的神奇本領，今指非同一般的手段、本領。

八仙，傳說中的八位神仙，有男有女，有老有少，有富有貧，有貴有賤。

鐵拐李，原名李凝陽，因為遇上太上老君點化而得道。鐵拐李的神器是葫蘆，能夠普濟眾生。

漢鍾離，原名鍾離權，受鐵拐李點化上山學道，後來跟他哥哥同日升天，點化了呂洞賓。漢鍾離的神器是扇子，能夠起死回生。

藍采和本是唐代隱士，得到漢鍾離的度化飛升成仙，他的神器為花籃，能夠廣通神明。

張果老本為道士，常常倒騎白驢日行千里。唐代武則天時他已經幾百歲，召他出山他裝死不去。他的神器為漁鼓，能夠占卜人生。

呂洞賓名叫呂巖，參加科舉考試落第，在旅店裏遇到漢鍾離。漢鍾離用法術讓他做了一場黃粱夢，他便拜漢鍾離為師，入終南山修道，終得成仙。他的神器是寶劍，能夠鎮邪驅魔。

韓湘子原名韓湘，是韓愈的姪孫。他自幼學道，追隨呂洞賓。他的神器是笛子，能夠滋生萬物。

曹國舅名叫曹景休，是宋仁宗曹皇后的弟弟，經漢鍾離、呂洞賓點化成仙。他的神器是玉板，能夠淨化環境。

何仙姑本名何瓊，十三歲上山採茶時遇到呂洞賓，後來又夢見神仙教她吃雲母粉，後來成仙。她的神器是荷花，能夠修身養性。

八仙給西王母拜壽，辭行時東海狂風突起，白浪滔天。呂洞賓提議乘興東遊，暢觀美景，大家表示同意。鐵拐李第一個渡海，他將拐杖拋入海中，拐杖像一葉扁舟，在海面上漂蕩，鐵拐李站在上面渡過東海。隨後，每個人都大顯神通，用自己的神器渡過東海。

|出處|

明・吳元泰《東遊記》。

|例句|

黃蓓佳《今天我是升旗手》：「於是，請家教的，求老師從嚴管教的，打聽名校名額如何分配的，尋找各種理由要求給予照顧的，一時間八仙過海，各顯神通。」

拔幟易幟

易：改換。拔掉趙軍的旗幟，換上漢軍的紅旗。比喻佔領敵人的陣地，取而代之。

公元前204年，韓信接受漢王劉邦的命令，率領一萬多人馬攻打趙國。趙王親自率領二十萬人馬守在險要之處，阻擊韓信率領的漢軍。

趙軍不僅人馬眾多，在數量上佔有壓倒優勢，而且搶先佔據了有利地形，坐等韓信領兵到來。漢軍處處被動，處於非常不利的地位。

韓信清楚地知道，硬打硬拚是贏不了的，只有出奇兵，才能取得這場戰鬥的勝利。

決戰的前一夜，韓信挑選了兩千名騎兵，讓他們每人帶上一面紅旗，從小路悄悄爬上敵人大營後面的小山埋伏下來，命令他們：「等到敵人全體出動衝向我們的時候，你們迅速攻進敵人的大營，拔掉趙軍的旗幟，換上我們的紅旗。」韓信自己率領一萬人馬，背靠着滾滾大河，擺開了陣勢。

天亮決戰時，趙王看到韓信擺開的陣勢，忍不住「哈哈」大笑起來：這是佈的甚麼陣，簡直是找死！

趙軍蜂擁衝殺過來，漢軍官兵只得拚命抵禦。前面是強敵，後面是大河，不拚命殺敵，只有死路一條。趙軍人馬雖多，也久久不能取勝。趙王命令大營裏的趙軍全體出動，準備一舉殲滅漢軍。

大營裏的趙軍立即出動，奔向河邊的戰場。埋伏在山上的兩千名漢軍騎兵飛一般衝下山，攻進趙軍的大營。他們迅速把趙軍的旗幟拔掉，大營裏到處都飄起漢軍的紅旗。

河邊的趙軍見大營裏都是漢軍的旗幟，以為漢軍的援軍到了，一個個驚恐萬分，一下子就亂了陣腳。韓信指揮軍隊趁機猛攻，兩千騎兵又從大營裏衝出來，漢軍前後夾擊，把趙軍徹底擊敗。

| 出處 |

《史記・淮陰侯列傳》：「趙見我走，必空壁逐我，若疾入趙壁，拔趙幟，立漢赤幟。」

| 例句 |

許文林《哈藥的紅旗還能打多久》：「哈藥集團若不加緊提高創新能力，中國醫藥銷售收入第一的寶座恐怕要被別人『拔幟易幟』了。」

把臂相託

把臂：挽着手臂。指好友、知心之間將要事託付給對方。

朱暉，字文季，漢代南陽（今河南安陽）人。他的父親很早就死了，他便跟着母親在外婆家生活。十三歲那年，王莽新朝滅亡，天下大亂，朱暉跟外婆家人打算從田野進入宛城。

走到半路，遇上一羣強盜，強盜們手持利刃搶劫婦女，掠奪財物。外婆家的兄弟、賓客都給嚇壞了，趴在地上不敢動。小小朱暉膽氣頓生，拔出利劍大步走上前，高聲說道：「財物你們都可以拿走，姨媽們的衣物不許動。要是你們亂動，今天我就跟你們拚了，就讓我死在你們手裏吧！」領頭的強盜看到一個小毛孩手持利劍吼叫，不禁笑了起來，說：「小孩子，把劍收起來吧，饒了你們便是。」領頭的一聲吶喊，領着強盜掉頭往別處去了。

朱暉成年以後曾經在太學就讀，同鄉張堪也在那裏讀書，兩人經常見面，成了好朋友。有一次，張堪挽着他的手說：「要是我駕鶴而去，妻子兒女就拜託給你了。」年紀輕輕的就說這樣的話，實在不吉利，朱暉不敢答應。

以後張堪任漁陽太守，朱暉任臨淮太守，相隔路途遙遠，兩個人便斷了消息往來。張堪不幸死在任上，恰恰那一年南陽發生饑荒，張堪的妻子兒女陷入困境。

朱暉得到消息，連忙趕往南陽，探望張堪的妻子兒女。朱暉見他們一家生活艱難，就把帶去的財物全都給了他們。以後，朱暉每年給他們送去糧食五十斛（量器，本為十斗，後改為五斗），帛五匹，使他們衣食無憂。

| 出處 |

《後漢書・朱暉傳》：「堪至把暉臂曰：『欲以妻子託朱生。』」

| 例句 |

劍夫《都是孫皓惹的禍！》：「永安七年（公元 264 年）七月，孫休病重，不能說話，在紙上寫字召來丞相濮陽興，拉着太子的手交給濮陽興，把臂相託。」

白龍魚服

白龍變成魚在水裏游。比喻身份極高的人穿着便服出行。

吳王夫差在皇宮裏待膩了，很想到外面去走走解悶。有一天，他對伍子胥說，打算到農村去轉一轉，跟農夫一起喝喝酒、聊聊天。

伍子胥忙說：「大王，這樣不行。微服出行，事前要做安排，隨隨便便就這樣出去了，安全沒有保障。」吳王夫差堅持要外出，伍子胥便給吳王講了一個故事。

從前，一條白龍在龍宮裏待膩了，變成一條魚，到深淵裏自由地游來游去。正好有位漁夫在那裏打魚，看見這麼大一條魚，一箭射去，正中魚的眼睛。那條大魚負痛趕快逃開，到天帝那裏狀告漁夫。天帝問白龍：「你被射中的時候，是甚麼樣的身形？」白龍說：「我下深淵時變成了一條魚。」天帝說：「既然是魚，那就理當被人捕食，如此說來，漁夫沒有罪。」

說完這個故事，伍子胥說：「白龍，是天帝的寵物；漁夫，是人間的凡人。白龍不去變成魚，漁夫就不可能射到牠。現在大王去和農夫一起飲酒，我怕大王遇上白龍那樣的危險。」

吳王夫差終於聽從了伍子胥的勸告，沒有去和農夫喝酒聊天。

|出處|

漢・劉向《說苑・正諫》：「吳王欲從民飲酒，伍子胥諫曰：『不可。昔白龍下清泠之淵，化為魚，漁者豫且射中其目。白龍上訴天帝，天帝曰：「當是之時，若安置而形？」白龍對曰：「我下清泠之淵化為魚。」天帝曰：「魚固人之所射也，若是，豫且何罪！」』」

|例句|

《京本通俗小說·拗相公》：「相公白龍魚服，隱姓潛名，倘或途中小輩不識高低，有毀謗相公者，何以處之？」

班姬扇

班姬：指漢成帝的妃子班婕妤（古代帝王嬪妃的稱號），後失寵。班姬吟詠秋扇。比喻失寵之人或廢棄之物。

班婕妤，西漢女辭賦家，漢成帝的妃子，她不僅長得美貌，並且有文才，有美德。能有這樣賢惠美麗的妃子侍奉，真是漢成帝的福氣。

可惜啊，好景不長！有一天，漢成帝經過陽阿公主家，公主擺出盛宴款待，並且喚出幾名美女歌舞助興。有位舞女面目姣好，體態輕盈，她就是絕代美女趙飛燕。漢成帝請求公主將趙飛燕送給自己帶回宮去。

趙飛燕入宮以後，深得成帝寵愛。她的野心漸漸大了起來，竟然覬覦皇后寶座。為了增強自己的實力，她又將自己的妹妹趙合德弄進宮。經過一番明爭暗鬥，許皇后居然被趙氏姐妹徹底打敗，被迫自盡，趙飛燕如願以償做了皇后。

趙氏姐妹入宮後，班婕妤備受冷落。為了躲避災禍，她自己提出請求，前往長信宮侍奉王太后，成帝答應了她的請求。從此以後，身處深宮的班婕妤暗暗自傷，寫了一首《怨歌行》來抒發自己的悲情：

「新裂齊紈素，皎潔如霜雪。裁為合歡扇，團團似明月。出入君懷袖，動搖微風發；常恐秋節至，涼飆奪炎熱；棄捐篋笥中，恩情中道絕。」

漢成帝去世後，班婕妤守護皇家陵園，冷冷清清地度過了她孤寂的晚年。

出處

漢樂府《怨歌行》。

例句

清·范荑香《子夜四時歌》:「難成竇婦詞，易怨班姬扇。」

班荊道故

班：鋪開；道：敘說；故：過去的事。把黃荊鋪在地上坐下，敘談過去的事情。指老友相聚，敘談往事。

春秋時，楚國的伍參和蔡國太師子朝是好朋友，兩家雖然在不同的國家，卻也經常往來，久而久之，他們的兒子伍舉和聲子也成了好朋友，兩家的關係更加親密。人們都說，他們兩家是楚蔡兩國的世交。

伍舉的妻子，是王子牟的女兒。王子牟獲罪後逃亡，有人編造謠言，說是伍舉將他的丈人王子牟護送出境。幫助國家要犯逃跑，這個罪名不小，伍舉無罪受到牽連，惶惶如喪家之犬，取道鄭國向晉國逃亡。

伍舉逃至鄭都郊外，聽到後面有人喊「老兄」，回頭一看，原來是老友聲子。他鄉遇故知，自然非常高興。伍舉問他為甚麼在這裏，原來聲子奉命出使晉國，正好也路過這裏。

兩人鋪了些黃荊在路邊坐下，一邊吃東西一邊說話。聲子問他近況如何，伍舉歎了口氣，把受冤被迫逃亡的事一一說給聲子聽。聲子聽完也跟着歎了口氣，說：「老兄只管前往晉國，以後我一定想辦法讓你返回楚國。」

以後聲子果然給伍舉辨明冤情，使他回到了故國。

|出處|

《左傳・襄公二十六年》：「伍舉奔鄭，將遂奔晉。聲子將如晉，遇之於鄭郊。班荊相與食，而言復故。」

|例句|

李存葆《伏虎草堂主人》：「人生的小徑上，似有神使鬼差。一次邂逅相逢，一次班荊道故，竟使一位藝術殉道者在冥冥裏忽聞天籟，於混沌中頓悟禪機。」

半面妝

釋義

化妝只化半邊臉。比喻事物零落，很不完整。

公元517年，徐昭佩應召入宮，被立為湘東王蕭繹的王妃。徐昭佩是梁朝侍中信武將軍徐琨的女兒，可謂名門之後；所嫁蕭繹是梁武帝的兒子，是皇家龍種。在別人看來，這對新人一定是鳳凰于飛，琴瑟和諧。可是事實並非如此，這對冤家鑄成許多大錯。

由於琴瑟失調，徐妃經常以酒澆愁，常常喝得酩酊大醉。每當蕭繹前來，徐妃都要吐在蕭繹的衣服上。蕭繹對此非常厭惡，很少到徐妃的住處。

蕭繹因與妻子一向不和，稱帝後不願立徐氏為皇后，后位一直空缺，徐氏只得從王妃晉升為皇妃。對此，徐妃一直耿耿於懷，更加加深了兩人之間的矛盾。

梁元帝蕭繹患有眼疾，瞎了一隻眼，徐妃為了報復蕭繹，得知蕭繹要來，故意化「半面妝」(只有半邊臉化妝)。蕭繹看到徐妃的半面妝，知道她在嘲笑自己是獨眼龍，不禁勃然大怒，立即拂袖而去。從此以後，兩人基本上不見面。

|出處|

《南史・后妃傳》:「妃以帝眇（眼瞎）一目，每知帝將至，必為半面妝以俟（等待)，帝見則大怒而出。」

|例句|

唐・李商隱《南朝》:「地險悠悠天險長，金陵王氣應瑤光。休誇此地分天下，只得徐妃半面妝。」

伴食宰相

陪伴別人吃飯的宰相。諷刺碌碌無為，不稱職的官員。

唐朝的盧懷慎，是位著名的廉吏，武則天時任監察御史，後歷任侍御史、御史大夫。唐玄宗時，由於他深孚眾望，被任命為宰相。盧懷慎頗有自知之明，自知才能不及另一位宰相姚崇，在擔任宰相職務期間，從來不與姚崇爭鋒，事事都讓姚崇處理。當時一些人對盧懷慎的所作所為很是不滿，認為他光拿俸祿不做事，譏諷他為「伴食宰相」。

這位不稱職的宰相，人品卻不差。他在擔任黃門監兼吏部尚書時，積勞成疾躺在家中。宋璟和盧從願去探望他，看到他躺在一張破竹蓆上，門上連個門簾也沒有，遇到颳風下雨，只好用蓆子遮風擋雨。

當了宰相以後，宋璟和盧從願曾經到宰相府去拜訪他。盧懷慎看到他倆來很高興，叫家人準備飯菜，到了吃飯時，端上來的只有兩瓦盆蒸豆和幾根青菜。說來有人不會相信，身為宰相的盧懷慎，妻子兒女衣裳破舊，有時竟然吃不飽肚子。

盧懷慎去世後因為平時沒有積蓄，家人只好叫一個老僕人做了一鍋粥給幫助辦理喪事的人吃。後來唐玄宗知道了這些事，為他寫下了讚詞：「專城之重，分陝之雄，亦既利物，內存匪躬，斯為國寶，不墜家風。」

| 出處 |

《舊唐書·盧懷慎傳》:「開元三年，遷黃門監。懷慎與紫微令姚崇對掌樞密，懷慎自以為吏道不及崇，每事皆推讓之，時人謂之伴食宰相。」

| 例句 |

明·朱鼎《玉鏡台記·得書》:「願他此去調羹廟廊，莫做了伴食宰相。」

抱佛腳

本比喻祈求幫助、保佑。多說成「臨時抱佛腳」，比喻事到臨頭才去想辦法以求幫助、保佑。

唐代詩人孟郊的《遊子吟》傳唱千古，無人不知：「慈母手中線，遊子身上衣。臨行密密縫，意恐遲遲歸。誰言寸草心，報得三春暉。」他的《登科後》同樣膾炙人口：「昔日齷齪不足誇，今朝放蕩思無涯。春風得意馬蹄疾，一日看盡長安花。」他的《讀經》詩，知道的人就不多了，這首詩的開頭兩句是：「垂老抱佛腳，教妻讀黃經。」意思是年老信佛，以求保佑，有臨渴掘井之意，「抱佛腳」這一典故便源於此。

不過，宋代劉攽的《中山詩話》記載了另一則有趣的故事：

王安石是宋代著名的政治改革家，也是宋代著名的文學家，「唐宋八大家」之一。他平時跟朋友交談，語言詼諧，妙語連珠。一天，他跟朋友們談起了佛學，說着說着，發起感慨，道：「投老欲依僧。」

意思是：將來我老了，就到廟裏跟和尚一起過。一位朋友馬上回答道：「急則抱佛腳。」意思是：事到臨頭才去抱佛腳。

王安石聽了有些不高興，說：「我說的『投老欲依僧』是句古詩。」那位朋友答得妙：「我說的『急則抱佛腳』是句俗諺。」朋友笑了笑接着說：「你的『投老欲依僧』是一聯中的上句，我的『急則抱佛腳』是一聯中的下句，上面去掉頭（投），下面去掉腳，就成了『老欲依僧，急則抱佛』，是絕妙的一聯啊！」王安石聽了，佩服朋友的機敏，忍不住「哈哈」大笑起來。

|出處|

唐・孟郊《讀經》：「垂老抱佛腳，教妻讀黃經。」

|例句|

李振忠《臨時抱佛腳不如日日抱佛腳》：「如此說來，臨時抱佛腳，急時燒高香，也就沒有多少實際價值，其隱含的理念，不過是懶漢也想吃甜桃。」

髀肉復生

髀：大腿。大腿上又長出了贅肉。比喻久處安逸，不能有所作為。

皇帝也有幾門窮親戚。劉備，相傳是漢景帝之子中山靖王劉勝的後代，已經流落到民間。他十五歲時父親就去世了，與母親編織草鞋為生。

東漢末年，爆發了黃巾軍起義，從此以後，羣雄並起，天下大亂。劉備也拉起了一彪人馬，趁亂而起，參加到鎮壓黃巾軍的行列中。以後諸侯割據，像他這樣白手起家之人，沒有立足之地。他只好寄人籬下，先後投奔過公孫瓚、曹操、袁術等人。官渡大戰以後，劉備實在無處安身，只好帶着關羽、張飛，跑到了荊州，投奔到宗親劉表那裏。

他在劉表那裏過了好幾年無聊的日子，心裏很不是滋味。有一天，劉表請他飲酒閒聊，酒至半酣，劉備起身上廁所。他無意中摸了摸自己的大腿，大吃一驚，近年飽食終日無所用心，大腿上竟然長出許多肉來，想想自己近年來的遭遇，再想想自己壯志難酬，不禁流下了傷心淚。

回到席上，劉備的臉上還有淚痕。劉表見了不禁問道：「你為何流淚，是不是有甚麼傷心事？」

劉備說：「前些年南征北戰，成天騎在馬背上，大腿上的肉異常結實；來到這裏一晃幾年，閒居安逸，用不着騎馬，大腿上長出了許多贅肉。時光荏苒（漸漸過去），光復大業卻一事無成，不禁暗自傷心落淚。」

| 出處 |

《三國志・蜀書・先主傳》裴松之注引《九州春秋》：「吾常身不離鞍，髀肉皆消。今不復騎，髀裏肉生。」

| 例句 |

梁實秋《下棋》：「宦海裏翻過身最後退隱東山的大人先生們，髀肉復生，而英雄無用武之地，也只好閒來對弈了。」

卞和泣玉

卞和為美玉不被人認知而哭泣。比喻因美好的事物或人物不被人們認可、認知而傷心。

春秋時，楚國有一個名叫卞和的人，從楚山得到一塊內含美玉的璞石。他認為這塊璞石是無價之寶，就把它獻給了楚厲王。楚厲王半信半疑，讓玉匠來鑒別璞石的真偽，玉匠看了看說：「這只不過是一塊普通的石頭罷了。」厲王大怒，認為卞和是有意行騙，下令砍掉卞和的左腳。

等到厲王去世、武王登位後，卞和又把那塊璞石獻給武王。武王又讓玉匠來鑒別這塊璞石的真偽，玉匠略略看了看，說：「這只不過是一塊普通的石頭罷了。」武王也認為卞和有意欺騙他，下令砍去他的右腳。

武王駕崩，文王登位。卞和捧着那塊璞石，在楚山腳下一連哭了三天三夜，眼淚流盡，血也哭了出來。

文王聽說了這件事，派人前去查問他為甚麼哭得這麼傷心。那人向卞和問道：「天下被砍去腳的人很多，為甚麼只有你哭得這樣悲傷呢？」

卞和回答說：「我並非為失去雙腳而感到悲傷，而是痛心世人真假不分，善惡不辨，將寶玉看成石頭，把忠誠的人當成騙子，這才是我感到悲傷的原因啊！」

文王聽到回報，便叫玉匠雕琢那塊璞石，看看裏面究竟是不是寶玉。璞石被雕琢開了，果然從中得到一塊價值連城的美玉，於是將這塊美玉命名為「和氏璧」。

|出處|

《韓非子．和氏》。

|例句|

明．陳繼儒《小窗幽記》：「至音不合眾聽，故伯牙絕弦；至寶不同眾好，故卞和泣玉。」

博士買驢

博士官書寫買賣驢子的契約，寫了三張紙沒有「驢」字。形容寫文章廢話連篇，不得要領。

博士，顧名思義，就是博學多聞，通曉古今的人。漢代以後的博士，專管經學教授；州學、府學、縣學也有博士，是學府的教授官。總之，不管甚麼博士，都是很有學問的人。

有位博士打算買一頭驢，一大早就來到了市集。這一天賣驢的人不多，只有一個賣家，雙方討價還價一番，談妥了價錢，雙方成交。博士把錢交給賣驢人，要賣驢人寫一份買賣契約給他。

大宗買賣雙方要訂立契約，這倒也是規矩。可是賣驢人不識字，便請博士代書。博士為了炫耀自己的才學，一口答應下來。

寫份契約本不費事，只要寫清買賣雙方姓名，交易的物品、金額、日期等即可。就算是寫得再詳細，也寫不滿一張紙。

博士討來紙筆，略加思索，便洋洋灑灑寫了起來，賣驢人站在一旁，只等博士寫好以後雙方畫押。博士寫了滿滿一張紙，把筆放下，賣驢人以為寫好了，要博士唸給他聽，哪知博士又拿起筆，在第二張紙上寫起來，說：「還沒寫好，寫好了唸給你聽。」

賣驢人有些奇怪，這張契約怎麼這麼難寫？轉念一想，博士是個有學問的人，一定要寫得清清楚楚、詳詳細細，免得以後有麻煩。

賣驢人等了許久，博士總算寫完了，說道：「讓我唸給你聽。」唸完以後，博士對賣驢人說：「來，畫押吧。」

賣驢人忙說：「且慢。你寫了三張紙，怎麼上面沒有一個『驢』字？」

|出處|

北朝北齊・顏之推《顏氏家訓・勉學》：「博士買驢，書券三紙，未有驢字。」

|例句|

張有其《年終總結不要廢話連篇》：「寫年終總結要儘可能寫得精練些，不要再出現『博士買驢』那樣的笑話了。」

不敢越雷池一步

越：跨過；雷池：古雷水自今湖北黃梅縣流至安徽望江縣東南，積而為池，名為雷池。比喻做事不敢超過一定的界限、範圍。

東晉明帝在位，任用賢臣，行事果斷，東晉王朝有了一段短暫的安寧。可惜好景不長，年方二十七歲的明帝突然得了重病，幾天後他知道大限已到，召王導、庾亮、卞壼等進宮接受遺詔，要他們輔佐太子司馬衍。

晉明帝在位三年便撒手西去，太子司馬衍年方六歲，便被抱上龍椅繼位為帝，他就是晉成帝。六歲的孩子當然不能親理朝政，庾太后臨朝稱制，庾亮、王導輔政。庾亮是庾太后的哥哥，大權獨攬，王導等人僅為擺設而已。

庾亮為了鞏固自己的地位，將南頓王司馬宗改任驃騎將軍。司馬宗失去了大權，對庾亮十分不滿。歷陽（今安徽和縣）內史蘇峻曾為東晉王朝立下赫赫戰功，如今庾亮不把他看在眼裏，蘇峻暗暗生恨。兩人一拍即合，決定待機而動，共同對付庾亮。

誰知消息走漏，庾亮來了個先下手為強，派兵捕捉司馬宗。司馬宗不肯坐以待斃，率部奮力抵抗，結果兵敗被殺。

司馬宗的親信卞闡逃脫，慌不擇路直奔歷陽，向蘇峻哭訴司馬宗被殺的經過。蘇峻聽了歎息不已，對庾亮更有戒心。

庾亮得知此事，跟蘇峻討要卞闡，蘇峻哪肯聽從，就是不給人。庾亮知道他日後必反，打算改任蘇峻為大司農，削去他的兵權，以除後患。王導認為這樣做不妥，現在應當穩住蘇峻，以後再設法處置。

庾亮大權在握，別人的意見根本聽不進，王導只好歎口氣，任憑庾亮處置。

蘇峻怎肯入京擔任大司農？終於起兵向京城挺進。庾亮這才後悔沒有聽從王導的勸告，弄成了現在這個局面。

江州（今江西九江）刺史溫嶠聽到蘇峻起兵反叛的消息，要求回去保衛京城。庾亮回信說：「你一定要全力固守江州，千萬不要越過雷池一步。」

由於庾亮低估了蘇峻叛軍的力量，溫嶠又在江州按兵不動，蘇峻攻打建康（今江蘇南京）沒有遇到多少抵抗，京城很快落入蘇峻的手中。庾亮見大勢已去，帶着一些親信逃往潯陽（今江西九江）。

「無過雷池一步」後來演化為「不敢越雷池一步」，意義也有所變化，比喻做事不敢超過一定的界限、範圍。

| 出處 |

晉・庾亮《報溫嶠書》：「吾憂西陲，過於歷陽，足下無過雷池一步也。」

| 例句 |

秦牧《獨創一格》：「那一類說法……是用來批評那些已經學習了很多卻『不敢越雷池一步』、在藝術手法上陳陳相因的人們的。」

不龜藥

龜：龜裂。使手、腳的皮膚不凍裂的藥物。比喻能發揮大作用的平凡事物。

寒冬臘月，朔風凜冽，有戶人家的男女老少，仍然在河邊漂洗絲絮。

有個遠道而來的客人經過那裏，看到這個情況，不禁停下腳步，好心地說：「天這麼冷，可不要凍壞了，你們還是等天暖和些再幹吧。」那戶人家的長者答道：「唉，這是沒法子的事，不幹活就沒有工錢，我們一家老小還等着吃飯呢！」

那人說：「唉，這倒也是。不過，這麼冷的天，你們幹活的時間不要太長，凍壞了手腳就麻煩了。」那位長者笑了笑說：「我們有祖傳的不龜藥，塗抹之後能使手腳不凍裂。」那人聽了很驚訝，問道：「是嗎？」老者說：「當然不騙你，不信你看我們的手。」那人看過那戶人家所有人的手，果然都沒有凍裂，想了想說：「我用百金買你們的藥方，你們看怎麼樣？」老者說：「這個藥方是祖傳的，賣不賣要全家人商量了才能決定。今天晚上我們全家商量一下，明天給你個答覆，你看怎麼樣？」那人隨即答應下來。

那天晚上，長者對全家人說：「我們世世代代漂洗絲絮，一年到頭收入不過幾金，現在那個過客要買我們的藥方，我們一下子就可以得到百金，依我看，就把藥方賣給他吧。」他的意見得到全家人的同意，第二天，長者就把不龜藥的藥方賣給了遠方過客。

那人買了藥方，用它去遊說吳王。正巧越國的軍隊向吳國發起進攻，吳王便任命他為將領，率領軍隊抵禦越軍。正值北風呼嘯、天寒地凍的時節，那人就讓吳軍官兵塗抹不龜藥，跟越軍展開水戰。越軍官兵個個手腳龜裂，提不起刀槍，腳步蹣跚；吳軍官兵的手腳卻沒有絲毫損害，手腳跟過去一樣靈便，結果越軍被打得大敗。吳王聞報大喜，割地封賞嘉獎他。

能使手不龜裂的藥是一樣的，在不同人的手上發揮的功效卻完全不同，有的人只是靠它世世代代漂洗絲絮，有的人卻靠它得到封賞。由此可見，同樣一個事物，由於使用方法和對象不同，結果和收效也大不一樣。

|出處|

《莊子・逍遙遊》：「人有善為不龜手之藥者，世世以洴澼絖（漂洗絲絮）為事。」

|例句|

宋・黃庭堅《次韻答宗汝為初夏見寄》：「聞君欲課最，豈有不龜藥。」

不名一錢

名：佔有。一個錢也沒有。形容極度貧困。

富可敵國的鄧通，最後竟然不名一錢，在極度貧困中死去。他的故事，已在我國流傳了兩千多年。

鄧通，本是一名水手，後來因為未央宮需要船夫，他被召到宮中駕船。

傳說漢文帝曾經做過一個夢，夢見自己想飛上天，卻怎麼也飛不上去，有個穿黃衣裳的人在後面推了他一把，他才得以借勢飛升。他在空中回頭一看，沒看清楚，只看到那人的背後用衣帶打了個結。漢文帝醒來之後，對夢中的情景記憶猶新，但那個穿黃衣裳的人是誰，他怎麼也想不出。

第二天，他來到宮中花園，看到一名船夫身穿黃衣，衣帶挽在背後。文帝不禁心動，仔細打量一下，他的身段和夢中的人差不多。文帝把他喊到面前詢問，知道他叫鄧通。鄧通卻也乖巧，應答之間深得漢文帝的歡心。從此以後，鄧通得到漢文帝的寵愛，漢文帝經常賞賜錢財給他，幾年下來，總數達上億之多。

漢文帝最喜歡鄧通的地方，就是他不和其他官員交往，從來不給別人說情。在漢文帝看來，鄧通沒有結黨營私之嫌。鄧通得以步步高升，官至上大夫之職。

有一天，文帝讓相士給鄧通相面。相完面，相士對文帝說：「這個人最後的結局是在貧困中餓死。」文帝有些不解，說：「能讓鄧通富起來的只有我，我又怎麼會讓他受窮以至餓死呢？」文帝下令將銅山賜給鄧通，讓他自己鑄錢，看他還會不會受窮。鄧通由此財運亨通，「鄧氏錢」遍佈天下。

文帝背後生了個毒瘡，膿血淌個不止，疼痛難熬。鄧通走上前來，在文帝的背上不停地吮吸，隨着鄧通將膿血一口口吸出來，文帝的疼痛也隨之減輕了許多。文帝問鄧通：「天下人誰最愛我？」鄧通不敢信口亂說，道：「沒有誰比太子更愛陛下。」

太子來探望文帝病情時，文帝要他給自己吮吸瘡上的膿血。太子見瘡口膿血模糊，又腥又臭，不禁皺起了眉頭，只是聖命難違，只得上去吮吸。後來聽說鄧通常來給文帝吮膿，恨透了鄧通。

文帝駕崩，太子劉啟即位，他就是漢景帝。景帝豈肯饒了鄧通？首先免了他的官職，讓他回家閒居，不久，又將鄧通的家產全部沒收。鄧通不僅一無所有，還欠下巨額債務。

景帝的姐姐長公主沒忘文帝說過的話，為了不讓鄧通餓死，她贈給鄧通一些錢財，讓他度日。沒想到官吏立即把錢財拿去償還債務，連一根簪子都不給鄧通留下。長公主知道這是景帝的旨意，無計可施。最終鄧通身上沒有一文錢，寄食在別人家裏，直到死去。

|出處|

《史記·佞幸列傳》：「長公主賜鄧通，吏輒隨沒入之，一簪不得著身。於是長公主乃令假衣食，竟不得名一錢，寄死人家。」

|例句|

郭沫若《行路難》：「於是到五月尾上竟不名一錢，二十塊錢的房錢竟交不出了。」

不入虎穴，焉得虎子

焉：怎麼。不進老虎洞，怎能捕獲小老虎。比喻不經歷艱險，就不能取得成功。

東漢初年，著名歷史學家班彪生了兩個兒子、一個女兒。正所謂「龍生九子，志向各異」，長子班固潛心著史，寫成《漢書》；二兒子班超投筆從戎，建功邊陲；女兒班昭巾幗不讓鬚眉，續成《漢書》未成部分，傳為千古佳話。

公元 73 年，漢明帝命竇固率軍攻打匈奴，班超隨軍出征。他在戰鬥中屢立戰功，深得竇固的信任。為了擴大戰果、鞏固邊防，東漢政府重新設立西域都護府，竇固派班超和另外一名官員率領三十六名士卒前往西域。到了鄯善國（今且末、若羌、羅布泊一帶），鄯善國國王對漢朝的使者十分尊敬。沒過幾天，鄯善王的態度變得冷漠起來，不禁使班超起了疑心。班超對情況作了一番分析，斷定是匈奴的使者到了，鄯善王現在一定是忙於招待匈奴使者，將自己冷落在一旁。

班超決定將匈奴使者殺掉，堅定鄯善王與漢朝友好的決心。匈奴使者帶了一百多人，自己只有三十餘人，硬拚肯定無法取勝，必須想個計策才能殲滅敵人。他把自己想好的計謀對士兵們一說，士兵們異口同聲地說：「一切由大人決定，我們一定奮勇殺敵。」班超激勵大家：「不進老虎洞，怎能捕獲小老虎？今夜用火攻的辦法對匈奴人進行突襲，將匈奴使者及一百餘名匈奴士兵殺掉。只有這樣，才能斷絕鄯善王討好匈奴的念頭，我們才能擺脫險境。」

三更時分，班超率領士兵來到匈奴使者的住處。他命令十名士兵見到火光就擊鼓，擾亂匈奴人軍心；其他人埋伏在營門兩旁，匈奴人跑出來就截住殺死，不讓一個漏網。一切安排妥當以後，他便開始放火。

匈奴人被「咚咚咚」的戰鼓聲驚醒，看到火光四起，嚇得不知所措；匈奴使者帶着三十名士兵往外跑，班超身先士卒，衝向敵人，士兵們跟了上來，奮力向匈奴人殺去。匈奴人嚇破了膽，早已喪失了鬥志。班超親手殺死三個匈奴人，其他的匈奴人也被漢軍士兵殺死。許多匈奴士兵見大門被封鎖，不敢衝出來，與營寨一道化為灰燼。

第二天一早，班超派人去請鄯善王。鄯善王已經得到報告，知道匈奴使者及帶來的一百多名士兵已被漢軍全部殲滅，來到班超的住處一看，漢軍無一傷亡。鄯善王對班超十分敬佩，當即表示：一定與漢朝友好，並把兒子送往漢朝做人質。

|出處|

《後漢書·班超傳》:「不入虎穴,不得虎子。」

|例句|

李敖《論中國女性》:「她(班昭)兩個有名的哥哥,一個是寫《漢書》的班固,一個是出使西域『不入虎穴,焉得虎子』的班超。」

不為五斗米折腰

五斗米:晉代縣令的俸祿,後指微薄的俸祿;折腰:彎腰行禮,指屈身於人。比喻品格高潔,不為利祿所動。

「在昔無酒飲,今但湛空觴。春醪生浮蟻,何時更能嘗。餚案盈我前,親舊哭我傍。欲語口無音,欲視眼無光。昔在高堂寢,今宿荒草鄉。一朝出門去,歸來夜未央。」彭澤(今江西湖口)令陶淵明一邊在縣衙後院踱着方步,一邊微微地晃着腦袋吟詠新作。

一名衙役急急跑了進來,匆匆稟告:「大人,督郵前來巡視,即將來到縣衙,請大人速速做好準備,前去相迎。」陶淵明的雅興被破壞,皺了皺眉頭說:「知道了,我馬上就去。」一想到那個滿臉橫肉、動不動就訓斥下屬的傢伙,他心裏就不舒服。

督郵是郡守的屬吏,掌管監督下屬官員。各縣的縣令見了他,就像老鼠見了貓一般,拍馬唯恐不及,哪敢得罪他。

陶淵明歎了口氣,正了正衣冠,邁步向大堂走去。衙役連忙拉住他，悄聲說：「大人，不能穿便服去見督郵，要穿官服，不然就失禮了。」陶淵明有些生氣：「哪來這麼多麻煩事，誰規定的這些俗禮！」衙役低着頭回道：「歷來如此，請大人隨俗。再有耽擱，督郵等急了，只怕要生氣。」

一想到要向那狐假虎威、自以為是的傢伙打躬作揖，陶淵明的心裏很不是滋味。他昂起頭，毅然決然地說：「我豈能為五斗米的俸祿，受這些俗禮約束，去向那仗勢欺人的傢伙討好！」他轉身回屋，捧出官服和印綬，走進大堂。他把這些放在案上，對隨他進來的衙役說：「你去回稟督郵，說我陶淵明決不為五斗米折腰，已經棄官而去。」衙役想說甚麼，陶淵明擺擺手將他攔住：「我去意已決，不必再說。」

說起陶淵明的家世，也算得上是世家。他的曾祖陶侃，是東晉的開國元勛，官至大司馬，被朝廷封為長沙郡公。他的祖父也是不小的官，曾經做過長沙太守。他的父親也曾為官，做過一任安城太守。可是到了他這一代，家境已經衰落，無法與先祖相比。他二十七歲時，家中已是捉襟見肘，入不敷出，日漸貧困。祖父、父親的老友看不過，推薦他做了江州祭酒（官名）。哪知陶淵明看不慣官場的腐敗，又自在慣了，沒過多久就辭官不幹了，返回故里潯陽柴桑（今江西九江西南）。以後，他又做過幾次官，由於他為人正直，與魚肉百姓的官吏們格格不入，官都沒當長，最終都是辭官而去。

公元405年秋，年過四十的陶淵明做了彭澤令。縣令的官位雖然不高，但有公田奉養，可以免除衣食之憂，加以彭澤縣尚屬太平，公務不多，倒也過得清閒自在。誰知好景不長，十一月裏督郵來巡視，他又棄官回到鄉里。這是他最後一次擔任官職，只當了八十多天的彭澤令。

從此以後，他就躬耕自食，走上了歸隱的道路。他的「不為五斗米折腰」的名言，千百年來一直激勵着品格高潔的有志之士。

|出處|

《晉書·陶潛傳》:「潛歎曰:『吾不能為五斗米折腰,拳拳事鄉里小人邪!』」

|例句|

郭亨渠《不為五斗米折腰》:「『不為五斗米折腰』,道出了正直文人的心聲,一千多年來,陶淵明的傲氣和骨氣仍在許多文人身上得到體現。」

倉中鼠

糧倉中的老鼠。比喻處境優越的人物(含貶義)。

李斯,戰國時楚國人。他出生於平民百姓人家,年輕時曾在郡裏當小吏,過着清貧的日子。

有一天,他去上廁所,看到一隻老鼠。那老鼠又瘦又小,看到人,「哧溜」一下就逃走了。又一天,李斯因公務到糧倉裏去,在那裏見到的老鼠可不一樣了,那老鼠又肥又大,看到人也不怎麼害怕。

李斯由鼠及人,發出感慨:廁所裏的老鼠吃的是臭烘烘的髒東西,常常受到人和狗的驚嚇,長得又瘦又小;糧倉裏的老鼠住在大屋子裏,吃的是囤糧,不擔心人和狗的驚擾,長得又肥又大。他由此發出聯想:人何嘗不是如此?一個人有出息還是沒出息,是由所處的環境決定的。要想做人上人,必須改變自己的地位。因此,李斯毅然決定要做「倉中鼠」。

李斯先跟荀卿學帝王之術，學成後又到了秦國，輔佐秦始皇成就統一全國霸業。秦始皇任命他為丞相，他終於如願以償，成為「倉中碩鼠」。

秦始皇去世以後，李斯失去了靠山。為了保住自己的官位，李斯向趙高屈服，成為趙高的幫兇。趙高為徹底排除異己，誣陷李斯和他兒子李由謀反。李斯受到嚴刑逼供，被迫承認罪行。最後他被腰斬於咸陽，夷滅三族，「倉中鼠」最後的結局非常悲慘。

|出處|

《史記·李斯列傳》:「年少時，為郡小吏，見吏舍廁中鼠食不絜(通「潔」)，近人犬，數驚恐之。斯入倉，觀倉中鼠，食積粟，居大廡之下，不見人犬之憂。於是李斯乃歎曰:『人之賢不肖譬如鼠矣，在所自處耳！』」

|例句|

朱素英、張丙星《倉中鼠廁中鼠的哲學悲劇——讀〈史記·李斯列傳〉有感》:「李斯『倉中鼠』的人生哲學觀也終釀苦果，因此，在很大程度上，李斯一生的悲劇或喜劇都是他自己親手導演的。」

豺狼咬魚

魚是被豺狼咬死的。多比喻上下融洽相處。

婁師德，唐代武則天時的一位重臣，他才思敏捷，寬懷大度，為官清廉，為抵禦外敵入侵做出過不懈的努力。他最大的特點就是善於忍讓，與人和睦相處。

有一次，婁師德跟宰相李昭德一同上朝。婁師德行動遲緩，李昭德等他等得心急火燎，看見婁師德來到，忍不住怒罵他幾句：「你這個臭小子，只配去種地！」婁師德笑着說：「我不去種地，誰去種地？」一句話就把李昭德的怒氣化解了。

婁師德最有名的典故是「師德量」或「唾面自乾」：他的弟弟被任命為代州（治所位於今山西代縣）刺史。婁師德問他：「現在我做宰相，你做刺史，兄弟倆受到的恩寵太多，就會被別人嫉恨。你說說看，現在你應該怎麼辦？」

他弟弟說：「別人朝我臉上吐唾沫，我把它擦乾淨就算了。」

婁師德說：「錯了！人家朝你臉上吐唾沫，是對你發怒，你把它擦乾淨了，他的怒氣會更盛。他朝你吐唾沫，你就笑着接受，讓唾沫自己乾了。」

只要下級不犯大錯，婁師德總是不予苛求。他在擔任監察御史時，有一年遭遇特大旱災，各地因為求雨，按照成例禁止屠宰。婁師德來到陝縣（今河南陝縣）視察，當地的官吏還是做了羊肉招待他。婁師德嚴厲責問道：「你們為甚麼要破例殺羊？」

廚子搶着回答道：「這羊不是殺死的，是豺狼咬死的。」事已至此，多說無益，婁師德朝當地官員笑了笑，說：「這豺狼倒也懂得禮節。」

過了一會兒，廚子又端上了紅燒魚，說道：「這魚也是被豺狼咬死的。」

婁師德聽了「哈哈」大笑，說：「可惡，為甚麼不說是被水獺咬死的？」

|出處|

唐・劉餗《朝野僉載》。

|例句|

劉吉同《「忍而有德」婁師德》：「婁師德還留下個『豺狼咬魚』的故事。透過這些故事，你會發現，在這位高官身上，有一種天然的平民意識、平等意識，與下層乃至百姓有一種水乳交融的融合力。」

萇弘化碧

萇弘：周敬王的大夫。萇弘死後三年，他的血化為碧玉。比喻蒙冤抱恨而死。

周景王時，賢臣萇弘任上大夫，國家比較穩定。景王去世以後，王室為爭奪權力發生爭鬥，國家陷於一片混亂。萇弘和劉文公借助晉國的力量平息內亂，輔佐王子即位，這就是周敬王。

不久，晉國的「六卿」發生內訌，智氏、趙氏、魏氏、韓氏與范氏、中行氏鬥得你死我活。當時范氏為執政的正卿，並和劉文公是姻親，周王室便站在范氏和中行氏一邊。後來范氏和中行氏被其他四家消滅，智氏、趙氏、魏氏、韓氏便要追究周王室支持范氏的人。劉文公樹大根深，晉國的「四卿」不敢招惹他，便要求周敬王懲治萇弘，周敬王沒有答應。

晉國「四卿」於心不甘，使出了「離間計」陷害萇弘。周敬王果然中計，把萇弘放逐到千里之外的蠻荒蜀地。萇弘仍然沒能逃脫殺身之禍，在蜀地被人殺死。

萇弘的冤死，引起當地人的同情，人們將他的血用玉匣子盛起來。三年以後，他的血化為晶瑩的碧玉。

|出處|

《莊子・外物》：「人主莫不欲其臣之忠，而忠未必信，故伍員流於江，萇弘死於蜀，藏其血三年而化為碧。」

|例句|

關漢卿《竇娥冤》：「等他四下裏皆瞧見，這就是咱萇弘化碧，望帝啼鵑。」

唱籌量沙

唱：大聲呼喊；籌：籌碼，計數的用具。高呼所量的數量，將沙當成米計量。指製造假象，迷惑敵人。

公元420年，劉裕廢去晉恭帝司馬德文自立為帝，改國號為「宋」，史稱「劉宋」。公元439年，北魏太武帝拓跋燾消滅了北涼，統一了北方。從此以後的一百七十多年裏，南北政權更迭頻仍，互相對峙，史稱「南北朝」。

南朝第一名將檀道濟，跟隨宋武帝劉裕南征北戰，戰功顯赫；宋武帝即位後，他征戰沙場，開拓疆土，鎮守江南。宋武帝病故後，國家經過一番動亂，最後由武帝的兒子劉義隆即位，他就是宋文帝。北魏趁南方政局不穩，大舉渡過黃河，攻佔了大片土地。警報傳來，宋文帝派檀道濟率領大軍抵禦。

這一次，北魏軍又來進犯濟南，檀道濟率領大軍應戰。這一仗打得異常激烈，在短短的二十多天裏，雙方交鋒三十餘次，每次交鋒都是宋軍獲勝。北魏軍節節敗退，一直退到山東歷城。

宋軍連戰連勝，有些輕敵，防備也有點鬆懈。北魏軍征戰多年，也不是好惹的，深知糧草的重要。他們趁宋軍不備，派精銳騎兵突襲宋軍的輜重糧草，放火把宋軍的糧草燒了。檀道濟的將士雖然英勇善戰，但是斷了軍糧就沒法堅持下去。檀道濟懊喪之極，於百般無奈中準備從歷城退兵。

歷數前代戰事，大軍後撤，最忌敵軍在後面追擊。撤退的士兵希望早些脫離戰場，已喪失鬥志，再有敵人追擊，往往被打得大敗。檀道濟暗暗想道：眼下沒有糧草，軍心動搖，要是敵軍追上來，那就太危險了。

北魏軍得知宋軍缺糧撤退，急忙派出大軍追趕，想把宋軍圍困起來。魏將暗暗想道：宋軍沒有糧食，不用多少天一定不戰自亂，屆時便可將宋軍一舉殲滅。宋軍將士看到大批魏軍圍上來，都有點害怕，檀道濟卻不慌不忙地命令將士就地紮營休息。

當天晚上，宋軍軍營裏燈火通明，檀道濟親自帶領一批管糧的兵士在一個營寨裏查點糧食。一些兵士手裏拿着竹籌唱着計數，另一些兵士用斗量米。北魏軍的探子偷偷地向營裏探望，只見一個個米袋裏都裝着雪白的大米。

魏兵的探子趕快去告訴魏將，說檀道濟營裏軍糧還綽綽有餘，要想跟檀道濟決戰，準又打敗仗。魏將得到情報，以為宋軍雖然被燒了些糧食，並沒有斷糧，現在佯作撤退，是想引誘自己上當。他越想越玄：好一個檀道濟老狐狸，差一點上了他的當！

其實，魏將中了檀道濟的計。檀道濟在營房裏量的並不是白米，而是一斗斗的沙土，只是在沙土上覆蓋着少量白米罷了。

天色發白時分，檀道濟命令將士戴盔披甲，做好戰鬥準備，自己穿着便服，乘着一輛馬車，大模大樣地沿着大路向南轉移。

魏將被檀道濟打敗過多次，本來就對宋軍有點害怕，再看到宋軍從容不迫地撤退，不確定他們在哪兒埋伏了人馬，不敢追趕。檀道濟靠他的鎮靜和智謀，保全了宋軍，使宋軍安全回師。

| 出處 |

《南史．檀道濟傳》：「道濟夜唱籌量沙，以所餘少米散其上。」

| 例句 |

孫功兵《檀道濟唱籌量沙在歷城》：「據嚴薇青先生的《濟南掌故》考證，檀道濟唱籌量沙的地點就在今歷城區東北梁王莊，據說現在仍有當年留下的兩個沙堆。」

掣肘

掣：拉，拽。別人寫字時拉他的胳膊肘。比喻在一旁干擾、阻撓。

魯國有個人叫宓子賤，要到亶父那裏去當地方官。他有些擔心，要是國君聽信了別人的讒言，自己的政治主張難以推行。赴任前，他請求國君派兩個親信跟他一起前往，國君答應了他的請求。

到達亶父以後，城裏的官員都來參拜，宓子賤讓兩個隨行官員做紀錄。官員剛開始記錄，宓子賤就在一旁拉他們的胳膊肘，官員把字寫歪了；官員再動手寫，宓子賤又在一旁拉他們的胳膊肘，官員又沒把字寫好。過了一會兒，宓子賤把紀錄拿過去看，怒道：「你們寫的甚麼字，歪歪扭扭像是蚯蚓！」

兩位官員忐忑不安，以後怎麼跟這位上司共事？兩人商量了一番，請求辭職回去。宓子賤說：「你們倆紀錄都寫不好，待在這裏也沒用，想走就走吧。」

兩位官員回到京城，對魯國國君說：「宓子賤要我們做紀錄，卻時時搖我們的胳膊肘，字寫得不好，宓子賤就對我們發火。大王啊，我們怎麼能在他手下做事啊！」

魯國國君長長歎了口氣，說：「這是宓子賤對我進行規勸啊！我常常干擾他的工作，使他的政治主張不能推行。如果不是你們兩個人，我幾乎又要犯錯了。」

|出處|

《呂氏春秋．具備》：「吏方將書，宓子賤從旁時掣搖其肘。」

|例句|

余叔龍《誰掣肘楊志》：「原來不是楊志不盡心不盡力，而是在押運過程中始終有人一直在掣肘楊志，害得楊志一路的辛苦前功盡棄，十八般武藝既無展示機會，滿腔的報恩心和功名心終都歸為泡影。」

陳蕃榻

陳蕃接待徐穉的卧榻。比喻禮待賢士。

東漢的陳蕃，自幼胸懷大志。十五歲時，曾獨處一個院落讀書。有一天，父親的一個朋友薛勤到他家做客，聽說陳蕃正在讀書，就去看看這孩子。走進小院，只見裏面雜草叢生，穢物遍地，薛勤皺了皺眉頭，說：「你這個小孩子，為甚麼不打掃庭院接待賓客？」陳蕃隨即回答道：「大丈夫處世，當掃除天下，怎麼會只掃一屋呢？」薛勤聽了暗暗吃驚：這孩子志向不小！薛勤為了激勵他從身邊的小事做起，說：「一屋不掃，何以掃天下？」

陳蕃曾任豫章太守，在任期間，準備了一張卧榻，只有徐穉來了才讓他睡在卧榻上，徐穉離開以後就把這張卧榻吊起來，不再讓別人使用。

徐穉是個怎樣的人，讓陳蕃如此敬重呢？徐穉，字孺子，人們尊稱他為「南州高士」。有一件事，可以看出徐穉的人品。他曾經拜江夏（今湖北雲夢）的著名學者黃瓊為師，後來黃瓊做了高官，徐穉就不再與他來往，黃瓊請他去做官，他也不肯赴任；黃瓊去世的消息傳到豫章（今江西南昌），徐穉背着乾糧，前往千里之外的江夏，去哭祭自己的老師。人們對他十分敬佩，說：「邀官不肯出門，奔喪不遠千里。」

陳蕃禮遇徐穉的事成為後世佳話，唐代王勃在《滕王閣序》中寫下了「人傑地靈，徐孺下陳蕃之榻」這樣的名句。

|出處|

《後漢書·徐穉傳》：「蕃（陳蕃）在郡不接賓客，唯穉來特設一榻，去則縣（通「懸」）之。」

|例句|

唐·張九齡《候使登石頭驛樓作》：「自守陳蕃榻，嘗登王粲樓。」

成也蕭何，敗也蕭何

韓信成就功業，是因為蕭何慧眼識人；韓信最後被殺，也是因為蕭何出謀劃策。比喻成敗都是由同一人或同一原因造成。

西漢名將韓信，出身於平民家庭。秦朝末年，陳勝、吳廣揭竿而起，天下羣雄起兵響應。韓信順時而動，投身於項梁的西楚軍。沒過多久，項梁戰死，他便跟隨項羽的軍隊。項羽沒有重用他，只是讓他做了一名小小的衞士。他曾多次向項羽獻策，都沒被採用，因此憤然離開楚營，投奔劉邦軍。

到了漢營，依然不如意，劉邦只讓他做了個治粟都尉，只能在戰場上衝鋒陷陣。韓信鬱鬱不得志，再也不願待下去了，找了個機會逃出了漢軍大營。蕭何知道韓信是不可多得的奇才，聽說韓信跑了，來不及向劉邦稟報，就急急忙忙出去追趕，整整趕了兩天兩夜，才把韓信追回。這段「蕭何月下追韓信」的故事，被傳為千古美談。

劉邦不見蕭何的蹤影，就像失去了左膀右臂，看到蕭何回來了，責問他道：「怎麼連你也跑掉了？」蕭何將原委向劉邦說了一遍，力勸劉邦拜韓信為大將軍。劉邦最終同意了蕭何的建議，舉行了隆重的拜將儀式，拜韓信為大將軍。從此以後，韓信指揮漢軍與項羽的楚軍作殊死搏鬥，為劉邦奪取天下立下了赫赫戰功。

「兔死狗烹，鳥盡弓藏」，在項羽敗亡不久，劉邦就奪去了韓信的兵權，封他為楚王；不久又貶韓信為淮陰侯，將他軟禁。

陳豨造反後，劉邦親自領兵攻打，諸將跟隨前往，韓信假稱有病沒有前去。有人向呂后誣告韓信，說韓信是陳豨的同謀。呂后得到密報，立即派人把蕭何找來商量，蕭何出謀劃策，跟呂后商定了殺死韓信的計謀。

第二天，蕭何派親信到韓信那裏，詐稱劉邦已經平定叛軍，陳豨已經被斬首，羣臣都已前往宮中向劉邦祝賀，並且對韓信說：「您雖然有病，也應當抱病前往。」韓信不知是計，再說也礙着蕭何的情面，只得答應下來。韓信一到宮中，就被武士拿下，呂后不等劉邦返回，立即將韓信斬了。

|出處|

宋・洪邁《容齋續筆・蕭何紿（欺騙）韓信》：「韓信為人告反，呂后欲召，恐其不就，乃與蕭相國謀，詐令人稱陳豨已破，紿信曰：『雖病強入賀。』信入，即被誅。信之為大將軍，實蕭何所薦，今其死也，又出其謀，故俚語有『成也蕭何，敗也蕭何』之語。」

|例句|

于大有《品牌要自己維護》:「這個『成也蕭何，敗也蕭何』的教訓，需要引起同行們的深思。」

杵臼交

杵：舂米使用的木棒；臼：舂米的石臼。在杵臼間結下的交情。比喻不計較身份、貧賤結成的交情。

東漢時，有個窮苦書生，名叫公沙穆，學習非常刻苦。經過一段時間的刻苦攻讀，公沙穆總覺得一個人讀書所獲有限，需要有老師指點才行。他想到京城的太學繼續深造，可是，他這麼個窮小子，哪來那麼多錢做入學的費用？

再難也難不倒公沙穆，公沙穆經過長途跋涉來到了京城。他四處為人幫工，省吃儉用積攢學習費用。有一天，吳佑家要找人舂米，公沙穆就到他家去幹活。

吳佑閒來無事，在院子裏散步，看到舂米的人文質彬彬的樣子，不像是幹粗活的人，就來到他的身邊，跟他攀談起來。一經交談，吳佑發現公沙穆不僅學識淵博，而且對一些問題很有見地。兩人越談越熱絡，便在杵臼間結為好友。

後來，吳佑和公沙穆都身居高官，頗有建樹，他們之間的這一段交往，便也成為美談流傳後世。

|出處|

《後漢書・吳佑傳》:「公沙穆來遊太學，無資糧，乃變服客傭，為佑賃舂。佑與語大驚，遂共定交於杵臼之間。」

|例句|

清・蒲松齡《聊齋志異・成仙》:「文登周生與成生，少共筆硯，遂訂為杵臼交。」

楚材晉用

楚國的人才被晉國使用。比喻自己的人才被別人使用。

春秋時，楚國的伍舉和蔡國的聲子是世交好友。伍舉的妻子，是楚國王子牟的女兒，王子牟獲罪逃亡，伍舉受到牽連，只得取道鄭國逃往晉國。

說來也巧，聲子奉命出使晉國，路過鄭國，正好與伍舉不期而遇。兩人好不高興，就在路邊鋪着黃荊坐下，一邊吃東西，一邊敍說舊情。聲子知道伍舉蒙冤出逃後，安慰他道：「你放心，我一定設法給你辨明冤情，讓你返回自己的故鄉。」

時隔不久，聲子出使晉國、楚國。到了楚國之後，楚國令尹子木接待他。子木問聲子：「晉國的大夫與楚國的大夫相比，哪一國的更賢明？」聲子回答道：「說起上卿，晉國的不如楚國；至於大夫，卻是晉國的賢明。」

子木聽了有點兒不高興，說：「願聞其詳。」

聲子說：「就拿杞木、梓木和皮革來說，這些東西雖然出自楚國，但是大多被晉國人收購，留在楚國的自然也就不多了。」

聲子話鋒一轉，接着說：「楚國人才很多，卻被晉國所用。過去，楚國的臣子析公、雍子、子靈、賁皇等人逃往晉國，都幫助晉國把楚國打得大敗。想想看，楚國的人才逃到別國，給楚國造成了多大的危害！」

子木明白過來了，說：「你說得對。」

聲子繼續說下去：「現在伍舉蒙冤逃到晉國，晉國正打算重用他，如果他要進行報復，危害可就大了！」

聽了聲子的話，子木感到害怕。他一刻也不敢耽誤，立即向楚王報告。楚王趕緊派人前往晉國，把伍舉接回來。

| 出處 |

《左傳・襄公二十六年》：「雖楚有材，晉實用之。」

| 例句 |

清・吳趼人《二十年目睹之怪現狀》：「我花了錢，教出了人，卻叫外國人去用，這才是『楚材晉用』呢。」

楚宮腰

楚王宮中人們的細腰。指細腰。後多指美女的細腰。

有一天，楚威王問大臣莫敖子華，說：「從先君文王到我這一輩為止，有不追求爵位俸祿，只憂慮國家安危的大臣嗎？」

莫敖子華說：「從前的令尹子文，奉公守法，安於貧困。只憂慮國家安危而不計較個人得失的，令尹子文就是其中一位。從前的葉公子高，使楚國的威名在諸侯中傳揚，四境諸侯都不敢來犯，要說能夠憂慮國家安危的，葉公子高也是其中一位。從前的莫敖大心，在戰場上出生入死，視死如歸，要說不顧個人利益而憂慮國家安危的，莫敖大心是其中一位。從前的棼冒勃蘇，為了拯救國家，在秦王宮門外哭泣了七天七夜，感動了秦王，使其派出了救兵。要說勞其筋骨，苦其心志，心裏只想着國家安危的，棼冒勃蘇是其中一位。從前的大臣蒙谷，為國家立下了大功，後來隱居山中，至今沒有爵祿。只考慮國家安危，不追求個人名利的大臣，蒙谷是其中一位！」

楚威王聽了莫敖子華對過去五位賢臣的介紹，感歎道：「唉，時代不同了，現在到哪裏去找這樣的賢才呢！」

莫敖子華看了看楚威王，又給他講了一個故事。

過去，楚靈王喜歡臣子有纖細的腰身，細腰大臣往往得寵。楚國的臣子為了能有苗條細腰，每天只吃一頓飯，這一頓還不能吃飽，吃完飯吸口氣，把腰收起來，然後再繫上衣帶。

沒過多久，臣子們一個個餓得四肢無力、頭昏眼花。坐着的人想站起來，非得扶着牆壁不可；坐在車上的人想站起來，非得扶着車上的橫木才行。為了討得楚王的歡心，臣子們一個個強忍着食慾，即使餓死了也心甘情願。

說到這裏，莫敖子華話鋒一轉，說：「臣子們總是希望得到國君的青睞，大王真的希望得到賢臣的話，就該引導大家怎樣去做。如果這樣做了，跟以前一樣的五位賢臣一定會有。」

「楚王好細腰」本比喻居上位者引導時尚，後來人們使用這個典故時，意義發生了變化，「細腰」變成指美女的細腰，「楚宮腰」也就多指美女的細腰了。

|出處|

《戰國策・楚策》。

|例句|

唐・李商隱《碧瓦》：「無雙漢殿鬢，第一楚宮腰。」

穿井得一人

打井挖出一個活人。比喻輕信流言，以訛傳訛。

春秋時代，宋國有戶姓丁的人家，家裏沒有水井，經常為用水的事煩心。打水的地方離家很遠，往返一趟要走七八里地。為了解決用水的問題，丁家經常派一個人在外面，專管打水這件事。

丁家覺得這樣下去不行，決定自家打一口井，徹底解決用水問題。有人不同意：世世代代都這樣，幹麼要出新花樣，花大力氣打井？這兒的地下會有水嗎？打不出水來豈不是白白浪費人力財力？再說了，要是這裏的地下有水，先人早就在這裏打井了！

雖然有人反對，當家的丁爺還是堅決要打。反對的人沒敢多說甚麼——當家的已經做出了決定，再說也沒有用！

花費了不少時間，這口井終於打成了。看着清澈的井水，丁爺非常高興，常常對人說：「我家打出了一口井，不用再派人到老遠的地方打水了，等於多出了一個人的勞力。」

丁爺的話很快就傳了出去，時隔不久竟然變了樣，說甚麼：「丁家打了一口井，從井裏挖出一個大活人！」

這話越傳越神，越傳越遠，連宋國國君都知道了這個傳聞。宋國國君感到很奇怪，派人到丁家去問個究竟。

丁爺告訴來人：「我是說家裏挖了一口井，等於多出了一個人的勞力，不是說家裏挖了一口井，從井裏挖出一個大活人。」

|出處|

《呂氏春秋・察傳》。

|例句|

王振軍、李培成《從「察言」到防新聞「走形」》：「在這個不斷被上傳、下載、編輯、改動的過程中，新聞事實變成類似『夔一足』、『丁氏穿井得一人』、『晉師三豕涉河』之類的假新聞，已不足為奇了。」

吹皺一池春水

風把一池子春水吹皺了。原來暗喻「關你甚麼事」、「跟你有甚麼相干」。現也用以形容掀起一些波瀾。

公元937年，李昪滅吳，建立了南唐小朝廷。李昪傳位李璟，李璟傳位李煜，共三世。公元975年，南唐被宋滅，前後共三十八年。李璟、李煜被後世稱為「南唐二主」，父子倆治國本領沒有多少，寫詞卻是箇中高手。尤其是李煜，寫下的名句不少，尤其是「問君能有幾多愁，恰似一江春水向東流」，千百年來吟唱不衰。

李璟跟南唐著名詞人馮延巳的關係非同一般。李璟為太子時，便和馮延巳交遊；李璟繼位以後，馮延巳做了宰相；後來李璟剷除黨爭，和馮延巳同黨的宋齊丘餓死在家中，陳覺、李徵古被迫自盡，唯獨馮延巳安然無恙。由此可見馮延巳獨得李璟青睞，才得以在家安度晚年。

馮延巳寫過一首《謁金門》詞：「風乍起，吹皺一池春水。閒引鴛鴦香徑裏，手挼紅杏蕊。鬥鴨闌干獨倚，碧玉搔頭斜墜。終日望君君不至，舉頭聞鵲喜。」李璟讀過以後非常欣賞，跟馮延巳開玩笑說：「『吹皺一池春水』，干卿何事（關你甚麼事）！」

馮延巳十分機敏，立即笑着回答道：「比不上陛下的『小樓吹徹玉笙寒』。」這句話說得李璟心裏十分舒坦。李璟寫過一首《浣溪沙》：「菡萏香銷翠葉殘，西風愁起綠波間。還與韶光共憔悴，不堪看。細雨夢回雞塞遠，小樓吹徹玉笙寒。多少淚珠無限恨，倚闌干。」

這件事被後世文壇傳為佳話，「吹皺一池春水」也就隱指「干卿何事（關你甚麼事）」。

|出處|

南唐·馮延巳《謁金門》:「風乍起,吹皺一池春水。」

|例句|

鮑安順《吹皺一池春水》:「南唐詩人馮延巳在《謁金門》詞中寫有一句『風乍起,吹皺一池春水』,如果說生命恰似一池春水,平靜無浪就是平庸的——只有被吹皺了的春水才會激揚生動的波痕……」

大手筆

本指有關朝廷重大事件的文字,後也指名家或名家的作品。引申為出手不凡。

晉朝的王珣,出身名門,是晉初名相王導的孫子,著名書法家王羲之的姪子。他自幼聰慧,博聞強識,長大以後,不僅寫得一手好字,而且寫得一手好文章,深得大家的讚譽。

他可不是浪得虛名,就拿書法來說,他的《伯遠帖》,是問候親友的一通信札,行筆自然流暢,俊麗秀雅,為早期行書典範之作,與王羲之《快雪時晴帖》、王獻之《中秋帖》同列為三希堂法帖之一,是我國書法藝術的瑰寶。

王珣二十歲時,就做了大司馬桓溫的主簿。桓溫整天忙於軍務,大司馬府的文牘全都交給王珣處理。大司馬府要管理全國的軍務,文牘繁雜,王珣年紀雖輕,卻把各項文案管理得井井有條。

王珣的記憶力驚人,當時來往於大司馬府的文武官員多達數萬,王珣都能記住他們的名字和相貌。有了甚麼事，他都能和別人像熟人一樣交談，氣氛十分融洽，正因為如此，他的辦事效率非常高。

一天夜裏，王珣做了一個夢，夢見有人給了他一支粗如屋椽的大筆。醒來以後細細思索，認為將有大事發生，許多重要的文章將要出於自己之手。

天亮以後，消息傳來，孝武帝突然去世。朝廷把他召進宮，負責喪事的全部文案。朝廷的哀冊、訃告，孝武帝的謚議，都由他一個人起草。這些文字寫得華麗得體，充分體現了皇家風範，深得大家好評。有人說，他的文章之所以寫得這麼好，就是因為得到了上天賜予的如椽大筆。

| 出處 |

《晉書・王珣傳》：「珣夢人以大筆如椽與之，既覺，語人云：『此當有大手筆事。』俄而帝崩，哀冊謚議，皆珣所草。」

| 例句 |

陳毅《湖海詩社開徵引》：「若無大手筆，誰堪創世紀？」

倒屣迎

屣：鞋。匆忙之間把鞋子穿倒了迎接賓客。形容熱情歡迎賓客。

漢朝末年的王粲，自幼聰慧，博聞強記，看書過目不忘。

有一次，王粲看別人下圍棋，一不小心把棋盤弄翻了，下棋的人很不高興，王粲說：「我再給你們把棋放好。」

不一會兒，王粲就把棋子放好了，下棋人不信碰翻時棋子就是這樣。他們用紙把這盤棋蓋上，要王粲照樣再擺出一盤棋來。王粲不慌不忙又擺出一盤，下棋人把兩盤棋對着仔細看了一遍，這才相信擺出來的跟原來的一樣。這件事很快就傳了出去，王粲過目不忘的本領便遠近聞名。

那時候，蔡邕是位早已成名的著名文人，人們對他非常敬仰，家中常常賓客盈門。他早就聽說王粲才學過人，看了王粲寫的詩文，覺得他的文筆極佳。有一天，王粲去拜訪蔡邕，蔡邕聽說王粲到來，慌忙出迎，匆忙間連鞋子都穿倒了。

王粲步入大廳，賓客們見他只是一個十來歲的孩子，大為驚訝。蔡邕明白眾人的心思，就說：「這是王公的孫子，很有才華，將來成就一定會超過我。我家的書籍、文章，都應該送給他，才算是物歸其主。」

蔡邕果然慧眼識人，王粲日後成為「建安七子」之一，被譽為「七子之冠冕」。他的作品以詩賦見長，《初征》、《登樓賦》、《七哀詩》等是他作品的精華，也是建安時代抒情小賦和詩歌的代表作，在文學史上有很高的地位。

|出處|

《三國志・魏書・王粲傳》:「聞粲在門,倒屣迎之。」

|例句|

唐・王維《春過賀遂員外藥園》:「畫畏開廚(精妙的繪畫)走,來蒙倒屣迎。」

貂裘換酒

用貂皮大衣換酒喝。形容狂放不羈。

晉代的阮孚是阮咸的兒子,他們父子的典故很多,如「未能免俗」曬褲頭的典故,「阮囊羞澀」口袋裏放一個錢的典故,等等。「貂裘換酒」又是兒子阮孚的典故。

有其父必有其子,阮孚跟他父親阮咸一樣,狂放不羈,整天泡在酒中。然而他為人機敏,說話詼諧,深得皇上歡心。阮孚身材矮小,又是禿頂,皇上經常拿他開玩笑。有一天,皇上將十幾個酒瓶都扣上帽子,模樣倒有些像阮孚,阮孚進屋看到了,裝作詫異的樣子說:「弟兄們好自在,在這裏相對閒坐,時候不早了,快跟我回家吧。」說完便把那些酒瓶抱走了。

琅琊王司馬裒為車騎將軍,鎮守江陵,阮孚跟隨前往。臨行前,皇上再三關照他:「這次前往軍府,要認認真真辦事,飲酒要有節制,不可濫飲。」他口頭上不敢違拗,可是到了那裏,飲酒依然如故，根本不把公務放在心上。

後來回到朝廷，任黃門侍郎。這樣的官職，在朝廷算是顯要。可是他一點兒也不收斂，依然故我。有一天出門在外，正好手頭不便，酒癮卻上來了，他不管三七二十一，取下官帽上的金貂換酒喝。主管官員知道了這件事，彈劾他「大不敬」。要是其他官員這麼做，腦袋早就被砍掉了，皇上只是訓斥他一頓，將他赦免了。

這條典故本作「金貂換酒」，後來因為高官的帽子上不用金貂做飾品，便改作「貂裘換酒」，比喻的意思和「金貂換酒」相同。

|出處|

《晉書．阮孚傳》：「遷黃門侍郎、散騎常侍，嘗以金貂換酒，復為所司彈劾，帝宥（饒恕）之。」

|例句|

清．秋瑾《對酒》：「不惜千金買寶刀，貂裘換酒也甚豪。」

掉書袋

釋義

掉：擺弄、晃動。晃動放書的口袋。比喻引經據典、賣弄學問。

南唐時有位讀書人，名叫彭利用。他有一個改不掉的毛病，就是說話文縐縐的，喜歡引經據典（掉書袋），就是對家裏的小孩子、僕人說話也是如此。說來好笑，他說的話別人聽不懂，等於沒說，他還自以為得意。

有一天，僕人犯了錯，彭利用說道：「始予以為紀綱之僕，人百其身，賴爾同心同德，左之右之，今乃中道而廢，侮慢自賢，若而今而後，過而弗改，當撻之市朝，任汝自西自東，以遨遊而已。」大意是說：起初我以為你是個守規矩的僕人，能為主人獻身，希望你跟我同心同德，跟隨在我的左右。沒料想沒過多少日子你就犯了錯，自以為了不起。從今以後，犯了錯不知悔改，我就在人多的街市鞭打你，任憑你到別的地方去，讓你四處遊蕩。

有一次，鄰居家失火，救火要緊！他卻慢吞吞地說：「煌煌然，赫赫然，不可向邇。自鑽燧以降，未有若斯之盛，其可撲滅乎！」大意是：火苗紅通通，火勢這麼大，人們都難以靠近。自從上古燧人氏鑽木取火以來，還從來沒有過這麼大的火啊，這火真是難以撲滅啊！

明末清初的張岱寫的另一則掉書袋故事也很有名。有一天，他到一家人家去作客。天已經黑了，他要告辭回家。主人再三挽留他說：「再坐一會兒，等看到了『少焉』再回。」

張岱實在弄不明白，「少焉」是甚麼東西，就向主人請教。主人的回答讓他聽了啼笑皆非：「我們這兒有位鄉紳喜歡掉書袋，因為蘇軾的《赤壁賦》裏有『少焉月出於東山之上』的句子，於是就把月亮稱為『少焉』。我講的『少焉』，就是指月亮。」

|出處|

宋・馬令《南唐書・彭利用傳》：「對家人稚子，下逮奴隸，言必據書史，斷章破句，以代常談，俗謂之掉書袋。」

|例句|

鄭蜀炎《話說「掉書袋」》：「天下可寫的東西實在很多，何必去『掉書袋』讓人笑話呢？」

東牀客

釋義 露着肚子躺在東牀上吃東西的年輕人。女婿的美稱。

太尉郗鑒的女兒郗浚年已及笄（女子滿十五歲為及笄），出落得如同下凡仙女。郗鑒對她極為疼愛，可是越是疼愛，越是犯愁：總不能將女兒一直養在家裏，誤了她的終身大事，但要找個好女婿，倒也確實不易。

有人知道他的心事，好心對他說：「王家佳子弟甚多，為何不到他家覓一佳婿？」

郗鑒久聞王家子弟名聲，只是未見其人，不好亂點。他讓一位得意門生到王家去看看，若有中意的年輕人，就把女兒嫁給他。

王導把家裏的子姪都叫到東廂，將事情向他們說明，並要他們做好準備。年輕人一聽是郗鑒派人前來相親，哪一個都想做郗家女婿，一個個換上簇新的衣服，端端正正地坐着，等待來人相親，都巴不得能夠交上好運。

唯有王導的姪子王羲之，對這件事毫不在意。他衣服也沒換，扣子也不扣，袒胸露腹地躺在東廂的牀上睡覺。

郗鑒的門生將王導的子姪一個個看過，回去向郗鑒詳細報告。郗鑒聽了忙說：「那個躺在牀上睡覺的就是我家女婿。」後世美稱女婿為「東牀佳婿」或「東牀客」，出處就在這裏。

出處

南朝・宋・劉義慶《世說新語・雅量》：「門生歸白郗曰：『王家諸郎，亦皆可嘉，聞來覓婿，咸自矜持，唯有一郎在牀上坦腹卧，如不聞。』」

|例句|

唐・劉長卿《登遷仁樓酬子婿李穆》：「賴有東牀客，池塘免寂寥。」

東道主

原指東邊路上的主人。後泛指接待賓客的主人。

公元前630年，晉文公和秦穆公率領大軍包圍了鄭國國都，晉軍駐紮函陵，秦軍駐紮氾水之南。晉國、秦國都是大國，兩個大國一起來打小小的鄭國，鄭國危在旦夕。鄭文公被迫上絕路，只得謙虛地向老臣燭之武請教。燭之武為了國家的存亡，拋棄了個人恩怨，答應設法解圍。

當天夜裏，燭之武乘着夜色掩護，叫人用粗繩子把他從城頭上吊下去，私下會見秦穆公。燭之武對秦穆公說：「秦、晉兩國大軍圍攻鄭國國都，鄭國知道滅亡在即。如果鄭國滅亡對您有好處，那您動用軍隊完全值得。可是您想一下，即使把鄭國消滅了，您要在這裏設立邊邑，中間還隔開其他國家，實在是太困難了。再說，鄭國滅亡了，晉國豈不是更加強大了？晉國的實力雄厚了，就等於您的力量削弱了。」

聽到這裏，秦穆公似有所悟。燭之武略略一頓，說：「如果不消滅鄭國，讓它成為您東方道路上的主人，貴國使臣來往經過，供應他們的食宿給養，這對您也沒有壞處。」

秦穆公不禁微微點了點頭，燭之武趁熱打鐵：「您也曾經施恩於晉文公，他答應給您土地予以報答，可是早晨剛剛渡河回國，晚上就在那裏築城防禦，他哪裏會有滿足的時候？晉國既以鄭國作為東邊的疆界，必然還要擴張西邊的疆界，如果不損害秦國，它到哪裏去奪取土地呢？大王，希望您多多考慮這件事。」

秦穆公聽了燭之武的分析，覺得很有道理，於是跟鄭國簽訂了盟約，率領大軍返回。晉文公得到消息，一下子懵了。他權衡利弊思量了一番，也率軍從鄭國撤離。

|出處|

《左傳・僖公三十年》：「若舍鄭以為東道主，行李之往來，共（通「供」）其乏困，君亦無所害。」

|例句|

唐・李白《望九華贈青陽韋仲堪》：「君為東道主，於此卧雲松。」

斗酒雙柑

一斗酒兩個柑橘。本指春遊時攜帶的食品，後多指春遊。

南朝宋時的戴顒，是東晉名士戴安道的小兒子。戴安道博學多才，品性高潔，深通音律，善於操琴。官府屢屢徵召戴安道，戴安道便攜家逃到吳地隱居。

戴安道去世後，戴顒和哥哥戴勃繼承父志，雙雙隱居到富春江畔的桐廬（今浙江桐廬）山中。他倆在父親琴曲的基礎上推陳出新，創作出許多新聲，其中的《三調遊弦》、《廣陵止息》等在琴家中享有極高的聲譽。

中書令王綏久聞他們的大名，曾經帶着賓客拜訪戴勃、戴顒兩兄弟，王綏對他們說：「久聞二位善操琴，今天特地前來聆聽二位的琴音。」兄弟二人正在喝粥，對他不加理睬，弄得王綏很無趣，最終恨恨地離開那裏。

戴顒對黃鸝情有獨鍾，他把自己彈奏用的桐木琴取名為「鶬鶊（黃鸝的別稱）」，奏出的樂聲婉轉如黃鸝啼鳴。某個春日，戴顒懷裏握着兩個柑子，提上一壺好酒，興致勃勃走出了家門。人們問他要到哪裏去，他高高興興地回答道：「趁着這大好春色，到山林中去走走，傾聽黃鸝唱歌似的鳴叫聲。」此後，人們便用「斗酒雙柑」比喻在美好的春天郊遊。

後來戴勃病重，無錢醫治，戴顒為了給哥哥治病，出山當了一任縣令。戴勃因病去世，戴顒也就辭去官職歸隱，從此以後再也沒有做過官。

| 出處 |

唐・馮贄《雲仙雜記・俗耳針砭詩腸鼓吹》引《高隱外書》：「戴顒春攜雙柑斗酒，人問何之，曰：『往聽黃鸝聲。』」

| 例句 |

清・魏源《村居雜興十四首呈筠谷從兄》：「斗酒雙柑下，中有萬古詩。」

奪錦袍

把賞出去的錦袍奪回賞給其他人。比喻文才超羣。

武則天是中國歷史上唯一一位女皇帝，她本是唐太宗李世民的才人（小妾），後來做了唐高宗李治的皇后。

高宗李治去世以後，兒子中宗李顯繼位，武后就以皇太后名義臨朝稱制。兩個月後武則天廢掉中宗，立四子李旦為帝，這就是睿宗。做皇太后哪有做皇帝過癮？公元960年，武則天將他的小兒子李旦拉下皇帝的寶座，自己做了皇帝，改國號為「周」，實現了自己的夙願。這時候，她已經是六十七歲的老太婆，是中國歷史上登基時年紀最大的一位皇帝。

憑着她的機智和非凡的才能，武則天倒也把國家治理得井然有序。她為帝十多年，邊防得以鞏固，生產得到發展，人口有所增加。從這方面來說，武則天確實是個了不起的女人。不過，她重用酷吏，濫殺無辜，不少大臣蒙受不白之冤；她好大喜功，生活奢靡，浪費了大量的人力和物力。武則天在位期間，功過參半。

為了突顯自己的「文治」，武則天曾在春遊香山寺時主持了一次「龍門詩會」。別以為武則天附庸風雅，實際上武則天的詩寫得很好，比如人們熟知的《如意娘》：「看朱成碧思紛紛，憔悴支離為憶君。不信比來長下淚，開箱驗取石榴裙。」

詩會開始前，武則天告喻參加詩會的大臣，寫得又快又好的賜予錦袍一件。能在詩會上得到錦袍，這是莫大的榮幸。羣臣傾盡才華，各不相讓。左史東方虬首先將詩寫成，呈給武則天御覽。武則天看過以後覺得他文思敏捷，當場把錦袍賜給了他。

其他大臣相繼成詩，一個個當眾誦讀，大家一致認為，宋之問的詩更在東方虬之上，這可難為了武則天。如果換成別的皇帝，大概也就再賞宋之問一件錦袍便是，可是這位武則天皇帝認為第一不可有兩個，便讓侍從把錦袍從東方虬手中奪回，賞給了宋之問。

|出處|

《新唐書・宋之問傳》。

|例句|

宋・陸游《贈邢芻甫》:「割愁何處有並刀，傾座誰能奪錦袍。」

二卵棄干城

卵：雞蛋；干城：攻城略地的大將。因為吃過老百姓的兩個雞蛋就捨棄了能夠攻城略地的大將。比喻因小錯而捨棄了很有才能的人。

孔子的孫子孔伋，字子思，曾經在衛國做事。一天他跟衛慎公談論任用官員之事，提起了苟變這個人，說：「他是一個能征慣戰的人，具有將帥的才能，指揮五百輛戰車的兵力不在話下，不知大王是否了解他？」

衛慎公說：「這個人我知道，他的確是個將帥之才，可惜的是，他的品行不大好。」

子思忙問：「敢問大王，這是怎麼回事？」

衞慎公說：「他曾經做過地方官，做事很幹練，不過，這個人有缺點。有一次，他到鄉里徵收賦稅，老百姓見他來了，給他兩個雞蛋，他居然把這兩個雞蛋給吃了，真是太貪圖小利了！對於這樣的人，我可不想用。」

子思說道：「聖人任用官員，好比木匠使用木料，取其所長，棄其所短。一根粗大的好木材，只有幾尺腐朽了，高明的木匠不會把它扔了。現在是戰爭頻仍之世，正需要勇猛的將才，大王卻因為兩個雞蛋而捨棄一員大將，這件事可不能讓鄰國知道啊！」

衞慎公聽了連忙向子思作揖，說：「聽了你的這番話，使我受益匪淺，我一定重新考慮如何任用苟變。」

|出處|

《孔叢子．居衞》：「今君處戰國之世，選爪牙之士，而以二卵焉棄干城之將，此不可使聞於鄰國也。」

|例句|

張劍鋒《蜀漢何以亡？諸葛亮不善用人「帥才」不及劉備》：「絕大多數人才總有這樣那樣的毛病，求全責備，就會『以二卵棄干城之將』，『以寸朽棄連抱之材』，最終一無所得。」

二豎為虐

豎：罵人的話，壞小子。兩個壞小子在身體裏幹壞事。指人生病。又作「二豎為災」。

晉景公做了一個噩夢，他找來巫師占卜，巫師對晉景公說：「大王不久於人世，吃不到今年的新麥子了。」

晉景公派人到秦國求醫，秦桓公派來一個名叫緩的醫生來給晉景公治病。

醫生還沒到，晉景公又做了一個夢，夢中看到兩個小孩子。一個小孩說：「來的那個緩醫生是個名醫，只怕他會傷害我們，我們逃到哪裏去，才能躲過這場災禍？」另一個小孩說：「我們躲到肓（指心下膈上的部位）之上，膏（心尖脂肪）之下，那裏是藥力沒法到達的地方，他又能拿我們怎麼樣？」

醫生緩來到以後，給晉景公檢查了一番，說：「大王已經病入膏肓，我沒有辦法醫治了。」晉景公一點兒也沒生氣，對他說：「你的確是個好醫生，能夠如實說出我的病情。」晉景公賞給醫生許多財寶，讓他回國。

六月初六那天，晉景公想嚐嚐新麥，便讓人做了麥飯。晉景公召來巫師，把做好的新麥飯拿給他看，說：「你不是說我吃不到新麥了嗎？我今天就吃給你看。」巫師連聲求饒，晉景公還是把他殺了。

晉景公正想吃新麥飯，忽然間肚子疼起來，急急忙忙跑進茅房，不料腳下一滑，掉到茅坑裏淹死了。這可真是怪了，晉景公到底還是沒吃上到了嘴邊的新麥飯。

|出處|

《左傳·成公十年》：「公疾病，求醫於秦，秦伯使醫緩為之。未至，公夢疾為二豎子，曰：『彼，良醫也。懼傷我，焉逃之。』其一曰：『居肓之上，膏之下，若我何？』」

|例句|

蔡東藩《民國通俗演義》第二十二回：「本想與諸公同心協力，保持國家，怎奈二豎為災，竟致不起。」

二桃殺三士

拿兩個桃子賞賜給三個壯士，三壯士因爭奪桃子而死。本比喻借刀殺人，現多比喻用不夠分配的獎勵使人爭鬥。

春秋時，齊景公有三個勇士，一個叫田開疆，一個叫公孫接，一個叫古冶子。提起這三個人，沒有哪一個不佩服。這三個人有萬夫不當之勇，搏猛虎殺巨鼋，屢次救得齊景公的性命，齊景公對他們寵愛有加。但他們三人恃功自傲，除了齊景公外，不把任何人放在眼裏。

有一天，晏子從三個人身旁經過，小步快走以示敬意。這三個人卻只當沒看見，不肯站起來答禮。晏子對此很不高興，暗暗想道：這三個傢伙算是甚麼東西，居功自傲到如此地步！治國須以禮為先，這三個不知禮的渾小子如此狂妄，不把齊國弄亂才怪呢。

晏子步入內殿對景公說：「我聽說賢能的君王蓄養的勇士，對內可以禁止暴亂，對外可以威懾敵人，居上位的人讚揚他們的功勞，居下位的人佩服他們的勇氣，所以君王讓他們有尊貴的地位、優厚的俸祿。現在君王所蓄養的勇士，對上缺失君臣之禮，對下不講究長幼之倫，對內不能禁止暴亂，對外不能威懾敵人。這些所謂的勇士都是些禍國殃民之輩，必須趕快除掉他們。」

景公想了想，歎了口氣說：「這三個人一身蠻力，誰能打得過他們？若想暗中刺殺他們，只怕刺殺不成更添災患。」

晏子說：「這些人雖然力大無窮，逞勇好鬥，但是他們不講究禮節，有勇無謀。」他給齊景公想出條計謀，請景公派人賞賜他們兩個桃子，對他們說道：「你們三個人各自說說自己的功勞，按照功勞的大小分這兩個桃子吃吧！」

公孫接並非有勇無謀之輩，一眼就看穿了晏子此舉的用意，仰天長歎道：「晏子果真是個聰明人，讓景公叫我們按功勞大小分配桃子。我們要是不接受桃子，就是膽小鼠輩；可是接受桃子，卻又人多桃少，得按功勞大小來分吃桃子。唉，也罷，我先說說自己的功勞——為了保護國君，我曾一舉擊斃野豬，隨後又打死了母老虎。像我這樣的功勞，當然可以獨自吃一個桃子，而不用和別人分享。」說完，便拿起了一個桃子。

田開疆連忙接着說：「為了給君王開拓疆土，我手持兵器立於陣前，接連兩次擊退潮水般湧來的敵軍。像我這樣的功勞，當然可以吃一個桃子而不用跟別人分享。」說完，他也拿起一個桃子。

古冶子按捺不住了，說：「想當年，我跟隨國君橫渡黃河，大鼋咬住車子左邊的馬，拖到了河中間。那時候，我沒法在水面游，只能潛入水底，頂住逆流，潛行百步；又順着水流，潛行了九里，這才抓住那大鼋，將牠殺死了。我左手握着馬的尾巴，右手提着大鼋的頭，像仙鶴一樣從水中一躍而出。渡口上的人看到我都極為驚訝，紛紛嚷道：『快看，河神出來了。』大家仔細一看，原來我提着的是鼋頭。

像我這樣的功勞，理應吃一個桃子而不必與別人共享！你們兩個人聽着，趕緊把桃子拿出來！」說罷，便抽出寶劍，站了起來。

公孫接、田開疆面面相覷，歎了口氣說：「我們確實沒有你勇猛，功勞也沒有你的大。我們拿桃子一點也不謙讓，這就是貪婪啊！我們要是還有臉活在世上，還有甚麼勇敢可言！」他們二人交出了桃子，隨後就自刎了。

古冶子看到這種情形，大聲歎息道：「他們兩個都死了，唯獨我還活着，這是不仁；用話語羞辱別人，吹捧自己，這是不義；悔恨自己的言行，卻又不敢去死，這是無勇。他們二人要是分享一個桃子，那是恰當的；而我獨自吃另一個桃子，也是應該的。」古冶子感到很羞慚，放下桃子，也自刎了。

景公的使者回覆道：「他們三個人都死了。」景公派人給他們入殮，按照勇士的葬禮埋葬了他們。

|出處|

《晏子春秋・諫下》。

|例句|

唐・李白《懼讒》:「二桃殺三士，詎假劍如霜。」

反裘負薪

反裘：古人穿皮衣毛朝外為正，毛朝裏為「反裘」；負薪：背柴禾。反穿皮衣背柴禾。比喻捨本逐末。

有一次，魏文侯外出巡遊，在路上看到一個人反穿着皮裘背柴禾。魏文侯不禁有些奇怪，問那人道：「你為甚麼要反穿着皮裘背柴呢？」

那人道：「唉，你看我這件皮衣，還是新的呢，毛這麼好！要是我正着穿，背柴禾時豈不是把毛磨掉了。」

魏文侯聽了微微一笑，對他說：「你就不想一想，像你這樣背柴禾，很容易把皮衣的裏子磨破，要是裏子給磨破了，正面的毛附着在哪裏呢？毛都沒了，這皮衣還有甚麼用呢？」

第二年，東陽地區向朝廷交納賦稅，仔細一清點，交上來的錢糧竟然比往年多出了十倍。大臣們一個個興高采烈，紛紛向魏文侯表示祝賀。

魏文侯卻憂心忡忡，說：「錢糧多出了十倍，這可不是一件好事啊！你們想想看，東陽地區的耕地還是那麼多，老百姓的人口也沒有聽說有增加，交給朝廷的賦稅卻增加了這麼多，這些錢糧是從哪裏來的？不是官吏們從老百姓那裏盤剝來的嗎？」

魏文侯略略一頓，接着說：「這讓我想起了去年看到的那個反穿皮衣背柴禾的人，他因為愛皮衣上的毛，忘記了皮衣的裏子更加重要。我正在擔心，要是只顧眼前的利益，而不顧老百姓的死活，國家就不會安定。你們說說，賦稅增加了這麼多，老百姓的日子怎麼會好過？這有甚麼可以值得祝賀的呢！」

| 出處 |

漢·桓寬《鹽鐵論·非鞅》:「無異於愚人，反裘而負薪，愛其毛。不知其皮盡也。」

| 例句 |

《宋書·范泰傳》:「故囊漏貯中，識者不吝；反裘負薪，存毛實難。」

范叔袍

范叔在困窘時接受別人的綈(一種粗厚光滑的絲織品)袍。比喻困窘時接受別人的資助。

戰國時，魏國的范睢很有才華，但是他出身低微，家中貧困，只好在魏國大夫須賈門下當差。

有一次，須賈出使齊國，帶着范睢一同前往。一連幾個月過去了，須賈都沒見到齊王。齊王卻仰慕范睢的才能，給他送去不少禮物，范睢不敢接受齊王的禮物，堅決推辭。須賈知道了這件事，懷疑范睢跟齊王有私下交易。他越想越惱火，認定范睢暗中搗了鬼。

回國以後，須賈把這件事報告給相國魏齊。魏齊聽了火冒三丈，不問青紅皂白，讓手下狠狠拷打范睢。手下打斷了范睢的肋骨，敲掉他的牙齒，還是不肯住手。范睢忍受不住，只得裝死。魏齊讓人用草蓆把他裹起來，扔到廁所裏。當時，魏齊家裏有很多賓客，賓客喝醉了都往他身上小便，說是懲罰奸細，儆戒其他人。

好心的看守知道他還沒有死，向魏齊提出請求：「讓我把草蓆裹的死屍抬出去扔了吧。」魏齊答應了他的請求，范睢才保得性命。後來，他在好友鄭安平的幫助下，改名張祿，逃到了秦國。

改了名的范睢給秦昭王寫了一封信，請求秦王接見他。在秦王的宮殿裏，范睢針對秦國當時的實際情況，說了自己的意見。他的話深深打動了秦王，秦王讓他當相國。

過了幾年，魏國聽說秦國即將攻打韓國、魏國，連忙派須賈出使秦國。范睢聽說了這件事，故意穿着破破爛爛的衣裳去見須賈。須賈看到范睢，說：「沒有想到你貧寒到如此地步。」於是招待范睢吃喝，並且送給他一件綈袍禦寒。范睢說自己的主人跟張祿很熟，自己能帶須賈去見秦相張祿。

范睢出去趕來一輛駟（同駕一輛車的四匹馬）馬大車，讓須賈上車入座，自己給須賈駕車。到了相府門口，范睢說進去通報，徑直走了進去。須賈等了許久，不見范睢出來，問看門人：「范睢進去了許久，怎麼還不出來？」看門人說：「這裏沒有范睢。」須賈忙問：「剛才進去的是誰？」看門人說：「是相國張君。」

須賈大驚，脫光了衣裳跪着前行，讓看門人帶着他去謝罪。見到了范睢，范睢問道：「你到底有多少罪？」須賈連忙說道：「拔光我的頭髮來數我的罪，都還不夠用。」

還好，他招待范睢吃喝，還因為憐憫范睢，送給他一件綈袍，范睢認為須賈良心未泯，也就饒恕了他。

|出處|

《史記・范睢蔡澤列傳》：「須賈意哀之，留與坐飲食，曰：『范叔一寒如此哉！』乃取其一綈袍以賜之。」

|例句|

清・趙翼《前守韋緣事罷官詩以送別》：「民猶爭誦廉公褲，我敢相矜范叔袍。」

防民之口甚於防川

川：河流。阻止人民批評的危害，比堵塞河流引起的水災還要厲害。

周厲王非常殘暴，國都裏的人都公開指責他的暴行。召公聽到民眾的指責，對厲王說：「人民已經忍受不了你的暴政了。」

周厲王聽了非常生氣，找來一個衞國的神巫，讓他去監督國都裏的老百姓。有誰膽敢批評厲王，就向厲王報告，厲王馬上把他處死。這麼一來，國都裏的人都不敢公開批評厲王了，人們在路上相遇，只是用眼睛來互相示意。

周厲王非常高興，得意洋洋地對召公說：「我能夠杜絕人們對我的批評了。」

召公嚴肅地對他說：「阻止人民批評造成的危害，比堵塞河川引起的水災還要厲害。河流堵塞不通而決堤，傷害的人一定很多。百姓也像河流一樣，堵住他們的嘴就會造成巨大危害！所以治理河流的人，疏浚河流使它流通；治理百姓的人，讓他們暢所欲言。老百姓心裏想甚麼，嘴上就會說甚麼。堵住老百姓嘴的做法，那是維持不了多久的。」

周厲王沒有聽從召公的勸告，依舊施行他的暴政。三年以後，民眾發動暴動，把周厲王流放到邊遠的彘地（今山西霍縣一帶）。

出處

《國語・周語上》：「防民之口，甚於防川。川壅（堵塞）而潰，傷人必多，民亦如之。」

|例句|

臧克家《納諫與止謗》:「『防民之口,甚於防川』,『止謗』使得老百姓『道路以目』。」

非驢非馬

既不像驢,也不像馬。比喻不倫不類的東西。

東漢時,西域的龜茲國(在今新疆庫車、沙雅一帶)跟漢朝很友好。漢宣帝時,龜茲國王絳賓屢次到中原來訪問,受到漢王朝的熱情款待,絳賓回國時,漢宣帝總要贈送給他一些珍貴的禮物。

在長安居住時,他覺得漢朝的宮殿比他的大帳篷雄偉得多;大臣的絲織品官服,比他臣子的羊皮服裝華美得多;宮廷的儀仗,比扛着的刀槍氣派得多;宮女的氣度,比龜茲美女優雅得多。這些都讓他大開眼界,他打從心底喜歡上長安。

回到西域以後,他仿照漢朝宮殿的樣式建造了一座宮殿,把漢宣帝送給他的物品擺在宮中,讓官員們穿上漢朝官員的官服,要宮中美女穿戴漢朝宮女的服飾。這麼徹底更換一番,龜茲王怎麼看怎麼愜意,而那些官員、美女,你看看我,我看看你,怎麼看怎麼彆扭。

附近國家的人聽說了這件事,很多人趕來湊熱鬧,尤其是見到官員、美女的打扮,一個個忍不住掩口而笑。

由於西域和中原的風俗習慣大相徑庭,當地人對此大加嘲笑,說:「驢子不像驢子,馬不像馬,倒像驢子和馬雜交而成的騾子。」

|出處|

《漢書・西域傳下》:「驢非驢,馬非馬,若龜茲王,所謂騾也。」

|例句|

陳祖芬《生命》:「現在有些青年不相信明天更好⋯⋯或者只想着自己更美更好,穿得非驢非馬,高唱『到處流浪』。」

分我一杯羹

分給我一杯肉汁喝。比喻分享利益。

公元前205年,劉邦趁田榮起兵反楚、項羽出兵齊地(今山東大部)之機,襲擊佔領了關中地區。同年四月,齊、楚兩軍在城陽(今山東菏澤東北)打得難解難分,楚都彭城空虛。劉邦在洛陽聚集各路諸侯聯軍五十六萬,乘機進攻彭城。

好一個項羽,聞訊後留下部將繼續攻齊,親自率精兵三萬迅速南下,殺了一個回馬槍。那時劉邦縱情享樂,疏於防範,楚軍凌晨發起進攻,中午時分便大破聯軍,將劉邦的部隊擠壓在谷水、泗水(今江蘇徐州西)一帶。楚軍斬殺十餘萬人,漢軍餘部向西南山地潰退。楚軍追至靈壁(今安徽濉溪西南)睢水,再殲敵軍十餘萬,並且將劉邦團團包圍。

煞是奇怪,突然間颳起了一陣大風,霎時飛沙走石,劉邦率領數十騎乘機逃走。經此一戰,劉邦遭到嚴重挫折,不僅損兵折將,連父親、妻子都被楚軍活捉。雖然沒有抓住劉邦，但逮到了劉邦的父親、妻子也不錯，項羽認為奇貨可居，把他們關押在軍中。

戰事不斷發展，戰局不斷發生變化。到了相持成皋（今河南滎陽西）時，彭越起兵反楚，斷絕楚軍糧食。為了迅速解決問題，項羽讓人製作了一個高俎（砧板），把劉邦的父親放在上面，對劉邦說：「如果你不快快投降，我就烹殺你父親！」

不料劉邦一點兒也不着急，說：「我曾和你結為兄弟，我父親就是你父親，要是你真的烹殺你父親，請分一杯肉汁給我喝。」

項羽沒料想劉邦會說出這等無賴話，氣得真要烹殺劉邦的父親。項伯連忙阻攔道：「天下事未可知，再說劉邦為了爭奪天下，不會顧及家人。殺了他父親也沒用，只不過增加禍患罷了。」項羽想想也對，總算饒過了劉邦的父親。

楚漢相爭，取得最後勝利的是劉邦，項羽兵敗垓下（今安徽靈璧東南），最終自刎。

|出處|

《史記・項羽本紀》：「吾翁即若翁，必欲烹而翁，則幸分我一杯羹。」

|例句|

唐・李白《登廣武古戰場懷古》：「分我一杯羹，太皇乃汝翁。」

風馬牛不相及

風：動物發情相誘惑；及：達，到。即便馬牛發情追逐，也跑不到對方那裏去。比喻毫不相干。

齊桓公，春秋五霸之一。他憑藉齊國強大的力量，挾天子以令諸侯。楚國在偏僻的南方，齊桓公往往鞭長莫及。楚王也有稱霸的野心，不大買齊桓公的賬。齊桓公為了教訓一下楚國，率領諸侯聯軍攻打楚國。

楚王有些擔憂，憑自己的力量難以和諸侯聯軍相對抗。他派使者到諸侯聯軍那裏，先去打探一下虛實。使者到了諸侯聯軍的營寨，齊國國相管仲接見了他。使者為楚王傳話：「君侯住在北邊，我住在南邊，兩國相距很遠，就是牛馬發情追逐也跑不到對方那裏去，沒料想你們會踏上我國的領土，這究竟是甚麼原因？」

管仲冠冕堂皇地說道：「過去，周康王要求我們國君輔佐周王室，給了我們征伐諸侯的權利。你們沒有按時給周王室繳納貢品，以致周王在祭祀的時候祭祀用品不齊備，我們來查究這件事。周昭王南巡最終沒能返回，我們來查問這件事。」好傢伙，聽聽這話的口氣，儼然是代周天子前來問罪！

使者道：「貢品沒有及時交納，確實是我們國君的不對，不過，這是因為路途遙遠的緣故，並不是故意不向周天子納貢。至於周昭王是怎麼淹死的，你們不妨到河邊問問那裏的老百姓。」這話說得不卑不亢，既認了錯，又不說全是楚國不對。

使者走了以後，諸侯聯軍繼續挺進至陘，臨時駐紮下來，等待作戰良機。

楚王又派屈完做使者，來和諸侯聯軍進行談判。諸侯聯軍向後撤了一些，以示談判的誠意。齊桓公把軍隊擺開，跟屈完一道檢閱軍隊。這哪裏是檢閱，分明是在向楚國示威！齊桓公對屈完說：「這次起兵難道是為了我自己嗎？是為了繼承先君留下的雙方友好關係。楚國和齊國交好，你們看怎麼樣？」

屈完答道：「齊國跟楚國交好，這是我們國君的榮幸，楚國當然願意。」

齊桓公把話鋒一轉：「憑這樣的軍隊打仗，哪一個能夠抵禦！憑這樣的軍隊攻打城池，甚麼樣的城池不被攻克！」

屈完不甘示弱：「您如果用德行安撫諸侯，哪個諸侯敢不服？如果您用武力攻打，楚國將以方城山做城牆，將以漢水做護城河，您的兵力雖然很多，卻沒有用得上的地方。」他答話的口氣很硬，像是要跟諸侯聯軍拚命。

齊桓公盤算了一番：即使把楚國打敗，齊軍也要大傷元氣，既然楚國已經退讓，全身而退也不失為良策。於是，便決定與楚國結盟。

屈完和諸侯們訂立了盟約，齊桓公率領諸侯聯軍撤回。

| 出處 |

《左傳・僖公四年》：「君處北海，寡人處南海，唯是風馬牛不相及也。」

| 例句 |

季羨林《我的老師董秋芳先生》：「六十年來，我從事研究的是一些稀奇古怪的東西，與文章寫作風馬牛不相及。」

風聲鶴唳

唳：鳥叫。把風聲、鶴鳴聲都誤以為是敵人的追擊聲。比喻疑神疑鬼，極度驚恐。

東晉時，北方的前秦苻堅，先後滅掉北方各國，攻取了東晉的梁州、益州，統一了北方。他野心勃勃，企圖乘勝南下，一舉消滅東晉，統一全國。

公元383年，他不顧臣子們的反對，親自率領八十萬人馬，浩浩蕩蕩南下。東晉派大將謝玄、劉牢之領兵八萬應戰。前鋒劉牢之率領五千精兵渡過洛水，趁着夜色襲擊敵人，殲滅了敵人的前鋒部隊一萬五千多人。狂妄的苻堅哪裏肯服輸，將部隊沿着淝水擺開陣勢，準備跟晉軍進行決戰。

要以八萬人馬戰勝前秦的八十萬大軍，非得用計謀才行。謝玄絞盡了腦汁，終於想出了一條妙計。

謝玄派人送信給苻堅，請他把部隊略略撤退一些，讓晉軍渡過淝水進行決戰。驕傲輕敵的苻堅根本不把東晉的八萬人馬放在眼裏，不聽各位將領的勸告、阻攔，答應後撤，並且想在東晉軍隊渡河時進行突襲，一舉殲滅晉國軍隊。

決戰的那一天，就在前秦軍後撤的時候，晉軍迅速渡過淝水，向敵人衝殺過去。後撤的士兵不明就裏，聽到前面傳來喊殺聲，誤以為晉軍打了勝仗，自己的部隊在後退，一個個拚命向後逃竄。前秦軍一下子亂了陣腳，潰逃的士兵像決了堤的洪水直往後湧，怎麼也阻攔不住。苻堅的弟弟苻融一看情況不妙，飛馬趕到陣後，企圖穩住陣腳，但怎麼也阻止不住向後狂奔的士兵。他連命都沒能保住，在混戰中被晉軍殺死。

前秦各位將領看到這種情況，連忙跑到苻堅周圍保護着他，急急忙忙向後逃去。前秦軍失去指揮，更是亂成一團，人多擁擠，自相踐踏，傷亡慘重。

倉皇逃命、潰不成軍的前秦官兵個個膽戰心驚，晚上聽到風吹聲、鶴鳴聲都以為是晉軍的追殺聲。他們只敢走小路，累了就在田野裏躺下休息，凍死、餓死了許多人。

這一仗，晉軍終於打了一個漂亮的勝仗，戰勝了十倍於自己的敵人，使東晉王朝轉危為安。

|出處|

《晉書·謝玄傳》:「聞風聲鶴唳，皆以為王師已至。」

|例句|

三毛《沙巴軍曹》:「這樣的不停的騷亂，使得鎮上風聲鶴唳，政府馬上關閉學校，疏散兒童回西班牙，夜間全面戒嚴。」

封狼居胥

封：築壇祭天；狼居胥：山名，在今蒙古人民共和國境內。本指漢代名將霍去病打敗匈奴後登上狼居胥山築壇祭天以告成功。後比喻建立顯赫功勛。

從奴隸到將軍，是多麼不易，這需要在沙場上浴血奮戰，為國立下赫赫功勛。漢代的霍去病就是這樣的人，由於他一往無前，勇冠三軍，漢武帝封他為「冠軍侯」。

霍去病的父親是官府裏的差役，母親是供人使喚的婢女，他從小生活在奴婢羣裏，處處受人欺凌。有一年，漢武帝要選一位年紀輕、武藝高的人做侍從，霍去病被選中，從此進入朝廷。

他十八歲那年，隨同舅父衞青出征。漢軍剛剛越過長城，就與一大隊匈奴騎兵相遇。兩軍相遇勇者勝，漢軍勇猛向前廝殺，消滅了幾千敵人。霍去病第一次接受戰鬥的洗禮，逐漸攀登上為國立奇功的高峯。

公元前 121 年，霍去病獨當一面，率領精兵一萬，三出河西。

第一次出征，他在六天時間裏，掃蕩了五隊匈奴騎兵。然後飛速騎馳一千多里，像一把尖刀插入匈奴左賢王的腹地。

戰鬥開始後，漢軍由於經過長途跋涉，體衰力弱，戰勢危急。霍去病大喝一聲，猛地向敵人衝去。他大發神威，連挑匈奴十二員猛將下馬。漢軍官兵見了勇氣倍增，一個個奮勇當先，殺得匈奴屍橫遍野。匈奴渾邪王的王子、國相來不及逃跑，被漢軍生擒。

當年夏天，霍去病與其他三位將領同時領兵出征。他採取了迂迴包抄戰術，先向北行軍二百餘里，然後突然折向東面，一舉殲滅了渾邪王和屠休王的主力，俘虜匈奴單于的王子、相國和將領多人。霍去病凱旋向朝廷請功，其他三路失利而歸。從此以後，霍去病的威名更著。

匈奴單于既失愛子，又遭慘敗，惱怒萬分，要將渾邪王、屠休王治罪。他倆驚慌失措，連忙帶領五萬部屬準備向漢朝投降，以求保得一命。

消息傳來，漢武帝半信半疑。幾經考慮，漢武帝決定讓霍去病領兵一萬，再去河西受降。要是匈奴人假降，「冠軍侯」足以抵禦。

霍去病領兵渡過黃河，與匈奴軍相遇。這時候，匈奴軍的首領各懷異志，矛盾重重。前不久，屠休王聽說單于只要殺渾邪王，有些後悔，想再返回，渾邪王見勢不妙，立即殺死屠休王，收編了他的部隊。霍去病聞訊後當機立斷，領兵向匈奴軍馳去。渾邪王聽說霍去病來了，連忙伏地行禮。霍去病下馬將他扶起，對他進行安慰。少數匈奴貴族企圖縱馬逃跑，霍去病一聲令下，把他們全部抓回來斬首示眾。為防止發生變故，霍去病連忙派人將渾邪王先護送到長安，使匈奴軍羣龍無首，然後帶領匈奴軍緩緩而行，順利回到朝廷。

霍去病三出河西，使匈奴人無法在河西立足，只得退至沙漠以北。

公元前 119 年，為消除後患，霍去病領兵越過沙漠，與匈奴軍展開大戰。這一仗漢軍又是大獲全勝，斬殺、俘虜敵人七萬多，生擒匈奴王爺、相國、將領近百人。回師前，霍去病在狼居胥山的主峯築壇祭祀天地，祭奠陣亡將士，這便是歷史上有名的「封狼居胥」。

兩年後，年僅二十四歲的霍去病英年早逝。漢武帝於悲痛之餘親自下詔，將他埋葬在自己選定的墓地。

|出處|

《史記・衛將軍驃騎列傳》：「驃騎將軍去病…… 封狼居胥山，禪於姑衍，登臨翰海。」

|例句|

寒山雲《何日重封狼居胥》：「『封狼居胥』、興大中華成為人們不竭的奮鬥動力。幾代人，為之艱苦努力，捨身不恤。」

烽火戲諸侯

點燃烽火戲弄諸侯。比喻因戲弄別人失去誠信。

周幽王，西周末代君主。周幽王在位時，變本加厲地加重剝削，任用貪財好利、善於逢迎的虢石父主持朝政，引起國人怨憤。

周幽王昏庸無道，沉湎於酒色之中，他派人到處尋找美女，弄得全國不得安寧。大臣褒珦來勸周幽王，被周幽王一怒之下關進監獄。褒珦被關了三年，他的兒子千方百計進行營救。為了投周幽王所好，褒珦的兒子到處尋覓絕色女子，好不容易找到了美如天仙的褒姒，把褒姒獻給周幽王，周幽王這才將褒珦釋放。

周幽王一見褒姒，喜歡得不得了。褒姒卻老皺着眉頭，連笑都沒有笑過一回。周幽王想盡法子要引她發笑，卻怎麼也沒能讓她笑出來。虢石父向周幽王獻上了「烽火戲諸侯」的主意，周幽王連連拍手稱好。

一天夜裏，周幽王下令點燃烽火。烽火一經點起，滿天全是火光。鄰近的諸侯看見了烽火，趕緊帶着兵馬跑來援救京城。聽說大王在細山，又領兵急忙趕到細山，諸侯們一個敵人也沒看見，只聽見奏樂和唱歌的聲音。大家我看看你，你看看我，都不知道是怎麼回事。這時候，周幽王派人對他們說：「各位辛苦了，今夜沒有敵人，你們回去吧！」

諸侯們這才知道上了大王的當，十分惱怒，各自帶兵返回。褒姒瞧見這麼多兵馬忙來忙去，實在可笑，於是笑了起來。美人這麼一笑，可真是百媚皆生，周幽王非常高興，厚賞了虢石父。

過了沒多久，西戎兵真的打到京城來了，周幽王趕緊派人把烽火點燃。這些諸侯看到烽火，以為又是幽王在開玩笑，全都沒有理會，沒有一個派兵前來。

京城裏的軍隊本來就不多，又沒有救兵前來，周幽王不免驚慌起來。大臣鄭伯友領兵抵擋了一陣，可是他的人馬太少，最後被敵人圍住，自己也被亂箭射死。周幽王和虢石父沒能逃脫，都被西戎兵殺死；褒姒被西戎兵擄走，不知所終。

|出處|

《史記．周本紀》。

|例句|

邵亮《從立木為信與烽火戲諸侯說誠信》：「立木為信與烽火戲諸侯，一個『立木取信』，一諾千金；一個帝王無信，玩『狼來了』的遊戲。結果前者變法成功，國強勢壯；後者自取其辱，身死國亡。立木為信與烽火戲諸侯對我們的啟示是深刻的！」

馮唐易老，李廣難封

馮唐：漢代大臣，漢武帝時舉為賢良，但已九十多歲，不能為官。李廣：漢代名將，屢屢立功，卻未能封侯。比喻生不逢時，難以施展才能。

馮唐是歷經文帝、景帝、武帝的三朝臣子，一生多不得志。文帝時，馮唐為郎官，由於他性情耿直，敢於直諫，直到頭髮花白，仍然沒有得到升遷。後來匈奴入侵，他向漢文帝訴說雲中太守魏尚的冤案，並推薦魏尚領兵攻打匈奴。魏尚把匈奴打得大敗，馮唐也終於得到升遷，被任命為車都尉。

漢景帝即位以後，任命馮唐為楚相，因為他正直不阿，最終被免職。

漢武帝即位，匈奴又來侵犯邊境。漢武帝廣徵賢良，馮唐也在舉薦之列。可是他已經九十多歲了，不能出來任職。

唐代詩人王昌齡著名的《出塞》寫道：「但使龍城飛將在，不教胡馬度陰山。」這裏的「龍城飛將」就是指漢代的飛將軍李廣。

李廣自幼習得世傳弓法，射得一手好箭，從軍後依靠軍功升為中郎。他曾多次跟隨漢文帝射獵，憑勇力格殺猛獸，文帝慨歎道：「可惜啊，你沒有遇上好機會！如果讓你生在高帝時，博取一個萬戶侯哪值得一提呢！」李廣前後擔任過上谷、隴西、北地、雁門、代郡、雲中等地太守，跟匈奴人打過許多硬仗。

武帝即位，召李廣為中央宮衛尉。公元前 129 年，擔任驍騎將軍，率領萬餘騎兵出雁門（今山西右玉南）攻打匈奴，因眾寡懸殊負傷被俘。李廣佯死，匈奴兵將他置於兩馬之間，在途中李廣伺機一躍而起，奪得馬匹逃回。

公元前 119 年，李廣被任命為前將軍，跟隨主帥衞青出征。出塞之後，衞青探知單于的駐紮地，決定自己率部隊正面襲擊單于，而命前將軍李廣從東路夾擊。東面道路迂而遠，水草很少，不利於行軍，部隊因為缺乏嚮導迷失了方向，耽誤了約定的軍期。到達漠南之後，衞青與李廣等會合。李廣不願牽連部下，更不願面對刀筆吏的審訊，憤而自盡。

李廣一生與匈奴作戰四十餘年，大大小小的戰鬥打了七十餘場，連他的許多部下都被封侯，李廣卻始終沒能封侯。

| 出處 |

唐・王勃《滕王閣序》：「嗟乎！時運不齊，命運多舛，馮唐易老，李廣難封。」

| 例句 |

許斌《馮唐易老，所貴唯賢》：「馮唐已經算不得志者中的知名者，其他極具才華、卻被排除在選拔範圍之外的不得志者，該有多少啊……引得王勃後來在《滕王閣序》中長歎：『馮唐易老，李廣難封。』」

負荊

荊：荊條。背着荊條請別人責罰自己。比喻主動誠懇地向人認錯。

趙國的藺相如，在與秦國一系列的外交鬥爭中取得了重大勝利，被趙王任命為上卿。上卿相當於後來的宰相，主持朝廷的日常工作，可謂一人之下，萬人之上。

趙國的大將廉頗很不服氣，他暗暗想道：我為趙國出生入死，立下了汗馬功勞，難道我就不如藺相如？藺相如光憑嘴上的工夫，有甚麼了不起，地位反倒比我還高？他越想越不服氣，怒氣沖沖地公開揚言：「我要是碰着藺相如，要當面給他點兒難堪，看他能把我怎麼樣！」

廉頗的這些話傳到了藺相如耳朵裏，藺相如便處處讓着他。有一次他乘車出門，聽說廉頗從前面來了，就立即叫車夫把車子趕到小巷子裏，等廉頗過去了再走。

藺相如的手下心裏不服氣，紛紛對藺相如說：「您的地位比廉將軍高，您倒反而讓着他，再這麼下去，連我們都臉上無光！」

藺相如心平氣和地問他們：「廉將軍跟秦王相比，哪一個厲害呢？」大家說：「那當然是秦王厲害。」藺相如說：「我連秦王都不怕，還會怕廉將軍嗎？秦國現在不敢來攻打趙國，就是因為有我和廉將軍在。我們兩人好比是兩隻老虎，要是牠們打起架來，不免有一隻要受傷。我這麼做，是把國家的利益放在前面，把個人的恩怨放在後面啊。」

這話傳到了廉頗的耳朵裏，廉頗感到非常慚愧。他光着上身，背了一根荊條，來到藺相如家，要藺相如責罰他。藺相如連忙出來迎接廉頗，雙手將他扶起，給他穿好衣服，拉着他的手請他坐下。從此以後，藺相如和廉頗成了生死之交。

|出處|

《史記·廉頗藺相如列傳》。

|例句|

明·羅貫中《三國演義》：「布曰：『司徒少罪。布一時錯見，來日自當負荊。』」

覆巢之下安有完卵

鳥巢已經傾覆，哪裏還會有完整的鳥蛋。比喻整體或主體已經毀滅，個體難以倖免。

孔融，東漢時著名的文學家，是繼蔡邕之後的文章宗師。

孔融年紀很小就懂得兄弟友愛。有一次，家裏來了客人，給孩子們帶來很多梨。父母把孔融他們弟兄六個都叫到跟前，拿出一盤梨給小兄弟們吃。孔融年僅四歲，排行最小，父母疼愛他，讓他先拿。孔融走上前去，撿了一個最小的。大家感到奇怪：那麼多梨放在盤子裏，這孩子為甚麼撿了個小的？有人問他為甚麼拿小的，孔融的回答讓所有的大人都感到意外：「我年紀最小，應當拿小的，大的給哥哥吃。」

孔融生活的年代，正是天下大亂的東漢末年。他反對戰亂，反對曹操專權，常常以譏諷的文筆向曹操發難。曹操當然容不下他，將他逮捕。

官差去逮捕孔融的時候，孔融的兩個兒子正在家裏玩遊戲。那時候，他的大兒子九歲，小兒子八歲。兩個孩子見到如狼似虎的官兵，一點兒也不害怕，依然玩他們的遊戲。孔融心裏非常難過，對使者說：「希望只治我的罪，能不能把兩個年幼的孩子放過？」

官差愣在那裏沒說話，他的兒子慢慢地走到孔融面前，說：「父親大人，哪見過傾覆的鳥窩裏還會有完好的鳥蛋！」聽了兒子的話，孔融越發心如刀絞。

斬草要除根，小孩子當然不能放過。他的兒子沒有說錯，孩子果然和大人一起被抓走。

| 出處 |

南朝・宋・劉義慶《世說新語・言語》：「孔融被收，中外惶怖。時融兒大者九歲，小者八歲，二兒故琢釘戲，了無遽（慌張）容。融謂使者曰：『冀罪止於身，二兒可得全不？』兒徐進曰：『大人，豈見覆巢之下，復有完卵乎？』尋亦收至。」

| 例句 |

沈雪《覆巢之下，安有完卵》：「持長線股的撤資，也是『覆巢之下安有完卵』重要原因之一。」

高陽酒徒

高陽：古代地名，在今河南杞縣西南。高陽那裏愛喝酒的人。指喜歡喝酒、狂放不羈的人。

劉邦本是潑皮（流氓）無賴出身，剛剛拉起隊伍反秦時，仍然惡習不改。他最看不起讀書人，有儒生前去見他，他就把人家的儒冠搶過來往裏面小便，絲毫不顧及自己的體面。

酈食其，是高陽老儒生，已經六十多歲了，還在衙門裏當小吏以維持生計。他雖然貧窮，但有志氣，有錢有勢的人也沒法差使他，被人稱為「狂生」。

酈食其聽說劉邦是個豪傑，想去投奔他。有人勸他不要以儒生的身份去見劉邦，否則會自取其辱。

有一天，酈食其去見劉邦，果然吃了閉門羹。通報的人出來對他說道：「沛公向先生致歉，現在他正在忙於天下的大事，沒有時間會見儒生。」

酈食其頓時發起牛脾氣，高聲說道：「快點兒進去！告訴你們主子，要見他的不是儒生，是高陽那裏愛喝酒的人。」劉邦聽手下這麼一說，讓酈食其進去相見。

酈食其進去一看，咳，劉邦倒也真會享福，兩個美女正在給他洗腳。酈食其不願下跪，只是對劉邦作了一揖，說：「您是想幫助秦國攻打諸侯呢，還是想率領諸侯滅掉秦國？」

哪個讀書人敢對劉邦這樣說話？劉邦不禁勃然大怒：「你這個混賬書生，你難道不知道天下人都在受秦的苦壓，怎麼能說我幫助秦國攻打諸侯！」

酈食其不緊不慢地說：「要是你下定決心推翻暴秦的統治，就應當聚集民心，現在你如此對待老年人，那可不行。」劉邦聽了酈食其的這番話，馬上叫給他洗腳的女子走開，把衣裳穿整齊，請酈食其入座，並且向他道歉。

時隔不久，劉邦採用了酈食其的計謀，攻下了陳留，奪取了大量的糧食和武器，壯大了自己的隊伍。

|出處|

《史記·酈生陸賈列傳》：「使者出謝曰：『沛公敬謝先生，方以天下為事，未暇見儒人也。』酈生瞋（瞪大眼睛）目按劍叱（大聲呵斥）使者曰：『走！復入言沛公，吾高陽酒徒也，非儒人也。』」

|例句|

郭沫若《入幽谷·舟遊陽朔》：「經天夫人的烹調很拿手，碰着我們這四大家族，都是饕餮（中國古代傳說中的神獸，特別能吃）大家而兼高陽酒徒，那就相得益彰了。」

顧曲周郎

顧：看；曲：樂曲；周郎：周瑜。原指周瑜精通音樂，演奏的人稍稍有錯，他就要向演奏者望一眼。後泛指精通音律的人。

蘇軾《念奴嬌．赤壁懷古》：「遙想公瑾當年，小喬初嫁了，雄姿英發。羽扇綸巾，談笑間，檣櫓灰飛煙滅。」蘇軾這首千古傳頌的豪放詞，詠赤壁，懷周瑜，氣勢磅礴，確為銅琶鐵板力作。

這位「羽扇綸巾」的年輕儒將，東漢末年出身於士族世家，自小便與孫策結為摯友。成年後，大軍閥袁術對周瑜十分賞識，想把他招入自己的屬下。周瑜看出袁術最終不會有所成就，歸附了好友孫策。孫策喜出望外，親自出城相迎，隨後，任周瑜為建威中郎將。

不久，孫策、周瑜攻破皖城，孫策、周瑜分別娶了天姿國色的大喬、小喬，留下一段千古佳話。蘇軾詞中云「遙想公瑾當年，小喬初嫁了，雄姿英發」，以美人烘托英雄，寫出了風流倜儻、瀟灑英俊的青年將領的形象。

公元200年，年僅二十六歲的孫策遇刺身亡，臨終把軍國大事交給了弟弟孫權。在這關鍵時刻，周瑜從外地帶兵前來奔喪，留在吳君孫權身邊任中護軍。握有重兵的周瑜以君臣之禮對待孫權，其他人誰敢亂動？局勢一下子穩定下來，君臣齊心治理好東吳。

曹操基本統一北方後，進而想統一全國。公元208年九月，曹操揮師南下，胸無大志的劉琮將荊州拱手相讓，劉備勢單力孤，無法與曹操抗衡，率眾南逃。曹操打算乘勝順流而下，席捲江東。

在這嚴峻的局勢面前，東吳的謀臣將士十分驚恐，大部分人認為應該「迎曹」，只有魯肅等少數人力主抵抗曹軍。領兵在外的周瑜回到朝廷，力挽狂瀾，堅定了孫權抵抗曹操的信心。周瑜成竹在胸，指揮若定，採用火攻的方法，「談笑間，檣櫓灰飛煙滅」，將曹操的軍隊徹底擊潰。不然的話，真的要像杜牧《赤壁》詩假設的那樣，曹操早就攻破了東吳，大喬、小喬也要被他搶走，「銅雀春深鎖二喬」了。

周瑜不僅精通軍事，還精於音律，江東向來有「曲有誤，周郎顧」之語。據《三國志》記載，即使周瑜多喝了幾杯酒，演奏曲子的人假若演奏有失，周瑜必定要向演奏者望一眼，意思是說：「喂，你錯了。」

公元 210 年，文武雙全的周瑜因病去世，年僅三十六歲。

| 出處 |

《三國志・吳書・周瑜傳》：「瑜少精意於音樂，雖三爵之後，其有闕誤，瑜必知之，知之必顧，故時有人謠曰：『曲有誤，周郎顧。』」

| 例句 |

清・孔尚任《桃花扇》第二十三齣：「你有這柄桃花扇，少不得個顧曲周郎；難道青春守寡，竟做個入月嫦娥不成？」

觀止

看到這裏就夠了，下面的不用再看了。讚美看到的事物盡善盡美，無以復加。

春秋時，吳國的季札是個大賢人。現在，常州淹城博物館暨（和）武進名人館，將他排名第一。那麼，季札是個怎樣的人呢？

季札，是吳王壽夢的四個兒子中最小的，封地在延陵（今江蘇常州）一帶，又稱「延陵季子」。壽夢的四個兒子中季札的德行最好，壽夢打算把王位傳給他，兄長們也都認為他最適合繼承王位，季札無論如何都不答應，最後王位由哥哥繼承。

哥哥諸樊覺得自己的德能遠在季札之下，一心想把國家的重任交給他；吳國的百姓仰慕他的德行，一心想要擁戴季札為王。季札只得退隱於山水之間，成天躬耕勞作，以表明他堅定的志節，這才打消了吳人擁立他為國君的念頭。

有一次，吳王以季札為使者出使魯國。在魯國訪問期間，魯襄公讓人為他表演周樂和舞蹈。季札一面欣賞各種音樂和歌舞，一面指出優缺點。當看完表演虞舜的歌舞《韶箾》後，他便知道那是最後一個節目了，大聲稱讚道：「虞舜的功德最高啊！就像無垠的春天，沒有甚麼不被它覆蓋；就像廣闊的大地，沒有甚麼不被它運載，再也沒有甚麼能超過這部歌舞所表現出來的虞舜的功德了！觀止矣（欣賞就到此為止吧），不用再看其他的了！」

魯國人想不到季札竟能一一說出舞樂的名字，並且恰如其分地作出評論，對他非常敬佩。

|出處|

《左傳·襄公二十九年》：「雖甚盛德，其蔑以加於此矣，觀止矣。若有他樂，吾不敢請已。」

|例句|

郭瑞三《精華畫集的「觀止」類書》：「『觀止』類書代有所出。而公認最優秀的古文選本應當是清代吳楚材、吳調侯選編的《古文觀止》。」

管鮑之交

管：指管仲；鮑：指鮑叔牙。管仲、鮑叔牙那樣的交情。比喻知己好友。

管仲和鮑叔牙是好朋友，兩個人的主子是親兄弟。管仲為公子糾做事，鮑叔牙為公子小白出謀劃策。公子糾、公子小白是齊襄公的弟弟，可是齊襄公卻容不下他們倆，管仲只得帶着公子糾到魯國避難，公子小白跟隨鮑叔牙逃往莒國。

不久，齊國大亂，齊襄公被臣子殺死，另立齊襄公的堂弟公孫無知為國君。沒過幾個月，公孫無知又被臣子殺死，齊國一時沒有國君。公子糾和公子小白這兩個親兄弟，這時已經毫無手足之情，為了爭奪君位，進行你死我活的爭鬥。在鮑叔牙的幫助下，公子小白獲得勝利，公子糾最終難逃一死。

公子小白登上了君位，他就是齊桓公。齊桓公恨透了管仲，要把他殺了解恨。鮑叔牙竭力勸告齊桓公，留下管仲為自己效力。後來管仲做了齊國國相，輔佐齊桓公成就霸業。

管仲曾經感歎地說：「我年輕的時候跟鮑叔牙一起經商，分紅的時候我總是多拿一些，鮑叔牙不認為我貪婪，知道我家境貧困。我曾經給鮑叔牙謀事，結果把事情弄得一團糟，鮑叔牙不認為我愚蠢，知道我運氣不好。我曾經三次做官，三次被驅逐，鮑叔牙不認為我沒有出息，知道我沒有碰上機遇。我曾經三次參加戰鬥，結果三次逃跑，鮑叔牙不認為我怕死，知道我家有年老的母親需要養活。公子糾爭奪王位失敗，別人為主人殉難，我卻做了俘虜，鮑叔牙不認為我沒有廉恥，知道我雄心大志沒有實現。生我的是父母，了解我的是鮑叔牙啊。」

從此以後，人們便把知己好友稱作「管鮑之交」。

| 出處 |

《列子 · 力命》。

| 例句 |

陸文虎《至情至深至純至正——懷念錢鍾書先生》：「多次問及廈門大學鄭朝宗教授的情況，談到二人的管鮑之交。」

廣陵散絕

廣陵散：古樂曲名。《廣陵散》失傳。比喻優良傳統斷絕，也比喻某一事業後繼無人。

魏晉時期，有個著名的文學小集團，叫「竹林七賢」。他們是嵇康、阮籍、山濤、向秀、劉伶、王戎及阮咸。這些人都是當時的風流名士，因為不滿當時的暴政，逍遙山野，經常在竹林裏飲酒作樂，因此被世人稱為「竹林七賢」。

嵇康為曹魏宗室的姻親，妻子是長樂亭主，但他與統治者格格不入，於是放縱於山林。那時候，他的生活很艱難，常常以打鐵來補貼家用。有一天，他在樹蔭下打鐵，正好老朋友向秀來了，就幫着他拉風箱。

事也湊巧，那天鍾會也帶着隨從來訪。鍾會是司馬氏的心腹，想與嵇康結交來提高自己的身價。他知道嵇康看不起自己，遲遲沒有上前。

嵇康看見鍾會來了，故意不理睬他。過了一會兒，鍾會轉身打算離開，嵇康突然說：「你何所聞而來，何所見而去？」鍾會扭頭回答：「我聞所聞而來，見所見而去。」說完便離開了。後來，嵇康又當面羞辱過鍾會，鍾會對他恨之入骨。

時隔不久，嵇康收到好友呂安的來信，請他當個證人。原來，呂安的妻子容貌豔麗，呂安的哥哥呂巽趁呂安不在家，與呂安的妻子勾搭成姦。呂安要到官府狀告哥哥，哥哥呂巽卻先下手為強，狀告呂安誹謗朝廷。這個罪名不輕，呂安被收監，坐了牢。呂安託人捎信給嵇康，讓嵇康證明自己的清白。

嵇康痛恨呂巽的禽獸之行，便到官府為呂安伸冤，沒料想這個案子落到鍾會手中，鍾會便以「負才惑羣亂眾」的罪名，判處嵇康死刑。

臨刑那一天，刑場周圍人山人海，人羣中有與嵇康訣別的親朋好友，更有為他伸冤請命的幾千名太學生。嵇康神色自若，讓人把琴拿來，彈了一首《廣陵散》，說：「袁孝尼曾經要跟我學習彈奏這首樂曲，當時我沒有教他，從今以後，《廣陵散》就要失傳了。」

|出處|

南朝·宋·劉義慶《世說新語·雅量》：「嵇中散臨刑東市，神氣不變，索琴彈之，奏《廣陵散》，曲終曰：『袁孝尼嘗請學此散，吾靳固不與，《廣陵散》於今絕矣。』」

|例句|

陸茗《老人的絕技》：「現在，除了這個老人，沒有其他人掌握這種染色技術，已經面臨廣陵散絕的境地。」

過五關斬六將

本指關羽護送嫂嫂尋找劉備，連闖五處關隘，斬殺六位將領。比喻克服重重困難，掃除種種障礙。

東漢末年，劉備軍被曹操擊敗，劉備獨自投奔了袁紹，張飛逃到芒碭山暫住，關羽保護着劉備妻子家小，被曹操軍馬包圍在一座山頭上。

曹操愛惜關羽的英武才華，派張遼前去招降。張遼遊說關羽，關羽為了保護劉備的家小，同意暫時歸降曹操，但他提出了幾點要求：第一，降漢不降曹；第二，要確保嫂嫂安全；第三，如有劉備消息就立即離去，曹操不能阻攔。曹操出於愛才，最終答應下來。

關羽保護着劉備的兩位夫人，跟隨曹操前往許都（今河南許昌）。途中，曹操故意讓關羽與二位嫂子同住一室。他暗暗想道：哪個血性漢子不愛美色？只要關羽把持不住，就能抓住他的把柄，過去的三個條件便可一筆勾銷。曹操萬萬沒有想到，關羽一手拿着燭火，一手拿刀，通宵站在門外保護嫂嫂。從此以後，曹操對關羽更加敬佩。

曹操三日一小宴、五日一大宴招待關羽，又贈送美女和金銀財寶。關羽讓美女服侍嫂嫂，財物則交嫂嫂保管。曹操又將呂布的赤兔馬送給關羽，關羽再三拜謝。

後來關羽得知劉備在河北袁紹處，便向曹操告辭。曹操避而不見，關羽便將曹操過去送給他的財物、美女全部留下，留給曹操一封書信，護着二位嫂嫂前往河北。

關羽憑藉自己的勇猛善戰，連續過東嶺、洛陽、沂水、滎陽和黃河五關，斬殺孔秀、孟坦、韓福、卞喜、王植和秦琪六將，終於到達河北，與劉備相聚。

| 出處 |

明・羅貫中《三國演義》。

| 例句 |

明・馮夢龍《喻世明言》：「關羽過五關、斬六將，以泄前生烏江逼命之恨。」

沆瀣一氣

沆瀣：指崔沆、崔瀣。崔沆、崔瀣通同一氣。原是對他們兩個進行調侃的話。後比喻氣味相投的人聯合在一起。

科舉考試自隋朝開始，一直進行到清朝末年。讀書人要想做官，必須通過科舉考試。人們將主考官稱為「座主」，將被錄取的學子稱為「門生」。

公元875年，唐僖宗下令舉行科舉考試。按規定，科舉考試由禮部掌管，皇上便讓禮部侍郎崔沆擔任主考官。

發榜的那一天，榜前人頭攢動，都想看一看自己是否考中，能不能雁塔題名。有人一個個地唸着名字，唸到一個人的名字叫崔瀣，當時唸過去也就算了，誰也沒有在意這個名字。天黑以後，看榜的人也漸漸散去。

第二天，不知誰編出個笑話，說甚麼「座主門生，沆瀣一氣」。聽到這個笑話的人沒有一個不笑彎了腰：主考官是崔沆，被錄取的人叫崔瀣，他們的關係自然是「座主門生」了；最好笑的是「沆瀣一氣」，「沆瀣」，本來指夜間的水汽，文人說話文雅，用以隱指「放屁」，把兩個人的名字連在一起，倒成了「座主門生，一起放屁」了，哪一個聽了會不覺得好笑呢？

後來這個笑話變成一個成語，意思也有變化，指氣味相投的人聯合在一起。

|出處|

宋・王讜《唐語林・補遺》：「座主門生，沆瀣一氣。」

|例句|

施蟄存《適閩家書》:「我佩服這些茶房，他們擊中了僑胞們的弱點，同時我也惋惜這些好賭博的僑胞，甘願和這些曾經侮辱他們的茶房沆瀣一氣。」

濠梁

梁：橋樑。莊周、惠施同在濠梁遊玩觀魚。比喻自得其樂，別有會心。

春秋戰國時期，百花齊放，百家爭鳴，出現了「九流」：儒家者流、道家者流、陰陽家者流、法家者流、名家者流、墨家者流、縱橫家者流、農家者流、雜家者流。

「名家」是其中的一個流派，代表人物是惠施。那時候，出現了許多名不副實的情況，「名家」主要探討「名（概念）」與「實（實際）」的關係，認為要名實相副，不可名不副實。

莊子跟惠施是同一時代的人，是道家學說的主要創始人，和道家始祖老子並稱為「老莊」。莊子把「貴生」、「為我」引向「達生」、「忘我」，歸結為「道」、「我」合一。

莊子和惠施是好朋友，但也經常為自己的學術思想和對方不同進行爭論。有一次，莊子看到河裏的魚，說：「魚在河裏自由地游來游去，多快樂啊。」

惠施馬上說：「你不是魚，你怎麼知道魚快樂？」惠施認為人不是魚，說自己知道魚快樂那是名實不副。

莊子立即反問道：「你不是我，你怎麼知道我不知道魚快樂？」莊子強調「忘我」，認為「道我合一」，當然能夠了解魚的快樂。

兩人由於觀點不同，所以對事物的看法不一致。不過，莊子對惠施很尊敬，說他讀書多，學識淵博。

|出處|

《莊子・天下》：「莊子與惠子遊於濠梁之上。」

|例句|

宋・黃庭堅《奉答謝公定與榮子邕論狄元規孫少述詩長韻》：「自往見謝公，論詩得濠梁。」

好好先生

甚麼都說「好」的先生。指一團和氣，不去得罪任何人的人。

東漢末年，一些文人學士為求自保，往往三緘其口。當年的司馬徽，便是這樣的人物。

司馬徽客居荊州時，荊州刺史是劉表，他知道劉表不是善輩，為人奸詐陰毒，為了避禍，司馬徽從不輕易發表自己的看法，不管別人問甚麼，他都是一個「好」字應付。

他的妻子對他說：「人家有所疑惑，才來向你請教，你應當詳細給人家分析，甚麼是對的、甚麼是錯的。現在你甚麼都說『好』，還要來問你幹甚麼？」

司馬徽說：「哎呀，你說得簡直是太好了！」

別以為司馬徽真的事事如此，他是看人說話，對於所器重的人，也會以實相告。劉備前來拜訪他，他便誠心向劉備推薦了諸葛亮，這才有了「三顧茅廬」的佳話，才有了「鼎足三分」的天下。

東漢名士龐德公稱諸葛亮為「卧龍」，司馬徽為「水鏡」，龐統為「鳳雛」，說明司馬徽頗有知人之明，並非無能之輩。

| 出處 |

南朝・宋・劉義慶《世說新語・言語》劉孝標注引《司馬徽別傳》：「時人有以人物問徽者，初不辨其高下，每輒言『佳』。其婦諫曰：『人質所疑，君宜辯論，而一皆言「佳」，此人所以咨君之意乎？』徽曰：『如君所言，亦復「佳」。』」

| 例句 |

高占祥《當說必說》：「『好好先生』奉行的是好人主義，是一種腐朽庸俗的作風，其『要義』是『言多必失』。」

河東獅子吼

河東：古郡名，宋代陳慥的妻子是河東人。母獅子吼叫起來。比喻妻子兇悍。

宋代文人陳慥，字季常，自稱「龍丘先生」。他歸隱山林以後，經常頭上戴着高聳的方冠在山野中漫步，所以大家又稱他「方山子」。

陳慥出身於勛貴世家，洛陽城裏有園林豪宅，鄉里有良田千頃，豪富不讓公侯。根據當時的「門蔭」制度，他不用參加科舉考試就能做官，可是他淡泊於官場，不願意做官；憑着家裏的家產，可以盡情揮霍享受，可是他卻扔下了萬貫家業，隱居在誰也不知道的山林。

蘇軾貶官黃州，有一次路過岐亭，正巧遇上了陳慥。陳慥頭戴方冠，身穿粗布短衣，正在悠閒地漫步。蘇軾吃驚不小，連忙問道：「哎呀，這不是老朋友陳慥嘛，你怎麼會在這裏呀？」

陳慥看到蘇軾，非常驚訝，也連忙說：「這不是東坡兄嘛，你怎麼到這裏來了？」

蘇軾把這些年的經歷略略說給他聽，陳慥聽完低頭不語，忽然間陳慥大笑起來，拉着蘇軾的手說：「別光顧着說話，到我家裏去。」

到了陳慥家中，蘇軾又是一驚，昔日的花花公子，現在竟然住在茅舍裏。吃飯的時候，端出來的全是山野菜蔬，沒有半點葷腥。

陳慥年輕的時候，才氣過人。不僅詩文寫得好，武功也不錯。有一次，陳慥帶着兩名隨從，跟蘇軾一起到山裏打獵。突然，前面飛起一隻大鳥，陳慥將一支箭遞給隨從，要他把鳥射下來。隨從一箭不中，看看大鳥就要飛遠，陳慥飛馬上前，一箭把大鳥射下。

陳慥喜歡跟賓客一起開懷暢飲，宴飲時讓歌伎演唱助興。有一次，賓客酒意正濃，歌伎唱得正歡，他的妻子在庭院裏高聲喝罵，用棍棒敲着磚地，陳慥嚇得渾身發抖，賓客們掃興而歸。

朋友們喜歡到陳慥家聚會，但又怕他的妻子脾氣發作。蘇軾寫了一首詩調侃陳慥：「龍丘居士亦可憐，談空說有夜不眠。忽聞河東獅子吼，拄杖落手心茫然。」陳慥的妻子是河東人氏，所以戲稱她是「河東獅子」。試想，陳慥聽到妻子的喝罵，嚇得連手杖都掉在地上了，可見害怕到了甚麼程度！

蘇軾曾經寫了一篇《方山子傳》，把一個佯狂於世、狂放不羈的形象栩栩如生地展示在讀者面前；又因為一首開玩笑的詩，一千多年來一直讓陳慥背上「懼內」的名聲。陳慥這等人物，實在可愛。

|出處|

宋・蘇軾《寄吳德仁兼簡陳季常》:「忽聞河東獅子吼，拄杖落手心茫然。」

|例句|

汪濤《鹽官浮生半日閒》:「如果說，方才潮水初起時是嫻靜清澈，一副小家碧玉半遮面的溫柔模樣，那麼現在可是變得洶湧澎湃、濁浪滔天，好比是那兇暴卻對愛情無比執着的劉月虹的河東獅子吼。」

涸轍之鮒

涸轍：雨水乾後的車溝；鮒：鯽魚。乾車溝裏的鯽魚。比喻處境困難、急需救助的人。

莊子家裏非常貧窮，經常餓一頓飽一頓，眼下已經斷了糧，實在沒辦法過日子，他再也顧不上面子，打算到監河侯那裏去借點兒糧食度日。

到了監河侯那裏，莊子說明了來意。監河侯答應得倒也爽快，說：「好吧，我一定借糧食給你。」但接下來的話可把莊子氣壞了：「很快就要收租了，等收到租子以後，我借給你三百金，怎麼樣？」

莊子強壓怒火，講了一個故事：

昨天我到這裏來的時候，半路上聽到有人喊救命。我朝四邊一看，附近沒有人，剛想走開，又聽到「救命」聲。我循着聲音看過去，看到車溝裏有條魚。

我問那條魚：「魚兒啊，你怎麼到這裏來了呢？」

魚兒回答道：「我是東海神的臣子，不小心掉在這乾車溝裏，你能不能給我盛把水，救救我的性命？」

我爽快地答應了他，說：「好吧，我一定會引水來救你。現在我正要到南方去見吳越國王，到了那裏，我讓他們把西江水引過來救你，你看行不行？」

那魚兒聽了，立即變了臉色，氣惱地說：「現在這裏沒有水，我難以活命，只求你給我盛把水，救救我的性命。等你請人把西江水引來，我早就沒有命了，到了那時候，你還是到乾魚鋪子裏找我吧！」

| 出處 |

《莊子・外物》:「周昨來，有中道而呼者，周顧視車轍中，有鮒魚焉。」

| 例句 |

魯迅《娜拉走後怎樣》:「但人不能餓着靜候理想世界的到來，至少也得留一點殘喘，正如涸轍之鮒，急謀升斗之水一樣。」

華封三祝

華：古地名；封：封人，守衛疆界的人。守衛華州疆界的人對上古賢者唐堯的三個美好祝願。多作祝頌之辭。

堯，姓伊祁，名放勛，史稱唐堯，是我國傳說中的上古賢明帝王，人們稱他為聖人。

有一年，堯到華州巡遊，守衛華州封疆的人看到堯非常高興，說：「這不是聖人堯嗎，讓我們給您祝福。」堯說：「多謝了，不必如此。」

守衛邊疆的人大聲說：「上蒼啊，請讓這位聖人長壽。」堯聽了以後連忙說：「我請求你不要這樣說。」

那人繼續說道：「上蒼啊，請讓這位聖人富有。」堯忙說：「請你千萬不要這樣說。」

那人接着說：「上蒼啊，請讓這位聖人多子多孫。」堯說：「請你不要這樣說了。」

守衛邊疆的人感到奇怪，問道：「難道我說錯了甚麼嗎？長壽、富有、多子多孫，這些都是人們希望得到的，您偏偏不要這些，這是為甚麼呢？」

堯回答道：「多子多孫使人增加畏懼，富有使人招來許多禍事，長壽會使人蒙受更多的屈辱。這三件事都不能用來增長德行，因此我拒絕了你們的祝福。」

|出處|

《莊子・天地》：「堯觀乎華，華封人曰：『嘻，聖人。請祝聖人，使聖人壽。』堯曰：『辭。』『使聖人富。』堯曰：『辭。』『使聖人多男子。』堯曰：『辭。』」

|例句|

楊子慧《「華封三祝」與福壽辨》：「總而言之，華封三祝的故事可以視為『福壽』文化的最早記載，是古往今來中華民族孜孜以求的最高人生境界。」

華亭鶴唳

華亭：地名，位於今上海松江西；唳：鶴、鴻雁等的鳴叫。在華亭聽取鶴的鳴叫聲。比喻懷念家鄉，悔入仕途。

西晉有位大文豪，名叫陸機。古人形容別人才華橫溢，常常說「潘江陸海」，這「潘」，指的是晉代詩人潘岳；「陸」指的是晉代文豪陸機。

陸機出身名門，祖父陸遜為三國名將，曾任東吳丞相；他是一代名士，是著名的文學家，跟他的弟弟陸雲合稱「二陸」，受到大家的尊敬。「八王之亂」時，成都王司馬穎捲進了爭權奪利的漩渦，他愛惜陸機的才華，任命陸機為都督。

公元303年，成都王司馬穎、河間王司馬顒以長沙王司馬乂論功不平為藉口，聯兵進攻洛陽。司馬穎派都督陸機領兵二十萬，向洛陽攻去；司馬顒派都督張方領兵七萬，向洛陽推進。長沙王在洛陽集結了幾萬軍隊，嚴陣以待。

陸機賦詩作文是拿手好戲，讓他領兵打仗卻是外行。部將牽秀、王粹見主帥書生氣十足，不肯聽從他的指揮，因而兵力雖多，卻是一盤散沙。

敵將王瑚首先發起進攻，牽秀、王粹猝不及防，率領部下一陣風逃走，陸機制約不住，被大軍裹挾着退去。一仗打下來，陸機損兵折將，大敗而歸。

宦官孟玖等人嫉妒陸機受到重用，乘機誣陷陸機與長沙王司馬乂有私，成都王司馬穎聽信了讒言，把陸機抓了起來。陸機在臨刑前悔恨萬分，歎息道：「我還想再去聽聽家鄉華亭的鶴鳴聲，可惜再也聽不到了！」

| 出處 |

南朝·宋·劉義慶《世說新語·尤悔》：「陸平原河橋敗，為盧志所讒，被誅，臨刑歎曰：『欲聞華亭鶴唳，可復得乎？』」

| 例句 |

李國文《華亭鶴唳》：「晉朝的陸機，被押上刑場砍頭前，也說過一句類似李斯的懊恨交加的名言：『華亭鶴唳，豈可復聞乎！』那言下之意，同樣也是不勝其悔。」

黃公壚

壚：放置酒罈的土台子，借指酒店。黃公開的那個酒店。指酒店，也比喻觸景生情，哀傷舊友。

魏晉時期，有個著名文學小集團，叫「竹林七賢」。他們是嵇康、阮籍、山濤、向秀、劉伶、王戎及阮咸。這些人都是當時的風流名士，因為不滿當時的暴政，逍遙山野，經常在竹林裏飲酒作樂，因此被世人稱為「竹林七賢」。「竹林七賢」的不合作態度為朝廷所不容，最後分崩離析，各散東西。

「竹林七賢」中成就最高的是嵇康，他是曹魏宗室的姻親，因為得罪了高官鍾會，最終被殺。阮籍，曾任步兵校尉，世稱阮步兵。他崇奉老莊之學，政治上則採取謹慎避禍的態度。

「竹林七賢」裏年紀最小的是王戎，他比阮籍小二十四歲。當初，阮籍與王戎的父親王渾同為尚書郎，兩人經常互相造訪。有一次，阮籍到王渾家閒談，對王渾說：「跟你交談，還不如跟阿戎說說話。」王渾去世以後，他過去的屬下贈錢百萬，王戎推辭不肯接受，更加聞名於世。

當年，王戎常常和嵇康、阮籍在著名的酒店「黃公壚」喝酒。後來王戎歸順了司馬氏，做了高官。有一次，王戎穿着官服，坐着輕車，從黃公酒壚旁經過。他觸景生情，感歎萬分，回頭對後車的客人說：「從前，我和嵇康、阮籍在這個酒店暢飲過。當年竹林交遊，我也跟在後面。自從嵇康早逝、阮籍亡故以後，我就被時勢糾纏住了。今天這酒店雖然離我很近，追懷往事卻像隔着山河一樣遙遠。」

|出處|

南朝・宋・劉義慶《世說新語・傷逝》：「王濬沖為尚書令，着公服，乘軺車，經黃公酒壚下過。」

|例句|

清・趙翼《揚州哭秋園之訃》：「成都黃公壚，並負素車約。」

黃金台

為招募賢才而建造的高台。比喻迫切招募賢才。

戰國時，燕國發生內亂，齊國乘機發動進攻，把燕國軍隊打得大敗，奪取了燕國的大片土地。

燕昭王繼承王位以後，決心招納賢才，振興國家。他為了延請天下賢士，築起了一座高台。很長時間過去了，竟然沒有人前來，燕昭王為此悶悶不樂。有一天，他親自登門拜訪郭隗，向他請教招納人才的辦法。郭隗沒有直接向燕昭王說出自己的意見，先給燕昭王講了個故事。

從前有個國王，想用千金買一匹千里馬，過了好幾年，始終沒有買到。國王因為這件事，常常悶悶不樂。他的一個臣子為了完成國王的心願，自告奮勇要求擔當這一任務，國王讓他帶上千金，去尋找、購買千里馬。

那個臣子到處打聽，費了三個月的工夫，終於聽說某地有一匹千里馬。等他興沖沖地趕到時，可巧那匹千里馬已經死去。他花重金買下那匹馬的骨頭，趕回京城向國王報告。國王一聽大發雷霆，說：「我要買的是活馬，不是死馬。你說說，死馬買回來有甚麼用？何況還白白地浪費了那麼多錢。」

那位臣子不慌不忙向國王解釋道：「買這匹死馬都花了五百金，不要說活馬了。這個消息很快就會傳出去，天下人都知道大王願意出大價錢購買千里馬，真有千里馬的人聽到這個消息，一定會自動把千里馬送上門來。」國王聽了他的話，覺得有些道理，氣也慢慢地消了。果然，不到一年的工夫，國王就得到三匹千里馬。

講完故事，郭隗接着說：「要是大王真想招納賢才，就從任用我開始。像我這樣的人都被重用，比我有才能的人一定會自己跑到大王這裏來。」

燕昭王果真重用了郭隗，給他造官府，並且拜他做老師。各國的有才之士聽說了這件事，紛紛跑到燕國來做官。燕昭王依靠這些賢才，發奮圖強，勵精圖治，終於實現了自己的願望：打敗了齊國，收復了失地，振興了國家。

原先，燕昭王建造的高台沒有「黃金」二字，後世為了彰顯燕昭王招賢迫切之意，演變成「黃金台」。

|出處|

《戰國策・燕策》。

|例句|

劉純《華西村與「黃金台」》：「戰國時期，燕昭王勵精圖治，為招賢納士，特別建造了一座『黃金台』以延攬天下人才……以古觀今，我們可以說，華西村也有一座『黃金台』。」

黃粱夢

黃粱：小米。煮熟小米飯那麼長時間做的美夢。比喻幻想的事或希望落空。

唐朝時，有個窮苦的讀書人，名叫盧生。那天他在旅店裏歇息，跟道士呂翁住在一起。盧生鬱鬱不得志，長長地歎了口氣說：「男子漢大丈夫活在世上，竟然困窘到如此地步。」

道士呂翁說：「看你的樣子，沒災沒難的，有甚麼可歎息！」

盧生說：「男子漢應當建功立業，出將入相，出門前呼後擁，吃飯鐘鳴鼎食。你看看我現在這副落魄相，至今還在鄉里務農，出門沒有車馬，回家沒有美食，算是甚麼大丈夫！」

呂翁笑了笑對他說：「你枕着我的枕頭睡覺，保你享盡榮華富貴。」說完，便從口袋裏拿出一個枕頭遞給他。

盧生正想睡一會兒，便接過了枕頭躺下。那時候，旅店主人正在做小米飯。

盧生很快就睡着了，美美地做起夢來。

他夢見自己娶了個孟氏美女為妻，妻子的嫁妝非常豐厚。小夫妻恩恩愛愛，日子過得很幸福。第二年他去參加科舉考試，考中了進士，從此步入官場，官職步步高升。後來皇上用兵開拓疆土，盧生斬殺敵人無數，攻佔大片土地，立下赫赫戰功。班師回朝以後，他被封爵，官為吏部侍郎，不久又被升遷，做了戶部尚書兼御史大夫。

在朝廷的日子風雲變幻，他兩次被流放，兩次為宰相，享盡了榮華富貴，也飽嚐傾軋之苦。後來他的兒子也當上了大官，孫子有十多個。

盧生年已八十，請求告老還鄉，可是皇上沒有恩准，只得留在京城。盧生病重時，皇上派太監前來探望，讓最有名的醫生給他看病，給他服用最好的藥。可是一切都無濟於事，他的病一天比一天重。臨死前，他上書給皇上感恩戴德，當天晚上，皇上下詔對他表示慰問。沒過多久，他就嚥了氣。

盧生突然醒來，才知道一切只不過是場美夢。這時候，旅店主人的小米飯還沒有煮熟。

|出處|

唐・沈既濟《枕中記》。

|例句|

明・馮夢龍《醒世恆言》：「大唐咸通中應進士舉，遊長安酒肆，遇正陽子鍾離先生，點破了黃粱夢，知宦途不足戀，遂求度世之術。」

黃袍加身

黃袍：帝王穿的袍服。把黃色的龍袍穿在身上。指做了皇帝。

公元959年，後周世宗柴榮突然去世，他七歲的兒子柴宗訓繼位。

當時，趙匡胤為殿前都點檢（全國最高軍事長官），兼任宋州節度使，防守都城汴京（今河南開封）。趙匡胤和弟弟趙匡義等見幼主無力治國，便祕密策劃篡奪帝位。

公元960年正月初一，全國上下正在歡度新年，鎮州和定州來人謊報軍情，說北漢和遼國的軍隊已經出動，正在向南挺進。宰相范質、王溥等驚慌失措，立即派趙匡胤率領大軍前去抵抗。

趙匡胤率領部隊匆匆出城，到了開封東北的陳橋驛駐紮下來。這天晚上，一些將領紛紛議論道：「現在幼主無知，不能主持朝政，如今天下大亂，狼煙四起，我們在前線奮勇殺敵，又有誰能知曉！」

有人說道：「不如先立都點檢為天子，我們再去前線殺敵。這樣既能統一全軍號令，我們也能博得個前程。」眾人紛紛稱是。羣龍無首辦不成大事，大家悄悄議論了一番，決定去找趙普商議這件驚天動地的大事。

趙匡義和趙普等人正在商量篡位之事，看到眾將都有此意，大喜過望。趙普說：「大家一致推舉都點檢為天子，這是人心所向，人心不可違，我們就這麼決定！不過，國家發生如此重大變故，上上下下會發生混亂，希望大家約束部下，嚴禁他們趁機為非作歹，只要四方穩定，大家便可共圖富貴。」

第二天黎明，將領們都做好了準備。他們走到趙匡胤的臥室前，將房門敲得山響，高聲呼喊道：「現在諸將無主，願立都點檢為天子！」趙匡胤披着衣裳打開房門，便被眾將擁到廳堂。只見眾將個個全副武裝，非常整齊地站在廳前，有人將事前準備好的黃袍披到他身上，眾將立即跪倒在地，齊聲高呼「萬歲」。

後周這個短命王朝，前後僅有十年，就此滅亡。從此以後，大宋王朝建立，天下變成了趙氏的天下。

| 出處 |

《續資治通鑑長編》卷一：「諸將已擐甲執兵，直扣寢門曰：『諸將無主，願策太尉為天子。』太尉驚起披衣，未及酬應，則相與扶出廳事，或以黃袍加太祖身，且羅拜庭下稱萬歲。」

| 例句 |

唐浩明《曾國藩》第三部第七章：「作為最高統帥，在眾多貼心將領的請求下，他的心只要稍稍動一下，陳橋兵變的事就會重演，黃袍加身也不是不可能的。」

黃庭換白鵝

用書寫的一卷《黃庭經》換回一羣白鵝。比喻交換的雙方各自得到自己喜歡的東西。

晉朝時，有個老道士，很想請著名書法家王羲之抄寫一本道教上清派的重要經典《黃庭經》，只因地位懸殊，平時沒有來往，無法相求。

他知道王羲之愛鵝成癖，就精心飼養了一羣善於鳴叫的鵝，經常讓牠們在溪流中追逐，以保持健壯的體形。

有一天，王羲之乘船到郊外遊玩，見到這羣精心飼養的好鵝，讚不絕口，要隨從乘船去找鵝的主人，買幾隻帶回去。

不一會兒，隨從帶着一位老道來了。王羲之要買他的鵝，老道直搖頭。王羲之百般央求，老道總算鬆了口：「我養的鵝從來都沒有賣過，今天也不能破這個例。既然大人要，不給也不好，貧道也跟大人商量一下，用大人的字來換鵝行不行？」

王羲之忙問：「怎麼個換法？」

老道說：「只要大人賜我一本手書的《黃庭經》，我養的這羣鵝就全部送給大人。」

王羲之高高興興地答應下來，隨着老道來到道觀。老道準備好筆墨素絹，王羲之便一絲不苟地在素絹上寫了一本《黃庭經》。老道達到了目的，喜不自勝，連忙找人用籠子把鵝全部裝上，派小道士將這羣鵝送到王羲之府中。

王羲之手書的《黃庭經》，因為有了這個典故，所以世人又稱它為《換鵝帖》，是著名的書法精品。原本已經失傳，現在留傳的只是後世的摹刻本。

| 出處 |

《晉書．王羲之傳》：「又山陰有一道士，好養鵝，羲之往觀焉，意甚悅，固求市之。道士云：『為寫《道德經》，當舉羣相贈耳。』羲之欣然寫畢，籠鵝而歸。」

| 例句 |

李白《送賀賓客歸越》：「鏡湖流水漾清波，狂客歸舟逸興多。山陰道士如相見，應寫黃庭換白鵝。」

擊碎唾壺

唾壺：古代的痰盂。用如意在唾壺上擊打出許多缺口。比喻對詩文的擊賞。

東晉初年，王敦地位尊顯，權傾中外，是個叱咤風雲的重要人物。早在西晉時，他娶晉武帝的女兒襄城公主為妻，官拜駙馬都尉、太子舍人。

司馬睿初鎮江東時，身任揚州刺史的王敦和堂弟王導竭力輔佐他，深得司馬睿的器重。晉元帝司馬睿建立東晉政權，離不開王氏家族的支持。當時人們說：「王與馬，共天下。」

當年，華州刺史華軼、豫州刺史裴憲不服從司馬睿號令，王敦領兵前去征討，斬了華軼，趕跑裴憲，聲名大振。時隔不久，杜弢、王如率領流民起義，荊州刺史望風而逃。王敦領兵前往，一舉將起義軍鎮壓下去。從此以後，司馬睿對他更加倚重，任他為鎮東大將軍，都督六州軍事，領江州刺史，以後又將他晉升為大將軍，領江州牧。

王敦權勢越來越大，野心也越來越大。晉元帝司馬睿漸漸察覺了他的野心，想削弱他的兵權，但王敦過去對朝廷有過大功，現在又擁有重兵，大權在握，拿他沒辦法。

有一天，王敦在花園裏設下酒宴，請來許多賓客，開懷暢飲。酒至半酣，只見王敦手持如意，一邊使勁敲打唾壺（一種痰盂）打拍子，一邊高聲吟詠道：「老驥伏櫪（馬槽），志在千里，烈士暮年，壯心不已。」吟罷，他扔下如意，「哈哈」大笑，眾人看那唾壺，上面被擊打出許多缺口。

這幾句詩是東漢曹操《步出夏門行．龜雖壽》中的句子，當年曹操身為丞相，心懷異志，挾天子以令諸侯；如今王敦高聲吟詠它，含義不言而喻。

王敦最終反叛，在叛亂的途中因病去世。這次叛亂被朝廷鎮壓下去，王敦的屍體被朝廷軍挖了出來，先把他的官服剝下來燒掉，再將他擺成跪着的姿勢斬首。

| 出處 |

南朝・宋・劉義慶《世說新語・豪爽》：「以如意打唾壺，壺口盡缺。」

| 例句 |

清・魏源《秦淮燈船引》：「有客虬髯（兩腮上的捲曲的連鬢鬍鬚）醉咽嗚，擊碎唾壺小酒唱。」

雞肋

雞的肋骨，肉少骨多，吃它麻煩，扔掉可惜。比喻用途不大卻又不忍捨棄的事物。

漢代的楊修，聰明過人，可就是因為喜歡賣弄小聰明，結果枉送了性命。

曹操是個奸雄，他的心思不願意被人看透，誰要是看透了他的心思，誰就一定要遭殃。

曹操曾經修建一座花園，將要完工時，他來看了看，看完之後沒說甚麼，只是在門上寫了一個「活」字。建造花園的人不明白這是甚麼意思，便向楊修請教。楊修說：「丞相嫌門造得太大，所以在門上寫了個『活』字。」建園人低頭一想，馬上想通了，「門」加「活」不正是「闊」字嗎！他馬上命人把門改小，改建後曹操很滿意，但是聽說這是楊修的主意，臉色馬上沉了下來。

有一次，北方送來一盒酥餅，曹操隨手在上面寫了「一合酥」三個字，等他回來一看，酥餅被楊修等人吃掉了。問楊修這是怎麼一回事，楊修說：「丞相不是在盒子上寫了『一人一口酥』嗎（從前是豎着書寫，所以能這樣唸）？我們把它分着吃了。」

楊修做了很多這樣耍小聰明的事，曹操對他十分忌恨，只因他是軍中主簿，不少地方還用得着他，所以沒有追究。

公元 219 年，曹操領兵攻打漢中。不料屢戰屢敗，曹操心裏十分生氣。想打，不能取勝；想退兵，於心不甘，真是左右為難。這時候，大將夏侯惇進入大帳，問今夜的口令是甚麼，曹操正在吃雞，隨口說道：「雞肋。」

口令是作戰時識別敵我的口頭暗號，用甚麼都行，所以官屬們也沒有深思。楊修一聽口令便馬上收拾好行裝，別人見了感到非常奇怪，問楊修到底是怎麼回事。楊修說：「雞肋這個東西，扔掉了可惜，吃它又沒甚麼肉，丞相用它來比喻漢中，由此可知丞相打算撤兵返回了。」大家聽了楊修的這番話，覺得很有道理，也都紛紛收拾行裝打算返回。

曹操見狀大驚，連忙問這是怎麼回事，知道了原委後怒火中燒。他確實有回軍之意，可是從來沒有對任何人說過。這個楊修，實在可惡，把自己的心思全都猜透了！曹操以「擾亂軍心」的罪名，立即把楊修斬了。

| 出處 |

《三國志・魏志・武帝紀》:「夫雞肋,棄之如可惜,食之無所得,以比漢中,知王欲還也。」

| 例句 |

宋・蘇軾《次韻王滁州見寄》:「笑捐浮利一雞肋,多取清名幾熊掌。」

疾風知勁草

疾風:猛烈的狂風;勁草:堅韌不會倒伏的草。只有在猛烈的大風中才會知道哪些草是堅韌的草。比喻只有經過嚴峻的考驗才知道誰真正堅強。

公元 8 年,王莽篡奪了政權,建立了新朝。新王朝政治腐敗,各級官員貪賄無厭,老百姓生活在水深火熱中,各地紛紛爆發農民起義。義軍將領劉秀路過潁川潁陽(今河南許昌西)時,王霸聞訊前來與劉秀相見。兩人開懷交談,惺惺相惜,王霸對劉秀十分敬佩,參加了劉秀的部隊。

公元 23 年夏,新朝的四十三萬大軍南下,直向昆陽撲去。昆陽周圍的綠林軍見敵人來勢兇猛,難以抵禦,紛紛退入昆陽城。敵軍有幾十萬,駐守昆陽的守軍只有八九千,力量對比過於懸殊。就在這危急時刻,王霸率領十三名驍勇橫闖敵營,突出重圍搬來救兵,為昆陽大戰的勝利立下了大功。

戰場上打了勝仗，義軍內部卻發生激烈的鬥爭，劉秀、王霸等一批有功的將領被解除兵權，王霸返回故里。

後來劉秀又被重用，擔任了司隸校尉。當他再度路過潁陽時，誠懇地邀請王霸參加自己的軍隊，王霸被劉秀的真誠打動，率領幾十名同鄉從軍。

時隔不久，劉秀被任命為大司馬，率領軍隊前往河北地區征戰。此番前去道路艱難，危險重重，和王霸一起從軍的同鄉紛紛離去，唯有王霸矢志不移，始終跟隨劉秀浴血奮戰。劉秀感慨萬分，對王霸說：「潁川從軍的人都離開了我，只有你留在我身邊，這可真是疾風知勁草啊。」

|出處|

《東觀漢記・王霸傳》:「潁川從我者皆逝，而子獨留，始驗疾風知勁草。」

|例句|

峻青《瑞雪圖》:「俗語說:『疾風知勁草。』經過這一段不平凡的日子，人們對於前進的道路是看得更加清楚了，信心也更加堅定了。」

驥服鹽車

驥：駿馬；服：駕馭。用駿馬去拉鹽車。比喻大材小用。

伯樂，是天上的一顆星星的名字，據說，伯樂負責掌管天上的神馬。

春秋時，有個名叫孫陽的人，他能根據馬的長相，判斷出馬的好壞。大家非常佩服孫陽的本領，稱他為「伯樂」。

有一次，伯樂路過虞坂這個地方，看到一匹千里馬，拖着笨重的鹽車在爬坡。那馬彎着膝蓋，費力地伸着蹄子向前走。牠尾巴下垂，腳掌也磨爛了，累得口吐白沫，不停地喘着粗氣。拉到半山坡，那馬實在走不動了，不能繼續爬山。

見到這種情形，伯樂連忙下車，撫着這匹馬心疼地哭起來，並脫下自己的衣服蓋在牠身上。那馬搖搖尾巴，一聲長鳴，為遇上知音而高興。伯樂暗暗歎息：馬主人不知道這是匹千里馬，讓牠幹這樣的粗重活，真是太可惜了！

很多年過去了，伯樂對這件事不能忘懷。為了讓這樣的事少發生，他年老的時候，根據自己多年積累的經驗，寫了一本《相馬經》。這本書仔細說明了馬的體貌特徵，供後人學習。

| 出處 |

《戰國策・楚策》：「夫驥之齒至矣，服鹽車而上大行，蹄申膝折，尾湛胕（皮膚）潰，漉汁灑地，白汗交流，中坂遷延，負轅不能上。」

| 例句 |

宋・黃庭堅《次韻晁補之廖正一贈答詩》：「驥服鹽車不稱情，輕裘肥馬鳳凰城。」

見獵心喜

看到別人在打獵，心裏不禁高興起來，也想跟着一起去。比喻舊習難改，一遇到自己喜歡的事便躍躍欲試。

宋代的程顥，和他的弟弟程頤，都是宋代理學的代表人物，備受人們尊敬，被世人稱為「二程」。程顥去世後，被尊為「明道先生」。

少年時，他與胞弟程頤一起從師於名儒周敦頤。他在仁宗嘉祐年間考取進士，先做了一陣地方官，後來在朝廷任太子中允、監察御史等職。辭官回鄉以後，潛心治學。他的理學理論，被朱熹繼承發展，對後世的儒家理論產生了重大影響。

程顥十六七歲時，非常喜歡打獵。成年後專注於研究學問，打獵便擱置一邊。有時偶爾想起，依然流露出對打獵的興趣。有一次對友人說：「我年輕的時候非常喜歡打獵，以後不會再去做打獵這類玩物喪志的事了。」

有個朋友叫周茂叔，說道：「那可不一定，千萬不要說得那麼容易。你不是不喜愛打獵，只是把這個心思隱藏起來罷了，假如遇上適當的時候，說不定還會像年輕的時候一樣，又拿起弓箭，高高興興地打上一陣子。」

在外十二年，程顥回到故鄉。一天傍晚外出歸來，看到田野裏有人打獵，只覺得心裏癢癢的，也想跟着一起打獵。忽然，他想起了周茂叔對他說過的話，終於抑制了打獵的念頭，徑直回家。

出處

《二程全書．遺書》：「明道年十六七時，好田獵。十二年，暮歸，在田野間見田獵者，不覺有喜心。」

例句

清．彭養鷗《黑籍冤魂》：「他見主人涉足花叢，也未免見獵心喜，偷身出去，到花煙間走走。」

江淹筆

南朝江淹使用的五彩筆。比喻才思敏捷，詩文寫得極佳。

江淹，南朝時著名的文學家。他家境貧困，早年仕途很不得意。年輕時，他曾經依附建平王劉景泰。

劉景泰官位不大，身價可不低。當時，宋文帝的兒子死了，劉景泰身為宋文帝的長孫，心腹們勸他發動兵變奪取帝位。江淹持有不同意見，力勸劉景泰不要這樣做，這麼一來，劉景泰對他大為不滿。後來，他因別人牽連被捕入獄，出獄後貶為建安吳興（今浙江湖州）令。江淹一生中絕大部分膾炙人口的詩文，都出於這個仕途坎坷的時期。

後來江淹先後依附了齊國皇帝蕭道成、梁國皇帝蕭衍，官越做越大，詩文寫得越來越少。由於生活優裕、無所用心，再也沒有寫出甚麼好作品。

傳說江淹從宣城郡返回都城，途中在冶亭（今江蘇南京朝天宮一帶）夜宿，夢見一個美男子，自稱是晉代的郭璞。郭璞對江淹說：「我的一支筆放在你這裏多年，現在應該還給我了。」江淹把手探入懷中，掏出一支五彩筆還給郭璞。從此以後為詩作文，再也寫不出好句子了。

典故「江淹筆」源於此，比喻才思敏捷，詩文寫得極佳；成語「江郎才盡」也源於此，比喻才思衰退，寫不出佳作。

|出處|

南朝・梁・鍾嶸《詩品・齊光祿江淹》：「初，淹罷宣城郡，遂宿冶亭，夢一美丈夫，自稱郭璞，謂淹曰：『我有筆在卿處多年矣，可以見還。』淹探懷中，得五色筆以授之。爾後之詩，不復成語，故世傳江郎才盡。」

|例句|

唐・黃滔《喜侯舍人蜀中新命》：「內人未識江淹筆，竟問當時不早求。」

結草

結草：在戰場上把草結起來絆倒敵人。比喻報恩。

春秋時，晉國大夫魏武子病重，令他念念不忘的，是他那位無兒無女的愛妾。她年紀輕輕，無依無靠，以後的日子怎麼過？他把兒子魏顆叫到跟前，囑咐他道：「我死了以後，將她另外嫁人。」魏顆聽了，連忙答應下來。

沒過幾天，魏武子病危，彌留之際，他對兒子魏顆說：「我死了以後，拿她給我殉葬。」

魏武子死了以後，魏顆將父親的愛妾嫁了出去。有人指責他不孝，沒有按照父親的臨終遺言行事，魏顆說：「我聽從父親清醒時的遺言，沒有聽他神志不清時的糊塗話，這沒有甚麼不對。」

公元前594年，秦桓公出兵攻打晉國，晉軍和秦兵在晉地輔氏（今陝西大荔）交戰。晉將魏顆與秦將杜回相遇，二人廝殺在一起，正殺得難分難解之際，魏顆突然看見一位老人用草編的繩子套住杜回，將繩子猛地一拉，這位堂堂的秦國大力士站立不穩，轟然摔倒在地。魏顆連忙衝了上去，將杜回俘獲。

秦軍大將被俘，立即亂了陣腳，晉軍趁機奮力追殺，大獲全勝。魏顆因為俘獲敵人的猛將，立下了大功。

魏顆回頭再找那位老翁，卻不見了老翁的蹤影。他百思不得其解，這位老人是誰呀，為甚麼幫助自己擒獲敵人猛將？

半夜裏魏顆做了一個夢，夢見了那位老翁，老翁對他說：「我就是你嫁出去的那位女子的父親，今天特地來報答你。」

魏顆一下子醒了過來，回想起剛才的夢境，一下子全明白了。呀，原來是這麼回事！

|出處|

《左傳・宣公十五年》：「顆見老人結草以亢杜回，杜回躓而顛，故獲之。」

|例句|

晉・李密《陳情表》：「臣生當隕首，死當結草。臣不勝犬馬怖懼之情，謹拜表以聞。」

解鈴還須繫鈴人

要解下繫在老虎頸項下的金鈴，仍然要繫上去的人做這件事。比喻由誰引起的麻煩，仍由誰去解決。

南唐時，金陵清涼寺（即現在的南京清涼寺）香火鼎盛，善男信女終日絡繹不絕。這座寺院的主持法眼和尚是個了不得的高僧，開創了佛教五宗中著名的法眼宗。

清涼寺僧人眾多，戒律森嚴。寺中有個泰欽法燈禪師，既不違反戒律，也不認真研修，雖然無功可言，可也沒有甚麼錯處。這樣的和尚，寺內一般僧人當然都不會看重他。說來也怪，偏偏寺內住持法眼禪師對他青睞有加，對他十分器重。

有一次，法眼禪師在大殿講經說法。正當講到精妙之處，法眼突然問寺內僧眾：「你們說說，誰能夠把繫在老虎脖子上的金鈴解下來？」此言一出，大殿裏一片寂靜，僧眾思索再三，仍然沒有誰能夠回答上來。

忽然間，傳來一陣腳步聲，不大遵守寺規的泰欽和尚「踢踏踢踏」走了過來。法眼把他叫住，僧眾以為住持要訓斥他。沒料想法眼禪師和顏悅色地問道：「泰欽，你說說看，誰能夠把繫在老虎脖子上的金鈴解下來？」

泰欽想也沒想隨口答道：「那個把金鈴繫到老虎脖子上面去的人，能夠把金鈴解下來。」

法眼聽後微微一笑，認為泰欽能領悟佛家機鋒。僧眾全都驚呆了：這麼繞彎子的深奧問題，泰欽怎麼一下子就回答出來了呢？難怪師父這麼器重他！

從此以後，寺內僧人誰也不敢小覷他。泰欽深得法眼禪師的賞識，在法眼禪師座下做維那（寺廟中統攝僧眾、統管禪堂的僧人），協助法眼開創了佛教五宗中著名的法眼宗。法眼禪師去世後，泰欽法燈禪師理所當然地成為法眼宗的傳人。

|出處|

宋・惠洪《林間集》：「一日法眼問大眾曰：『虎項下金鈴，何人解得？』眾無以對。泰欽適至，法眼舉前語問之，泰欽曰：『大眾何不道：繫者解得。』由是人人刮目相看。」

|例句|

杜敬亭、韓曉鳳《「解鈴還須繫鈴人」——胡紀澤教授談大學生心理狀況及解決方法》：「俗話說：『解鈴還須繫鈴人』，大學生產生心理困惑，最主要的還是靠自己調節，他人的開導起的是輔助作用。」

解語花

能夠聽懂話中風情的花朵。比喻美女聰慧可人。

楊貴妃，小字玉環，唐蒲州永濟（今山西永濟）人。她本為唐玄宗的第十八子壽王的王妃，唐玄宗看見楊玉環傾國傾城的姿色，一心只想將她據為自己的后妃。

唐玄宗給兒子李瑁重新娶妻，讓楊玉環出家做道士。玄宗幸臨驪山温泉，便與她暗度陳倉，從此以後，「後宮佳麗三千人，三千寵愛在一身」。公元 745 年，楊玉環被封為貴妃，那時唐玄宗已經五十有六，楊貴妃芳齡二十七。

有一天，唐玄宗和楊貴妃在太液池共賞千葉蓮。看看水中的花朵，再看看身邊的美人，唐玄宗十分快意，忍不住對身邊的人說：「這千葉蓮雖美，哪裏比得上我這朵能夠懂得風情的花兒。」楊貴妃聽了嬌羞一笑，更增添了幾分嫵媚。

公元 755 年，安祿山發動叛亂，沉迷於酒色歌舞之中的唐玄宗倉皇失措，帶着楊貴妃逃離長安。途經馬嵬坡時，扈從部隊的將士認為楊家禍國殃民，不肯前行，自行處死楊貴妃的堂兄奸相楊國忠，並要求玄宗處死楊貴妃。

唐玄宗為了保住自己的性命，於百般無奈中只得讓楊貴妃命赴黃泉。楊貴妃死時，年僅三十八歲。

| 出處 |

五代後周・王仁裕《開元天寶遺事》：「帝（唐玄宗）與妃子（楊貴妃）共賞太液池千葉蓮，指妃子與左右曰：『何如此解語花也。』」

| 例句 |

清・趙翼《題女史駱佩香秋燈課女圖》：「一個嬌娃解語花，崎窗親課秋宵讀。」

借東風

本指諸葛亮作法跟天借來東風，用火攻的辦法打敗曹軍。後多比喻巧用天時或假借有利的條件。

據史書記載，指揮大軍在赤壁打敗曹軍的是周瑜，諸葛亮並沒有參與。羅貫中的《三國演義》編撰了諸葛亮借東風的情節，塑造出神機妙算的諸葛亮的形象。

曹操攻下荊州以後，指揮八十萬大軍順流而下，打算一舉消滅東吳。已經被曹操擊敗的劉備派諸葛亮前往東吳，跟孫權結成了抗曹聯盟。孫權的大將周瑜發現諸葛亮很有才能，便讓諸葛亮立下軍令狀，於十天內造出十萬支箭，否則就要軍法從事。

到了交箭的前一天夜間，諸葛亮利用江面大霧作掩護，用幾十艘綁滿了稻草人的大船行駛到曹營附近擊鼓吶喊。曹操生怕中了埋伏，不敢迎戰，下令放箭阻擋。箭全部射到稻草人的身上，諸葛亮從曹操那裏獲取了十多萬支箭。諸葛亮交上十萬支箭，周瑜更覺得諸葛亮不可留。

在與曹軍作戰前，周瑜和諸葛亮制定出火攻的作戰計劃，可是冬日颳的是西北風，火攻計劃無法實施。周瑜為此焦急，不禁病倒在牀。諸葛亮知道以後給周瑜開出了藥方，上面寫道：「欲破曹兵，宜用火攻。萬事俱備，只欠東風。」諸葛亮還主動請命，表示能跟老天借來東風。

諸葛亮到周瑜為他搭起的七星壇作法，到了十一月二十日，果然颳起了東南風。周瑜大驚，派人趕往七星壇去殺諸葛亮。然而諸葛亮已經返回夏口，周瑜要把諸葛亮殺掉的打算又落了空。

那時候，最重要的敵人還是曹操，周瑜不失時機地發起火攻，終於一舉擊潰曹操的大軍。

|出處|

明・羅貫中《三國演義》。

|例句|

金文欽《從「借東風」說起》：「諸葛亮『借東風』，實際上是按自然規律辦事。其實，有規律的豈止自然呢！凡事皆有規律。」

金迷紙醉

被屋子裏的金箔光芒所陶醉。比喻使人沉迷的豪華奢侈生活。

唐朝末年，有個醫生名叫孟斧。他的醫術很高明，名氣也很大，富貴人家有人病了，都請他去看病。後來連宮中的人都知道了他的大名，皇上、妃子有甚麼不舒服，常常請他去診治。

有一次，有個妃子生了毒瘡，御醫們想盡了辦法也沒能治好，妃子已經奄奄一息，皇上便將孟斧召入宮內。孟斧不是浪得虛名，經過幾次診治便將妃子的毒瘡治癒。這麼一來孟斧的名聲更大，身價也就更高了。

黃巢起義爆發以後，孟斧逃到了四川。入川以後，他念念不忘以前的榮華富貴，尤其對宮中的景象記憶猶新。

他模仿宮中的室內擺設，裝飾自己的居室。其中有一間屋子，室內光線很好，他在所有的家具上，全都貼上了金箔，陽光照射進來，光彩四溢，坐在那間屋子裏，彷彿坐在金子造就的屋子裏一般。

這個小小的房間讓當地人大開眼界，進過這間屋子的人對它大加讚歎，對別人說：「在那間屋子裏休息一會兒，就會被屋子裏的金箔光芒所陶醉。」

|出處|

宋·陶穀《清異錄·金迷紙醉》:「此室暫憩，令人金迷紙醉。」

|例句|

阿英《「燈市」》:「金迷紙醉之中，同樣的有無燈的人家，突(煙囪)不見煙的人家，遭受了災荒的人家。」

金玉其外敗絮其中

敗絮：破棉絮。外表像黃金美玉那樣華麗，內裏卻像破棉絮一樣醜陋。比喻外表很好，本質很壞。

杭州有個賣柑子的人，很會貯藏柑子，存放了近一年的柑子，拿出來還是金光燦燦，就跟新鮮的一樣。但一剖開來就露了餡，裏面的果肉乾枯得像破棉絮一般。

有人問那個賣柑子的人：「你的這種柑子，是賣給人家做祭祀的貢品呢，還是賣給人家招待賓客呢？或者只不過靠它好看的外表，讓不識貨的人上當呢？你這麼樣騙人，也太過分了吧！」

賣柑子的人笑了起來，說：「我靠這個營生過活，已經有好多年了。我賣柑子，別人買柑子，從來沒人說甚麼，為甚麼就是你這麼認真呢？世界上騙人的多得很，我又算得了甚麼！」

他頓了頓接着說：「現在那些威風凜凜的武將，他們真的像孫武、吳起那樣有韜略嗎？現在那些峨冠博帶的文臣，真的能像伊尹、皋陶那樣建功立業嗎？看看他們，哪一個不是威風八面令人生畏，哪一位不是不可一世氣勢煊赫？可是又有誰一心為公、關心國計民生？他們何嘗不是外表如金似玉，內裹像團破棉絮！如今你對這些視而不見，卻來說我這個賣柑子的。」

聽了賣柑子人的一席話，那人頓時啞口無言。

|出處|

明．劉基《賣柑者言》：「觀其坐高堂，騎大馬，醉醇醴（味厚的美酒）而飫（飽食）肥鮮者，孰不巍巍乎可畏，赫赫乎可象也，又何往而不金玉其外，敗絮其中也哉？」

|例句|

歐陽山《三家巷．一》：「難怪人說長皮不長肉，中看不中吃！這才真是金玉其外，敗絮其中呢！」

金針度人

釋義

金針：比喻祕法、訣竅；度：傳授。采娘七夕祭織女得到金針，刺繡技藝越發高明。比喻把高明的方法傳授給別人。

唐代的鄭侃，膝下無兒，只有一個乖巧的女兒采娘。閒來無事，鄭侃便教采娘讀書識字。采娘十分聰明，無論甚麼一教就會，因為她是女兒家，鄭夫人還經常教她些針黹。

雖說采娘心靈手巧，可這針線細活兒卻不是那麼好弄，要想繡個花兒鳥兒，就得耐下性子慢慢地繡，要是貪圖快捷，繡出來的花不成花、鳥不成鳥，別說多難看了。

到了「乞巧節（七夕）」那一天，采娘在繡房裏擺上香爐，閉上眼睛焚香祈禱。到了夜半時分，似乎聽到門外有車聲。片刻之後，聽到有人在她耳邊輕輕地說：「我就是織女，你要祈甚麼福？」

采娘不敢睜開眼睛，輕輕地說：「我想讓自己更加心靈手巧，繡起花兒、鳥兒來能飛針走線。」

織女說：「行，我能讓你更靈巧。」織女拿出一根針，紮在紙上，放在采娘的衣裙裏，說：「你必須三天不講話，默默背誦我教給你的口訣，三天以後，你就變得特別靈巧。不過，你要是不這麼做，三天以後就會變成一個醜男人！」

采娘按照織女的話做，三天以後，果然變成了一個巧巧女，不管多難的針線活兒，到了她的手裏，只見針在飛、線在跑，很快就能做成。

|出處|

唐・馮翊子《桂苑叢談》：「駐車命采娘曰：『吾織女，祈何福？』曰：『願丐巧耳。』乃遺一金針，長寸餘，綴於紙上，置裙帶中，令：『三日勿語。汝當奇巧。不爾，化成男子。』」

|例句|

吳玉波《金針度人》：「教師職業恰恰就是以此為『正道』的，所謂傳道授業解惑為天職，正是要實現以『金針度人』的目標。」

緊箍咒

本指唐僧用來制服孫悟空的咒語。後比喻用來約束、制服人的方法。

孫悟空，是《西遊記》中的主要人物，是家喻戶曉的人們心目中的英雄。

這個神話人物是補天奇石孕育而生，出生不久便帶領猴羣進入水簾洞，成為美猴王。

後來美猴王拜菩提祖師為師學藝，法號悟空，學會七十二變、騰雲駕霧；以後又到龍宮搶得定海神針，成為他隨心變化大小武器的金箍棒；到地府塗改生死簿，把凡是猴屬名字都從生死簿上勾銷；後來他又大鬧天宮，把天宮攪得天翻地覆；他又不自量力跟如來佛鬥法，結果被如來佛壓在五行山下。

五百年後，經觀音菩薩點化，孫悟空拜唐僧為師，保護唐僧前往西天取經，踏上西天取經的道路。

剛剛跟隨唐僧時，孫悟空野性未脫，老虎擋路就殺死老虎，強盜剪徑便打死強盜。唐僧埋怨他不該殺人，即使是強盜也要送到官府處置。孫悟空一聽來了氣，縱身一躍離開了唐僧。

觀音菩薩扮作年高的母親等候在路旁，等唐僧走到面前，把一件衣裳、一頂帽子送給唐僧，並且把緊箍咒傳授給唐僧。觀音菩薩找到孫悟空，要他回到唐僧身邊。

唐僧騙孫悟空穿上衣裳，戴上帽子，隨後就唸起了緊箍咒。孫悟空連聲叫道：「頭痛！頭痛！」唐僧卻不住地又唸了幾遍，把孫悟空痛得直打滾，伸手要把那帽子抓下來。唐僧生怕他扯斷金箍，住口不唸，孫悟空的頭也頓時不痛了。孫悟空從耳朵裏取出金箍棒，插入箍裏，想把箍弄斷，唐僧立即又唸起緊箍咒，孫悟空痛得翻筋斗，豎蜻蜓（倒立），耳紅面赤，眼脹身麻。

唐僧停下來不唸，孫悟空頭就不痛；只要一唸起來，孫悟空就疼痛難當。那金箍已經在肉中生根，再也取不下來。從此以後，孫悟空服服貼貼聽從唐僧的吩咐，保護唐僧前往西天。

|出處|

明．吳承恩《西遊記》第十四回：「我那裏還有一篇咒兒，喚做『定心真言』，又名做『緊箍兒咒』，你可暗暗的唸熟，牢記心頭，再莫泄漏一人知道。」

|例句|

王琳森《經常自唸「緊箍咒」》：「『緊箍咒』是一種管束，沒有規矩，不成方圓，人人需要『緊箍咒』。」

錦囊詩草

錦囊裏裝着詩的草稿。比喻寫作辛苦。

唐代詩人李賀，是唐宗室的沒落後裔。雖說是皇上的遠房親戚，卻沒有沾上皇家的光，反倒因為父親的名字，惹出意想不到的麻煩。他的父親叫李晉肅，偏偏「晉肅」與「進士」諧音（古音諧音），就是這個原因，李賀不能參加科舉考試。試想，他要是考中了進士，豈不是犯了父親的名諱？

李賀自幼便能吟詩作文，十幾歲的小小年紀，便已名揚文壇。李賀寫詩與別人不同，不是先擬題，然後寫詩，而是先挖掘素材，然後作詩。

他每次外出，總是騎着一匹瘦馬，帶着一名小童，背着一個古舊錦囊，一邊行走，一邊思索，吟得佳句，立即用紙記下，投入錦囊中。

每天傍晚回家後，母親將錦囊裏的紙卷倒出來察看，如果見他寫得多，就心疼地說：「你這個孩子，難道要把心血都吐出來才肯罷休啊。」說完便點亮燈，把飯菜端到几案上。李賀匆匆吃完飯，便把一天寫下的詩句整理成草稿，投入另外一個錦囊之中。

李賀所寫的詩歌的內容，大多慨歎生不逢時的內心苦悶，抒發對理想、抱負的追求；他的詩歌最大的特色，就是想像豐富奇特、語言瑰麗奇峭。他喜歡在神話故事、鬼魅世界裏馳騁，構造出波譎雲詭、迷離惝怳的藝術境界。正因為如此，他被後人稱為「詩鬼」。

可能是他寫詩過於費心，二十七歲便離開了人世。他是中唐時期的浪漫主義詩人，他的詩具有獨特藝術魅力，在百花齊放的唐代詩壇，李賀的詩歌綻放出異彩。

| 出處 |

唐・李商隱《李長吉小傳》。

| 例句 |

宋・蘇軾《次韻王晉卿奉詔押高麗燕射》：「錦囊詩草勤收拾，莫遣雞林得夜光。」

居大不易

本為唐代名士顧況拿年輕的白居易的名字開玩笑。後指生活在大城市（多指首都），生活不易維持。

白居易是唐代著名詩人，他的詩句「野火燒不盡，春風吹又生」何人不知？就是這兩句詩，曾引發出一段歷史佳話。

白居易自幼聰穎，讀書十分刻苦。讀書讀得口舌生瘡，寫字寫得手都磨出了繭子。那一年為參加科舉考試，白居易來到了京城。那時候，他還是個毛頭小伙子，沒有甚麼名氣。當時有這樣的習俗：後生小子須拿着自己的詩作去拜見前輩，以求得到提攜。白居易也不例外，帶着詩卷去謁見前輩顧況。

顧況看了詩卷上的名字，覺得有些意思，朝着白居易看了一會兒，說：「長安米貴，居大不易。」意思是：你的名字不是白居易嗎，我可告訴你，長安的物價很貴，居住在這裏很不容易。顧況說這句話多有調侃之意。

說完這句話，顧況便讀起白居易寫的詩，當他讀到「野火燒不盡，春風吹又生」時，顧況感歎道：「能夠寫出這樣的好詩句，居住在何處都不難。剛才我是說着玩的，你可千萬別當真。」

顧況沒有說錯，白居易果然是詩壇奇才。他的詩作題材廣泛，形式多樣，語言平易通俗。白居易積極倡導新樂府運動，提出「文章合為時而著，詩歌合為事而作」的文學主張，對後世影響很大，是我國文學史上相當重要的詩人。

|出處|

唐·張固《幽閒鼓吹》：「白尚書應舉，初至京，以詩謁著作顧況，顧睹姓名，熟視白公曰：『米價方貴，居亦弗易。』」

|例句|

清·宣鼎《夜雨秋燈錄·記李三三逸事》：「唯是長安居大不易，乃知囊內錢空，始覺舊遊如夢。」

君子之交淡如水

君子情操高尚，他們的交情純得像水一樣。

有一天，孔子問桑雽：「我兩次在魯國被驅逐，在宋國受到伐樹的驚辱，在衛國被人剷除足跡，在商、周之地窮愁潦倒，在陳國和蔡國間受到圍困。為甚麼我會遇上這麼多的災禍？現在，親戚越發跟我疏遠了，弟子朋友也跟我離散了，這到底是甚麼原因呢？」

桑雽回答說：「你沒有聽說過賈國人逃亡的事嗎？大難當頭，林回捨棄了價值千金的璧玉，背着嬰兒就跑。有人議論道：『他是為了錢財嗎？初生嬰兒的價值太少太少了；他是為了怕拖累嗎？初生嬰兒的拖累太多太多了。捨棄價值千金的璧玉，卻背着嬰兒跑，這是為了甚麼呢？』林回說：『價值千金的璧玉跟我是以利益相合，這個孩子跟我是天性相連。』由此看來，以利益相合的，遇上困厄、災禍就會相互拋棄；以天性相連的，遇上困厄、災禍就會相互愛護。相互愛護和相互拋棄，差別也就太遠太遠了。君子的交誼淡得像清水一樣，小人的交情甜得像甜酒一樣；君子淡泊卻心地親近，小人甘甜卻利斷義絕。大凡無緣無故而接近相合的，那麼也會無緣無故地離散。」

孔子聽了深受啟發，說：「我會由衷地聽取你的指教！」

典故「投璧負嬰兒」也源自這個故事，比喻重視親情，看輕身外之物。

|出處|

《莊子・山木》：「且君子之交淡若水，小人之交甘若醴（甜酒）；君子淡以親，小人甘以絕。」

|例句|

宋・辛棄疾《洞仙歌・丁卯八月病中作》：「味甘終易壞，歲晚還知，君子之交淡若水。」

開卷有益

翻開書看總會有收益。

宋太宗繼位以後，首先要解決的問題是結束分裂割據的局面。公元 976 年，宋太宗迫使吳越王錢俶和割據漳、泉二州的陳洪稱臣；公元 979 年，宋太宗親臨太原城下，北漢王劉繼元被迫奉表出降，至此，五代十國分裂割據的局面已經基本結束。為了進一步加強中央集權，宋太宗解除了各個節度使的兵權，徹底消除了擁兵割據之禍。

國家基本穩定以後，經濟開始繁榮起來。宋太宗為了博得崇尚文治的美名，大力發展文化事業。太平興國（宋太宗的年號）年間，他組織許多博學大臣，編纂了以百科知識為範圍的《太平御覽》一千卷，以小說故事為範圍的《太平廣記》五百卷；以詞章為範圍的《文苑英華》一千卷，為我國的文化事業做出了巨大貢獻。

《太平御覽》當初名為《太平總類》，編纂工作始於公元 977 年。編寫此書由李昉、扈蒙領銜，參加編纂的大臣有李穆、湯悅、徐鉉、張洎、李克勤、宋白等多人。經過七年的艱苦努力，終於得以完成。

《太平御覽》全書一千卷，分五十五部，五千三百六十三類，共四百七十八萬餘字。內容包括天文、地理、典章、制度、物產、醫學等各個方面，洋洋大觀，具有極高的價值。

成書以後，宋太宗打算每天看三卷，如此算來，花上一年的時間便能把這部巨著全部看完。一國之君整天忙於軍國大事，閒暇無多，宋太宗卻總是擠出時間來看三卷。有時實在無暇讀書，日後有空一定補上。身邊的侍臣怕他過於操勞，勸他保重身體，實在沒空就少看點書，太宗說：「只要翻開書本閱讀，就一定會有收益，我不覺得勞累。」由於這部書是在太平興國年間編纂的，皇帝親自閱覽過，所以更名為《太平御覽》。

|出處|

宋・王闢之《澠水燕談錄》：「太宗日閱《御覽》三卷，因事有闕，暇日追補之，嘗曰：『開卷有益，朕不以為勞也。』」

|例句|

馬南邨《不求甚解》：「重要的書必須常常反覆閱讀，每讀一次都會覺得開卷有益。」

看殺衛玠

衛玠：晉代的美男子。衛玠被人看死。形容人風采極佳，被人仰慕。

多數人是生病死的，死於非命的不多。被眾人活活看死的，自古至今大概只有衛玠一個。

人會被看死？原來是這麼回事：衛玠來到首都建業（今江蘇南京），京城裏的人為了一睹美男子衛玠的風采，紛紛來到衛玠的途經之處，把馬路堵得水泄不通，衛玠花了很長時間才得以通過。他身體羸弱，經不起操勞，經過這番折騰，衛玠一病不起，不久就離開了人世。當時人們紛紛說：「看殺衛玠。」

衛玠自幼長得秀氣，祖父衛瓘認為他跟一般的小孩不同。少年時，衞玠喜歡乘着羊車到街市上去，引得許多人駐足觀看。雪白的羊兒映襯着俊秀的孩子，着實討人喜歡，人們稱他為「玉人」。這個典故叫「誰家玉人」。

衞玠的舅舅是驃騎將軍王濟，是位相貌堂堂的美男子，一見到衞玠，他就發出感歎：「有珠玉在我身邊，使我自慚形穢。」這是典故「自慚形穢」的出處。他曾對別人說：「跟外甥衞玠一同出遊，就像是明珠在我身邊，朗然照人。」這是典故「珠玉在側」的出處。

衞玠長大以後能言善辯，喜歡談玄理。琅琊王澄有高名，聽了衞玠的談論往往歎息絕倒。這個典故叫「衞玠談道，平子（王澄字平子）絕倒。」王澄及王玄、王濟三兄弟的名聲都很大，當時人們卻說：「王家三子，不如衞家一兒。」這個典故比喻某家的孩子很有出息，一個頂幾個。

衞玠的岳父是樂廣，海內有重名，當時人們說：「婦公冰清，女婿玉潤。」後來人們用「冰清玉潤」比喻人的品行高潔。

一個人能有這麼多的典故，很不容易，怪不得有那麼多年輕女子為他傾倒。

| 出處 |

南朝・宋・劉義慶《世說新語・容止》：「玠從豫章至下都，人聞其名，觀者如堵。玠先有羸（瘦弱）疾，體不堪勞，遂成病而死。時人謂『看殺衞玠』。」

| 例句 |

莊婷婷《古代視覺系美男——衞玠》：「本就體質孱弱的衞玠『體不堪勞』，回家後一病不起，留下『看殺衞玠』的典故後，就藍顏薄命地駕鶴西歸去了。」

苛政猛於虎

政：賦稅。苛刻的政令、賦稅，比猛虎還要厲害。

孔丘，字仲尼，春秋時期魯國人，「孔子」是對他的尊稱。孔子是我國古代偉大的思想家和教育家，儒家學派創始人。他的思想核心是「仁」，他主張「為政以德」，用道德和禮教來治理國家。儒學對後世的影響巨大，今天人們仍在研究它。

有一天，孔子領着學生從泰山腳下經過，不遠處傳來婦人悲傷的啼哭聲，一行人不由得停住了腳步。

大家循聲望去，只見一個婦人哭倒在墓前，那悲哀的樣子，讓人看了心酸。子路走上前安慰了她幾句，問道：「你哭得這樣傷心，心裏好像有許許多多苦楚。」

婦人說道：「怎麼不是呢！過去，我的公公被老虎吃掉了；後來，我的丈夫又被老虎吃掉了；現在，我的兒子還是被老虎吃了！我呀，可真是命苦！」

聽了這話，誰不為之悲哀！孔子難過地問道：「這裏老虎這麼多，你們為甚麼不離開這裏呢？」

婦人的回答讓所有的人吃驚：「這裏地處邊遠，沒有苛刻的政令和繁重的賦稅。」

孔子聽了這話，嚴肅地對大家說：「你們要記住，苛刻的政令和繁重的賦稅，比老虎還要兇猛。」

| 出處 |

《禮記・檀弓下》：「小子識之，苛政猛於虎也。」

|例句|

黃少華《苛政猛於虎出門就得埋單「買路錢」何時休？》：「難怪幾千年前，古人就大聲疾呼：『苛政猛於虎』，看來，一點都不假。」

狂奴故態

狂奴：對狂士的暱稱；故態：老樣子，老脾氣。狂士的老脾氣。

嚴光，字子陵，東漢時會稽餘姚（今浙江餘姚）人，年輕的時候博覽羣書，才華出眾。他和劉秀是好朋友，曾經一起到外面遊學。

後來劉秀經過多年征戰，建立了東漢王朝，嚴子陵得知劉秀做了皇帝，立即消失得無影無蹤。

劉秀想起同窗好友嚴子陵，希望他能夠出山幫助自己治理國家，於是下了一道命令，要各地官府派人尋訪嚴子陵。經過多方尋訪，終於找到了他。

光武帝劉秀派使者帶着厚重的禮物，請嚴子陵到京城。使者往返多次，嚴子陵才來到京城。司徒侯霸和嚴子陵也是老朋友，聽說嚴子陵到了京都，非常想見見這位多年不見的老友，可是白天公務太忙，便寫了一封信讓屬下送去，請嚴子陵晚上到他家裏敍舊。

嚴子陵見了來人，丟過一片竹簡，讓來人記下他要說的話，拿這片竹簡回去覆命。侯霸看了竹簡，氣壞了，只見上面冷冰冰地寫道：你要心懷仁愛，輔佐正義，如果阿諛奉承，難免身首異處。侯霸把竹簡封好，轉交給光武帝劉秀，劉秀看了「哈哈」大笑，說：「這個狂奴，還是過去的老脾氣！」

光武帝當天就來到嚴子陵住處，嚴子陵卻躺在牀上不肯起來。光武帝劉秀坐在牀邊，摸着他的肚子說：「嚴子陵啊，你就不能幫助我治理國家嗎？」

過了好一會兒，嚴子陵才悠悠地說道：「從前唐堯以德治理天下，巢父還是不願出山。人各有志，你就不要逼我了。」光武帝劉秀實在沒有辦法，只得歎息而歸。

|出處|

《後漢書・嚴光傳》：「霸得書，封奏之。帝笑曰：『狂奴故態也。』車駕即日幸其館。」

|例句|

清・袁枚《隨園詩話》第九卷：「僕老矣，三生杜牧，萬念俱空；只花月因緣，猶有狂奴故態。」

爛斧柯

釋義

柯：柄。斧子柄全爛了。比喻世事變遷。

「爛斧柯」的故事，見於多種史籍，南朝梁任昉的《述異記》上有，晉虞喜的《志林》上有，北朝魏酈道元的《水經注》上有，內容大同小異。

晉朝有個人叫王質，以打柴為生。他喜歡跟人下棋，棋藝很不錯，方圓百里無敵手。

有一天，他到山中打柴，走着走着迷了路。他暗暗感到奇怪，打柴打了幾十年，附近的哪座山、哪條路不認得？今天是怎麼了，怎麼轉來轉去就是走不出去？看看天色將晚，他越發着急，在這深山野林裏，走不出去在哪裏過夜？

忽然間，他看見一個山洞，不禁心頭一喜：說不定這裏可以將就過一夜，進去看看再說！

煞是奇怪，越往裏面走越是明亮，到了山洞深處，有兩位老人在石桌上下棋。這真是投其所好，王質就站在那裏看老人對弈。老人的棋藝太高超了，有的招數王質看了嘖嘖稱奇。一個老人看了看他，隨手給他一枚棗子吃。他將這枚棗子含在嘴裏，一點兒也不覺得肚子餓。一局棋快要下完了，老人說：「你在這裏看了這麼久，還不趕快回去！」王質彎腰去拿放在地上的斧頭，一看大吃一驚，斧頭上的木頭柄已經全爛了。

王質急急忙忙跑出山洞，一下子就找到了回去的路。他氣喘吁吁跑回家，家鄉已經全變了，找人打聽一下，王質一下子驚呆了，時間已經過去了幾十年，原來孫子輩的孩子，現在已經成了白髮蒼蒼的老爺爺了。

| 出處 |

南朝·梁·任昉《述異記》卷上：「質起，視斧柯盡爛。既歸，無復時人。」

| 例句 |

宋·陸游《世上》：「吾棋一局千年事，從使旁觀爛斧柯。」

老羆當道

羆：熊羆，南北朝時西魏大將王羆的自稱；當道：擋在路中央。老熊擋在路中央。原比喻猛將鎮守要害。後也比喻老者當權。

南北朝時，北魏分裂為西魏、東魏。西魏建立後，王羆升遷為驃騎大將軍，加侍中，鎮守華州（今陝西華縣）。東魏丞相高歡率領十萬大軍進駐潼關，伺機向華州發起進攻。王羆為了鞏固城防，指揮士兵對華州城牆進行修繕。剛開始的時候，一到夜晚便把梯子搬回城中，時間長了，官兵們漸漸懈怠，就將梯子留在城外。

狡猾的高歡派部將韓軌、司馬子如率領部隊出發，藉着夜色的掩護從河東偷襲華州。天將破曉，東魏軍來到華州城下，看到城外有梯子，大喜過望，大軍登梯而入，順利殺入城中。

那時候，王羆還在夢中，忽然聽到外面人喊馬嘶，知道情況有變，從牀上一躍而起，隨手拿起一根白木棍，光着身子打着赤腳奪門而出。

王羆一出門就遇上來敵，便大聲斷喝：「老羆當道，貉子哪能得過！」東魏軍一看這位兇神惡煞般的猛將，嚇得直往後退，王羆集合趕來的西魏士兵，一齊奮力向前衝，東魏軍抵擋不住，從城牆缺口處逃出。

不久，高歡的後援大軍來到華州城下，這時候，城牆上早已做好防備，王羆威風凜凜，站在城頭帥旗下。

高歡在城下喝道：「大軍壓境，還不快快投降！」

王羆「哈哈」一笑，說道：「華州城就是我老羆的家，我和全軍將士誓與城池共存亡！你們要是不怕死，就來攻城吧！」話音剛落，西魏軍居高臨下萬箭齊發，東魏軍猝不及防，連連後退。高歡知道華州城難以攻下，只好指揮東魏大軍撤退。

|出處|

《北史・王羆傳》:「老羆當道卧，貉子那得過！」

|例句|

李敖《老年人與棒子》:「有些急進派的年輕人實在看不慣，他們對『老羆當道卧』的局面感到難以容忍。」

立木為信

誰能把立在南門的木頭搬走，就賞給他五十金，以此取得人們的信任。比喻取信於人的行為。

商鞅，原是衞國人，名叫公孫鞅，因為他在秦國變法有功，秦孝公給他的封地在商邑，所以又叫商鞅。

他年輕的時候曾經到過魏國，但是沒有得到重用。後來，秦孝公下令尋求有才能的人，他聽到了消息便跑到秦國去，秦孝公任用了他，讓他進行變法。

商鞅制定的新法主要內容有：規定五家為「伍」，十家為「什」，一家犯法，另外九家要告發，不然的話就一起治罪；獎勵軍功，按照軍功大小賞賜官爵、土地、房屋；嚴禁私鬥，違反的人根據事情輕重給予不同的處罰；鼓勵民眾積極從事農業生產，生產好的給予獎賞，等等。

商鞅制定好新法沒有立即公佈，他首先要取得大家的信任。

他在都城的南門豎起一根木頭，對大家說：「誰能把這根木頭搬到北門，就賞給他十金。」老百姓覺得奇怪：這可是一筆不小的財富啊，搬一趟木頭就能夠得到？圍觀的人雖然很多，可是誰也不相信，沒有人去搬。

過了一會兒，他又宣佈：「誰能把這根木頭搬走，賞五十金。」這是真的？有個人走上前，扛起木頭就把它搬走了。商鞅立即賞他五十金，表示自己說話算數，決不欺騙人。

這件事很快就傳遍了全國，大家都認為商鞅說話、做事有誠信。新法公佈以後，得到大多數人的擁護，秦國從此走上了富強之路。

| 出處 |

《史記．商君列傳》。

| 例句 |

歐陽忠球《財政包乾是農村問題禍根》：「我想起立木為信的故事……此舉令百姓相信商鞅是個一諾千金之人，這為他後來在秦國變法打開了誠信的渠道。」

梁上君子

躲在屋樑上的人。指竊賊。

漢桓帝時，陳寔任太丘（今河南永城西北）長。他秉公辦事，治理有方，待人寬厚，以德感人，深受百姓的愛戴。

一天晚上，陳寔正打算上牀睡覺，忽然看到一個小偷躲在屋樑上。他不動聲色，將衣服整理端正，命人將兒孫們都叫來。

子孫到齊以後，陳寔先向子孫說了一番做人的道理，然後朗聲說道：「一個人不能不激勵自己，不能甘居下流，做了錯事的人，未必本來就是惡人，只是因為養成了壞習慣，才落到了現在這個地步。」他略略一頓，說：「現在躲在屋樑上的人，便是如此！」

那個小偷聽了大驚，連忙從屋樑上下來，跪在地上請罪。

陳寔看了看小偷，說：「看你的模樣，不像是壞人。以後應當深刻反省，改正自己的錯誤。」小偷聽了，連連點頭稱是。陳寔料想小偷家境貧困，送給他兩匹絹，讓他暫度眼下困難。小偷非常感動，一再向陳寔拜謝。

從此以後，太丘縣再也沒有小偷。

|出處|

《後漢書・陳寔傳》：「夫人不可不自勉，不善之人未必本惡，習以性成，遂至於此，梁上君子者是矣。」

|例句|

孫伏園《長安道上》：「來信中所云『梁上君子』，在南邊曰賊骨頭。」

遼東鶴

遼東人丁令威修道成仙後化鶴返回故里。比喻久別故鄉的人返回故里，也比喻對物是人非的感歎。

遼東太守丁令威，是位兩袖清風、愛民如子的清官。在他的管轄下，遼東郡的百姓安居樂業。

有一年，遼東地區三月不雨，大片莊稼枯死，緊接着又發生蟲災，遼東郡幾乎顆粒無收。老百姓挖草根剝樹皮，艱難度日。丁令威為了拯救當地的百姓，下令開倉放糧，幫助百姓度過難關。

朝廷很快就知道了這件事，派欽差來到遼東，要將目無朝廷的丁令威開刀問斬。行刑的那一天，刑場周圍圍滿了當地的百姓，他們要為自己的父母官送最後一程。突然，天上飛來兩隻白鶴，將丁令威救走。白鶴越飛越高，最後不見蹤影。

白鶴將丁令威救到靈虛山，然後就飛走了。靈虛山遠離人世，環境清幽，丁令威便在這裏修道，終於修煉成仙。

丁令威非常思念遼東，於是化作白鶴飛回去，停在城門華表柱上。他放眼仔細一看，城郭還是舊模樣，人已經全都是新人。

有個少年，看見華表上的白鶴，拿起弓箭想要射牠，化作白鶴的丁令威連忙起飛。白鶴一邊在空中盤旋，一邊高聲唱道：「有鳥有鳥丁令威，去家千年今始歸。城郭如故人民非，何不學仙塚纍纍。」唱完以後，白鶴又在空中盤旋了幾圈，然後高聲鳴叫一聲飛向天空，以後再也沒有返回。

|出處|

《搜神後記》:「丁令威,本遼東人,學道於靈虛山。後化鶴歸遼,集城門華表柱。時有少年,舉弓欲射之。鶴乃飛,徘徊空中而言曰:『有鳥有鳥丁令威,去家千年今始歸。城郭如故人民非,何不學仙塚(墳墓)纍纍。』遂高上沖天。」

|例句|

宋・歐陽修《採桑子》:「歸來恰似遼東鶴,城郭人民,觸目皆新,誰識當年舊主人。」

臨池學書

在池塘邊研墨習字學習書法。比喻刻苦學習書法。

「臨池學書」這個典故源於晉代衞恆的《四體書勢》,文中說,東漢的張芝(字伯英)為了練習書法,在家中做衣裳的帛上反覆書寫練字,書寫完了以後,再將帛染色裁衣。他每天在池塘邊磨墨寫字,天長日久,池塘裏的水都變成黑色了。張芝的草書寫得極好,世稱「草聖」。

人們更熟悉的是王羲之練習書法的故事。

王羲之,字逸少,因曾做過右軍將軍,後人又稱他「王右軍」。他是東晉著名的書法家,世稱「書聖」。

他從小就跟叔叔王廙學寫字,以後又在衞夫人的指導下苦練書法,衞夫人見他習字勤奮,天賦又高,曾經讚歎道:「這孩子很有出息，將來在書法上的造詣一定會超過我。」

成年後，他遊歷了許多名山大川，見到許多大書法家留下的手跡。他悉心臨摹，博採眾長，自成一家。他留下的墨跡成為我國書法藝術的瑰寶。

王羲之的書法能有這樣高的造詣，是和他勤學苦練分不開的。據說，他幼年時因為刻苦練字，常在屋旁的池塘裏洗筆洗硯，時間長了，一池碧清見底的水被染得烏黑。後人在那裏建造了一座精巧的亭子，裏面掛着「墨華亭」的橫匾，稱這個池塘為「洗硯池」或「墨池」。

他每到一處，都堅持不懈地練字，因而留下的「墨池」遺跡有多處，天台山華頂上有，江西新城山有，浙江温州也有。

有時候，為了練好一個筆畫，寫好一個字，他要練上好多張紙。晚上睡在牀上，就用手指在自己的肚子上畫。一次，他練得入了神，竟在熟睡的妻子的肚子上畫來畫去。他的妻子被弄醒了，問他甚麼事，他不好意思地笑了笑說：「我在練字呢。」

| 出處 |

晉・衞恆《四體書勢》：「弘農（今河南靈寶）張伯英者，因而轉精其巧，凡家之衣帛，必先書而後練之。臨池學書，池水盡墨。」

| 例句 |

宋・曾鞏《墨池記》：「羲之嘗慕張芝，臨池學書，池水盡黑。」

劉伶雞肋

劉伶的胸口就跟雞肋一般，只見一根根骨頭。形容人非常瘦弱。

魏晉之際社會動蕩，民不聊生。一些文士不願跟統治者合作，又擔心生命的安全，因此崇尚老莊哲學，希望從中找到精神寄託，用清談、飲酒、佯狂來排遣他們的憂憤，躲避災禍。劉伶就是這樣的人物。

曹魏末年，劉伶曾任建威參軍；晉朝初年，召為策問。他強調「無為而治」，被司馬懿罷免，以後便嗜酒佯狂，放浪形骸。

劉伶在家常常一絲不掛，被人看到實在不雅。有人責問他為何如此不守禮法，他說：「我以天地為房屋，以屋室為衣褲，你們為甚麼鑽到我的褲襠裏來？」

他常常乘上鹿車，攜一壺酒，讓僕人帶着鐵鍬跟在後面。他對僕人說道：「我要是喝酒喝死了，你就馬上把我埋了。」

有一天，劉伶生病待在家裏，覺得口渴，向他妻子要酒喝。他的妻子把剩下的酒都倒了，把酒甕砸碎，一邊哭一邊相勸：「你喝酒喝得太多了，這樣對身體不好，一定要把酒戒掉！」

劉伶說：「你說得對，可是我不能自制，一直戒不了。你去準備些酒肉，讓我向鬼神立下誓言，這樣才能把酒戒了。」

他的妻子信以為真，很快把一切備辦好。劉伶跪下進行祈禱，說：「天生劉伶，以酒為名。一飲一斛（量詞，本為十斗，後來改為五斗），五斗解酲（喝醉了神志不清）。婦人之言，慎（千萬）不可聽。」祈禱完了之後，拿起酒就喝，夾起肉便吃，不消片刻，又喝得酩酊大醉。

有一次，劉伶喝醉了酒跟人吵架，兩人越吵越厲害。那人怒不可遏，舉起拳頭要打他。劉伶不慌不忙地說：「你看看，我這雞肋般的瘦弱胸膛，哪裏能夠放得下你的拳頭。」那人先是一愣，接着「哈哈」大笑，把舉起的拳頭放下了。

|出處|

《晉書・劉伶傳》：「伶徐曰：『雞肋不足以安尊拳。』其人笑而止。」

|例句|

宋・黃庭堅《謝答聞善二兄九絕句》：「阮籍醉睡不論昏，劉伶雞肋避尊拳。」

洛陽紙貴

洛陽的紙價因為抄寫文章的人多而突然貴起來。比喻詩文寫得極佳。

晉代著名文學家左思，小時候不算聰明，唸書唸不好，學琴學不會，連說話都有些口吃。父親對他很失望，有一次在朋友面前指着左思說：「這孩子太笨了，學甚麼都不行，比起我小時候，那可差多了。」聽了這話，左思又難過，又慚愧，於是下定決心，一定要刻苦學習。

左思其貌不揚，不好交遊，常常一個人待在家裏讀書。他寫文章不算快，但是很認真。他曾花了一年時間，寫成《齊都賦》，有了一點小名氣。

公元 272 年，他的妹妹被選入宮，先被封為修儀，後來被封為貴嬪，全家人因此託福，遷居首都洛陽。不久，他被任命為著作郎，與當代名士漸漸有了來往。

從那個時候起，左思開始創作《三都賦》。他每天認真思索，苦心構思，在走廊裏、庭院裏，甚至廁所裏，都準備了紙筆，想到好的句子，馬上就記下來。

正在左思勤奮寫作時，大名鼎鼎的文學家陸機也到了洛陽。他也準備寫《三都賦》，聽說左思正在寫，心裏暗暗好笑。他寫信給弟弟陸雲說：「洛陽有個凡夫俗子，居然要寫《三都賦》，等他寫好了，有誰會去看？最多只配拿來給我蓋酒罈子。」左思聽了這話，不但沒有泄氣，反而激發了他寫好《三都賦》的決心。

十年時間過去了，左思終於把《三都賦》寫成。他拿着這篇文章向著名的學者皇甫謐請教，皇甫謐讀了之後十分讚賞，為《三都賦》寫了一篇序。著名文豪張華也非常欣賞這篇文章，《三都賦》一下子出了名。

從前譏笑左思的陸機讀了這篇文章，不住地讚歎，認為即使自己再寫，也不能超過這一篇，於是打消了寫《三都賦》的念頭。

由於這篇《三都賦》寫得實在好，大家紛紛爭着買紙傳抄，洛陽的紙張頓時緊缺，價格也因此上漲了好多。

|出處|

《晉書·左思傳》：「於是豪貴之家競相傳寫，洛陽為之紙貴。」

|例句|

綠原《借鑒、「跟」及其他》：「如今是武打小說佔據了通俗文壇，大有洛陽紙貴之勢。」

買臣負薪

負：背着；薪：柴草。朱買臣背着柴草讀書。比喻勤學苦讀。

朱買臣，字翁子，吳地人，是漢代的名臣。他的家庭非常貧窮，但卻十分喜歡讀書。為了養家餬口，他與妻子只得上山砍柴。下山時，朱買臣一邊背着柴草，一邊吟唱詩書。

他的妻子背着柴草跟在後面，屢次阻止買臣吟唱：「你不就是個賣柴的麼，背着柴還要吟唱，你就不覺得丟臉？」妻子越是不讓他唱，他就越是唱，聲音也越來越大。

他的妻子覺得太丟人，要求跟他一刀兩斷。朱買臣對她說：「憑我的學識，總會有發達的一天，現在我已經四十多歲了，想來也不會等待很久了。」

他的妻子怒道：「像你這樣的人，總有一天要餓死在山溝裏，還做甚麼富貴夢！」他的妻子鐵了心，終於離他而去。

時隔不久，朱買臣背着柴草在山間墓地行走，昏倒在那裏。他的前妻和丈夫去上墳，看到餓昏的朱買臣，把他扶起來給他飯吃。朱買臣暗暗想道：她總算還沒有完全忘掉過去夫妻的情分。

過了幾年，朱買臣來到長安，給皇上遞上奏摺，過了很多日子，卻始終沒有得到回音。朱買臣的錢都用完了，陷入了困境。正巧他的同縣人嚴助受到皇帝寵幸，嚴助向皇帝推薦了朱買臣。朱買臣在漢武帝面前「說春秋，言楚辭」，得到漢武帝的賞識，被授予會稽（今浙江紹興）太守的官職。

會稽的官員聽說太守將到，徵召百姓修整道路。朱買臣的車子到了吳地，看見他的前妻和她現在的丈夫在修路。朱買臣讓車子停下，叫後面的車子載上他們來到太守府中。朱買臣吩咐僕從，要照顧好這對貧困夫妻。

過了一個月，他的前妻自縊死了。朱買臣給她丈夫銀兩，讓他將妻子安葬。

|出處|

《漢書·朱買臣傳》。

|例句|

唐·白居易《讀史》之五：「買臣負薪日，妻亦棄如遺。」

盲人騎瞎馬

瞎子騎着瞎馬亂闖。比喻十分危險。

殷仲堪，是晉代名將，也是個大孝子。當年他父親得了重病，他辭官回家親自照料父親。他親自給父親開藥方，親自給父親煎藥。由於長年煎藥煙熏火燎，以致他的一隻眼睛被煙熏瞎了。

居喪完畢，朝廷又徵召他去做官，以後他成了朝廷重臣。有一天，桓玄和顧愷之到他家喝酒，閒聊了一會兒，殷仲堪提議：每人吟詠一句詩，看誰描繪出來的情境最驚險。大家覺得有趣，紛紛表示贊成。

桓玄先說：「矛頭淅米劍頭炊。」好傢伙，腳踩矛尖淘米，蹲在劍尖上燒飯，真夠懸的，一個不小心就要受傷。

殷仲堪接着說：「百歲老翁攀枯枝。」這也夠危險的。百歲老人路都走不穩，還要攀着枯枝往上爬，要是摔下來可不得了。

顧愷之不甘示弱，說：「井上轆轤臥嬰兒。」這種危險景致也虧他想得出，把個嬰兒放在井口的轆轤上睡覺，轆轤一動孩子就掉下去了，太危險了！

殷仲堪的參軍也在座，說道：「盲人騎瞎馬，夜半臨深池。」這當然危險了，又是盲人，又是瞎馬，夜半時分到了深淵邊上，不掉下去才怪呢。

參軍匆忙間沒有想到，這話犯了殷仲堪瞎了一隻眼的大忌，殷仲堪忍不住說：「這可真是咄咄逼人啊！」

| 出處 |

南朝・宋・劉義慶《世說新語・排調》：「殷有一參軍在坐，云：『盲人騎瞎馬，夜半臨深池。』殷云：『咄咄逼人！』」

| 例句 |

季宏林、岑晨《盲人騎瞎馬眼殘開黑車》：「6月4日，一輛無證駕駛逾期未檢的非營運客車從事客運，交警將該車查獲後，發現駕駛人右眼竟然是殘疾，這真是現代版的『盲人騎瞎馬』。」

每事問

釋義

遇到每一個不懂的問題都要向別人請教。形容虛心好學。也形容遇事多做調查研究。

孔子，名丘，字仲尼，春秋時魯國人，是我國古代的思想家和教育家，儒家學派的創始人。

孔子之所以能夠取得那麼大的成就，是跟他虛心好學分不開的。《論語》開篇就說：「學而時習之，不亦說（悅）乎！」可見孔子和孔子的學生對虛心好學的重視。

孔子學習，擇善而從，學無常師。根據史書記載，孔子曾經跟很多人學習，知名的有郯子、蘧伯玉、師襄子、老子、萇弘等，學習的內容涉及禮、史、官制、琴術，等等；日常遇到問題向別人請教的，可以說不計其數，在這方面，最有名的一句名言就是「三人行，必有我師」。

孔子曾經說：「學如不及，猶恐失之。」意思是：學習好像追趕甚麼，總怕趕不上，趕上了又怕被甩掉。又說：「朝聞道，夕死可矣。」意思是：早晨明白了人生的真諦，晚上死去也是心甘情願的。他對真理的追求，達到如此地步。

有一次，孔子到太廟去參加魯國國君祭祖的典禮。他一進太廟，就問這問那，幾乎每一件事他都問到了（每事問）。「每事問」是孔子虛心好學最好的寫照。

| 出處 |

《論語．八佾》：「子入太廟，每事問。」

｜例句｜

陶行知《每事問》：「人力勝天工，只在每事問。」

捫蝨而談

捫：按。一邊捉蝨子，一邊跟人談論國家大事。形容說話時旁若無人，不拘小節。

陶侃平定了蘇峻叛亂以後，東晉王朝獲得短暫的安定局面。公元354年，東晉大將桓温率領四萬大軍，從江陵出發，兵分三路，進攻長安，前秦國君苻堅率領五萬大軍抵抗。交戰以後，鬥志昂揚的北伐官兵奮勇殺敵，把前秦軍打得落荒而逃。苻堅帶着六千多殘兵敗將，逃回長安。晉軍乘勝前進，到了灞上（今陝西西安東南）。附近郡縣的官員知道難以與北伐軍抗衡，紛紛向晉軍投降。

自從西晉滅亡以後，淪陷區的百姓飽受戰亂之苦，如今見到晉軍來了，如見親人，牽着牛，備了酒，到軍營犒勞晉軍官兵。

大軍到了灞上以後，桓温按兵不動，打算等麥子成熟時，派士兵收割麥子補充軍糧。

有一天，軍士向桓温稟報，有個叫王猛的人前來求見。桓温聽說王猛來了，連忙跑出去相迎，把他請進大營。

王猛身穿粗布短衣，一副邋遢的樣子。那時候的名士都有些怪脾氣，桓温見他這副模樣也不以為怪。雙方坐定以後，桓温跟他談論天下大事。王猛一邊捉蝨子，一邊跟桓温說話。桓温也算見多識廣，名士也見過不少，他們的怪癖行為也曾見識過，卻從來沒有見過如此不拘小節、旁若無人的架勢。

談了一會兒，桓温向王猛問道：「我奉天子之命率領精兵強將討伐逆賊，可是關中的豪傑卻不前來效力，這是甚麼原因？」

王猛答道：「將軍駐紮在灞上，久久不渡河作戰，大家摸不透將軍的心思，所以沒有前來。」一句話便擊中了要害，桓温不禁對他刮目相看：這個人倒不是徒有虛名，看問題看得清楚着呢！

後來桓温決定退兵。臨行前，桓温送給王猛高車駟馬，答應授予他高官，請王猛一起南下，王猛斷然拒絕，依舊留在北方。

|出處|

《晉書・王猛傳》：「桓温入關，猛被褐（粗布衣服）而詣（到……去）之，一面談當世之事，捫蝨而言，旁若無人。」

|例句|

張愛玲《洋人看京戲及其他》：「脫略的高人嗜竹嗜酒，愛發酒瘋，或是有潔癖，或是不洗澡，講究捫蝨而談，然而這都是循規蹈矩的怪癖，不乏前例的。」

孟母三遷

三：屢次；遷：搬家。孟子的母親為了讓兒子有良好的學習環境而屢次搬家。

孟子，名軻，戰國時魯國人，我國古代著名思想家、教育家，戰國時期儒家代表人物。他繼承並發揚了孔子的思想，成為僅次於孔子的一代儒家宗師。孟子能有這麼大的成就，是和他母親對他的嚴格教育分不開的。孟母教子的故事，最有名的便是「孟母三遷」。

孟子年幼時，父親便早早去世了，母親守節沒有改嫁，含辛茹苦將他撫養成人。原先，他們的住處靠近墓地。小孩子閒不住，聚集在一起玩耍，附近沒有甚麼好玩的，孟子就跟小伙伴在墓地學跪拜、哭喪。孟子的媽媽看到了直皺眉頭，唉，小孩子一天到晚玩這些，能學得好嗎！

媽媽四處尋找房屋，後來搬到市集旁邊居住。孟子跟小朋友玩耍，常常做些宰殺豬羊、做買賣的遊戲。孩子們討價還價，假扮着數錢。孟子的媽媽看到了直搖頭：再這麼下去，小孩子的身上就要沾染上銅臭氣！不行，還得搬家！

這一次，他們搬到了學校附近。每月夏曆初一，官員到文廟行禮跪拜，互相以禮相待，孟子看見以後就跟着學，並且都一一記住。孟子的媽媽看到以後滿意地說：「這裏才是我兒子應該住的地方！」

|出處|

漢・劉向《列女傳・母儀》：「孟子生有淑質，幼被慈母三遷之教。」

|例句|

潘寅超、丁志軒《暑期上演現代版「孟母三遷」》：「而如今，我市的不少家長紛紛演繹現代版的『孟母三遷』。特別是每年幼兒園升小學、小升初、初升高之際，現代版『孟母三遷』更是頻頻上演。」

明鏡不疲屢照

明亮的鏡子不厭倦人們常照。比喻德才高的人不厭倦別人經常前來請教。

晉代的車胤，他的曾祖車浚在三國時曾任東吳的會稽（今浙江紹興）太守，因為當地遭受饑荒，請求朝廷賑濟百姓，被昏庸的吳國國君孫皓處死。從此以後，家境敗落。

車胤自小志向遠大，勤學苦讀，由於家裏買不起燈油，每到夏日，他便捉來幾十隻螢火蟲放在布袋中，天黑以後，藉着螢火蟲的微弱光亮繼續讀書。太守王胡之曾經對他的父親車育說：「這孩子如此努力，必成大器，日後光大門楣，必定是這個孩子。」

大將軍桓温早就聽人說起過車胤，又因為車胤是車浚的曾孫，便舉薦車胤擔任官職。

有一次，晉孝武帝司馬曜打算給大臣們講《孝經》，謝安、謝石兩兄弟得到消息，便在家裏和一些人互相討論學習，車胤也在其中。車胤聽了講解，有些地方仍然有疑惑，但又不敢向謝家兄弟請教。車胤對袁羊說：「我不問吧，生怕把精彩的講解遺漏了；多問吧，又怕勞煩謝家兄弟。」

袁羊說：「你只管問吧，我看他倆是決不會嫌煩的。」

車胤問道：「你怎麼知道謝家兄弟不會嫌煩呢？」

袁羊說：「哪裏見過明亮的鏡子厭倦人們常照，清澈的流水害怕和風吹拂！」

|出處|

南朝·宋·劉義慶《世說新語·言語》：「何嘗見明鏡疲於屢照，清流憚（害怕）於惠風？」

|例句|

余希《明鏡不疲於屢照——訪2004～2005年度「師德先進個人」關魯雄》：「他對工作的孜孜不倦叫人不禁想起了『明鏡不疲於屢照』這句古話。關老師正是這樣樂此不疲地點燃着自己，照亮着學生。」

明修棧道暗度陳倉

棧道：在山嶺險峻的地方用木材架設的通道；陳倉：地名，在今陝西寶雞東。公開修理棧道迷惑敵人，暗地裏繞道到陳倉進行突襲。比喻聲東擊西的作戰計謀。也比喻暗地裏進行某種活動。

公元前207年，劉邦率先領兵攻進秦國首都咸陽，接着，項羽率領各路人馬趕到。當時，項羽的力量最強大，他自封為西楚霸王，做天下諸侯的首領；分封了十八個諸侯，要他們都聽從他的指揮。

項羽對劉邦最不放心，所以把西南邊遠地區分封給他，封他為漢王。又在劉邦封地的東面封了雍王章邯、塞王司馬欣和翟王董翳，堵住他向東發展的去路。

劉邦確實有獨霸天下的野心，對項羽的做法很不滿意，但是項羽的力量強大，自己毫無辦法，只得率領部下前往自己的封地。

古時候，把在山嶺險峻的地方用木材架設的通道叫「棧道」。劉邦採用了張良的計謀，在前往封地的途中，走過一段棧道燒毀一段棧道，這樣，既可以防止其他諸侯的侵犯，又可以麻痺項羽，使他認為自己只想守住封地，不想向東與他爭奪地盤。

這一招果然起了作用，項羽放鬆了對劉邦的戒備，把注意力集中在其他不聽從指揮的諸侯身上。

這一年的六月，劉邦採用了韓信的計謀，一方面派人大張旗鼓地修復棧道，擺出一副即將向東進軍的架勢；一方面劉邦和韓信率領大隊人馬，繞道從艱險的小路直插陳倉。

時刻戒備着劉邦的章邯得到漢軍修理棧道的消息，「哈哈」大笑，說：「誰要你把棧道燒毀！你自己斷了出路，現在又來修理，看你哪年哪月才能修好！」

不久，章邯得到緊急軍情報告，說漢軍已經進攻陳倉，守將陣亡。章邯吃驚不小，棧道還沒有修好，漢軍是從哪裏飛來的？他急急忙忙領兵前去抵抗，哪裏還抵擋得住？連打了幾次敗仗以後，章邯山窮水盡，被迫自盡。塞王司馬欣和翟王董翳得到章邯自盡的消息，嚇破了膽，不敢抵抗漢軍，連忙投降。

從此以後，戰局發生了變化，劉邦向東挺進，與項羽爭奪天下的決戰拉開了帷幕。

|出處|

《史記・高祖本紀》。

|例句|

元・無名氏《氣英布》第一折：「孤家用韓信之計，明修棧道，暗度陳倉。」

莫須有

宋時口語，意為也許有、可能有。後比喻憑空捏造。

秦檜這幾天猶如貓爪子不斷地撓他的心，他心神不安，坐臥不寧。心想：那個專門與自己作對的岳飛，率領「岳家軍」在河南開封附近，將金兀朮的主力擊潰，進兵朱仙鎮，收復了鄭州、洛陽等地，還說甚麼要「直搗黃龍府，痛飲慶功酒」⋯⋯秦檜越想越害怕，要是主子真的被岳家軍打敗了，自己的叛徒身份就要暴露給世人，宋代的臣民一人一口吐沫也要把自己淹死！

想當年，這秦檜也曾寒窗苦讀，考得進士功名；也曾義憤填膺（胸），主張抗金，反對割地求和；金人攻克開封以後，打算立張邦昌為帝，秦檜也曾竭力反對，被金軍擄掠到北疆。到了北庭，貪生怕死的秦檜終於露出了原形，在金人的威逼利誘下屈膝投降，成了遺臭萬年的民族敗類。

為了效忠新主人，秦檜在北庭將和議的調子唱得高高的。金人為了在南宋小朝廷安插自己的奸細，便將秦檜放回江南。

那時候，秦檜的叛徒嘴臉尚未暴露，加上他能說會道，逐漸取得宋高宗趙構的信任，竟然順順當當地當上了宰相。秦檜為了跟金人唱好雙簧，提出「南人歸南、北人歸北」的主張。這個主張一經提出，朝野一片嘩然。宋高宗趙構對此很不滿意：我也是北人啊，若是「南人歸南、北人歸北」，你叫我歸向哪裏！

皇上動了怒，宰相的寶座自然沒法再坐下去。秦檜被罷相閒居，鬱悶了好幾年。紹興七年（公元 1137 年），秦檜又被起用，擔任樞密使，第二年，秦檜重新拜相，力主議和，代表宋高宗向金使跪接詔書。如今岳飛把金人打得大敗，這可如何是好？

捷報傳到京城，宋高宗對岳飛取得的勝利憂心忡忡。岳飛立下了這麼大的功勞，以後如何控制他？秦檜覺得有機可乘，便一味說岳飛的壞話，宋高宗對岳飛的疑心更大。宋高宗聽信了秦檜的讒言，在一天內連發十二道金牌，強行命令岳飛率領軍隊返回。

岳飛回到京師以後，秦檜指使他的同黨誣告岳飛謀反，把他逮捕入獄。可是，所有的罪名都是捏造出來的，沒有辦法給岳飛定罪。秦檜想殺害岳飛，在東窗下同妻子王氏商量。王氏說：「捉住老虎容易，放掉以後要想再把牠抓住就很難了。」

抗金名將韓世忠不服，到秦檜府上找秦檜質問。秦檜說，岳飛兒子岳雲寫給張憲造反的信雖然找不到了，可是「其事體莫須有」。韓世忠說：「『莫須有』三字，何以服天下！」秦檜為了斬草除根，橫下一條心，最終將岳飛父子殺害。

殺害岳飛不久，秦檜得了暴病死去，沒過多少日子，秦檜的兒子秦熹又一命嗚呼。王氏老覺得心神不寧，便請來一個道士做道場消災。

那道士到了地府，看見秦熹戴着沉重的鐵枷，樣子十分悽苦。道士向他問道：「你父親在甚麼地方？」秦熹嗚咽着說：「在酆都地獄受苦受難。」道士趕到酆都地獄，果然見到了秦檜。秦檜戴着鐵枷，受各種酷刑煎熬。臨別時，秦檜對道士說：「麻煩你帶個口信給我夫人，就說東窗事發了。」

回到陽間，道士把秦檜的話告訴了王氏。這麼機密的事道士怎麼會知道？一定是陰謀敗露了。王氏嚇破了膽，沒過多少天也在極度惶恐中死去。另一個典故「東窗事發」源於此，比喻陰謀敗露，自食惡果。

| 出處 |

《宋史・岳飛傳》：「獄之將上也，韓世忠不平，詣（到……去）檜詰（責問）其實。檜曰：『飛子雲與張憲書雖不明，其事體莫須有。』世忠曰：『莫須有三字何以服天下？』」

| 例句 |

清・蒲松齡《聊齋志異・田七郎》：「殺人莫須有！至辱詈搢紳，則生實為之，無與叔事。」

沐猴而冠

沐猴：獼猴；冠：戴帽子。像是獼猴戴上帽子。比喻人本質不好，虛有其表。

沐猴，又稱獼猴。獼猴戴上帽子，樣子倒有些像人，可是牠畢竟沒有人的智慧。項羽的謀士韓生，說項羽像是戴了帽子的獼猴。聽聽看，這不是找死！

公元前207年，劉邦首先攻入秦國首都咸陽。他聽從了張良的建議，封了庫房，關閉宮門，然後把軍隊撤退到霸上(今陝西西安附近)。

接着，項羽也帶着軍隊來到咸陽。他一進城，便大開殺戒。隨後放了一把火，焚燒秦宮，大火燒了幾個月都沒有熄滅。當時，項羽的軍隊最多，力量最強大，他這麼做，誰也不敢說甚麼。

項羽不想當統一中國的皇帝，只要做諸侯霸主。他自封為西楚霸王，做各國諸侯的首領；另外分封了十八個諸侯，要他們聽從他的指揮。他搜刮了許多金銀財寶，擄掠了一批年輕婦女，準備回到自己的老家楚地。

項羽的謀士韓生對他說：「關東一帶地勢險要，東有函谷關，南有武關，西有烏關，北有黃河，能夠憑藉險要牢牢守住，不能輕易放棄。再說，這裏土地肥沃，物產豐富，要想成就霸業，在這裏建立首都最為合適。」

項羽看看咸陽，已經破壞得不成樣子；再看看秦王宮殿，已被燒得殘破不堪；再說，自己也想念故鄉，於是對韓生說：「富貴起來不回家鄉，就像夜裏穿着華麗的衣服在外面行走，沒有人能看見。」

韓生聽了項羽的話，對他很看不起，於是背後對人說：「過去聽別人說，楚人就像戴了帽子的猴子，現在看來一點也沒錯。」

這話傳到項羽耳朵裏，項羽怒不可遏：「我像猴子？那你是甚麼東西！」項羽立即下令，把韓生扔到油鍋裏活活炸死。

|出處|

《史記·項羽本紀》：「人言楚人『沐猴而冠』耳，果然。」

|例句|

張愛玲《道路以目》：「上海西裝店的模特兒也不見佳，貴重的呢帽下永遠是那笑嘻嘻的似人非人的臉，那是對人類的一種侮辱，比『沐猴而冠』更為嚴重的嘲諷。」

南柯夢

柯：樹枝。南面樹枝上的一場夢境。比喻夢境。也比喻遭遇如同夢境一般，結果是一場空歡喜。

從前，有個人叫淳于棼，為人豪爽，喜歡喝酒。他家院子外面南牆下有棵古槐樹，枝葉長得非常茂盛，淳于棼經常和朋友們在古槐樹下喝酒、談天。有一天，他酒喝得太多，醉得不成樣子，兩個朋友扶着他去睡覺。

兩個朋友扶他上了牀，對他說：「我們去餵餵馬，洗洗腳，等你稍稍好些了我們再回去。」

淳于棼躺在牀上，昏昏沉沉，好像在做夢。忽然，來了兩個穿着紫衣的使者，朝他跪下，恭恭敬敬地說：「我們國王派小的來接你。」他跳下牀，撣撣衣服，正一正帽子，跟着使者上了馬車。馬車駛出大門，向南牆下古槐樹的空洞裏駛去。進了洞穴以後，看到一座大城，城門上寫着「大槐安國」四個大字。

國王見了他，非常高興，說：「你不嫌棄我們的國家小，願意到我們國家來，這是我們極大的榮幸。要是你同意，我就把第二個女兒嫁給你。」

淳于棼喜出望外，連連點頭表示同意。淳于棼娶了公主，整天喝酒、玩樂，日子過得挺快。有一天，公主對他說：「男子漢應該有所作為，你還是弄個官做做吧。」淳于棼不願意做官，但又拗不過公主，只好答應。正巧，國王要派個人去做南郡太守，就讓他帶着妻子前去上任。他在南郡做了二十年太守，做出巨大成績，老百姓都很愛戴他。公主給她生了五個女兒，兩個兒子，家庭生活非常美滿。後來國王又提拔他做宰相，享盡了榮華富貴。

天有不測之風雲，公主突然生病死去，淳于棼非常傷心。將公主安葬以後，國王要他回去看看，還是由接他來的兩個使者送他回去。

淳于棼一覺醒來，太陽還沒有落山，他的兩個朋友正在洗腳，這才知道幾十年的榮華富貴只不過是一場夢。

後來，他到大槐樹下看了看，發現大槐安國就是古槐樹下的大螞蟻洞，南郡就是槐樹最南面的一根樹枝。

|出處|

唐・李公佐《南柯太守傳》。

|例句|

宋・朱敦儒《水龍吟・放船千里凌波去》：「念伊嵩舊隱，巢由故友，南柯夢，遽如許。」

南山可移

南山：終南山。終南山能夠搬開（這個案子不能改判）。比喻已經定案，不可改判。

唐代的太平公主，是個了不起的巾幗，別看她是個女流之輩，她的膽魄勝過許多鬚眉。

公元 710 年，她參與了李隆基（後來的唐玄宗）發動的政變，殺死韋后和安樂公主，擁立睿宗登上了帝位，這就是史書上的「睿宗復辟」。從此以後，她把持了朝政，七位宰相中有五位出自太平公主門下。朝廷中的許多官員，巴結她都來不及，又有誰敢去招惹她？偏偏有個不大的官吏，為了給百姓主持公道，就是不怕她。

有一次，太平公主的家奴依仗權勢，霸佔了一座寺院的磨坊。寺院的僧人無法跟他們爭鬥，只好把太平公主告到官府。

負責審理這個案子的，是司戶參軍李元紘。李元紘查清了事情的原委，毅然將磨坊判給了僧人。

雍州長史知道了這件事，嚇得臉色煞白。真是太陽從西邊出來了，太平公主能在小小的司戶參軍手裏輸了官司？李元紘跑不了，自己也脫不了關係！

他忙不迭地找到李元紘，要他把這個案子改判。沒料想李元紘不肯低頭，硬是要為民做主，他寫下了十二個大字：「南山或可改移，此判終無搖動。」

這個案子就是沒有改判，所有的人都捏着一把汗。太平公主終究因為自己理虧，最後只得作罷。

|出處|

《舊唐書·李元紘傳》：「南山或可改移，此判終無搖動。」

|例句|

清·紀昀《閱微草堂筆記》第三卷：「終以為南山可移，此案不動。」

鳥盡弓藏

鳥打完了，彈弓也就收起來不用了。比喻事情成功以後，把曾經出過力的人拋棄或殺掉。

范蠡和文仲都是春秋末期越王勾踐的大臣。越王勾踐被吳王夫差打敗後，被押送到吳國看守墳墓、飼養馬匹。當時只有范蠡一人跟隨在勾踐夫妻左右，吃盡了千辛萬苦。文仲留在越國，苦苦支撐殘局。

越王勾踐被釋放以後，時時不忘復仇，在范蠡、文仲的幫助下，終於滅掉了吳國，得以報仇雪恨。

大功告成以後，范蠡請求辭去官職，越王勾踐堅決不同意，並且說：「以後即使你有甚麼不對，我也不會治你的罪。」當天夜裏，范蠡帶着親信和隨身行李，乘坐一隻小船遠走高飛。

時隔不久，文仲收到范蠡的一封信，信中說：「天上的飛鳥射盡了，強勁的弓也就收起來了；狡猾的兔子被打死了，再好的獵狗也要被主人殺了吃。越王勾踐只能和別人一起共患難，不能和別人一起共富貴，你也趕快想辦法離開越國吧。」

文仲看了范蠡的信，猶豫不決，於是推託自己有病，不再上朝。

這時，有人在越王勾踐那裏誣告文仲，說他圖謀造反。勾踐本來就對他有所懷疑，聽了以後便信以為真，他派人給文仲送去一把劍，讓他自盡。文仲非常後悔，後悔沒有聽范蠡的勸告早一點離開。他長歎了口氣，拔劍自刎。

「兔死狗烹」的出處也在這裏，比喻的意思和「鳥盡弓藏」完全相同。

|出處|

《淮南子・說林訓》:「狡兔得而獵犬烹,高鳥盡而強弩藏。」《史記・越王勾踐世家》:「蜚鳥盡,良弓藏,狡兔死,走狗烹。」

|例句|

二月河《雍正皇帝》上第五十二回:「我不信!今天四哥還說,決不做鳥盡弓藏的事。」

寧為雞口不為牛後

牛後:牛肛門。情願做小雞的嘴,也不做牛肛門。比喻情願在小的地方自主,也不在大的地方受人支配。

古時候,人們將南北向稱作「縱」,將東西向稱作「橫」。戰國時,秦國在西,其他六國在東,土地南北相連的六國聯合起來共同抵禦西方的秦國叫「合縱」,與「合縱」政策針鋒相對的是「連橫」。宣揚、推行「合縱」政策的代表人物是蘇秦,宣揚、推行「連橫」政策的代表人物是張儀。

在蘇秦遊說各國共同抗秦的同時,張儀也四處活動,勸說各國與秦國結盟。

有一年,蘇秦來到韓國,向韓王遊說道:「韓國據有險要之地,土地方圓千里,有幾十萬軍隊,韓王要是臣服秦國,豈不要被天下人恥笑!我給大王設想一下,大王要是臣服秦國,秦國一定向大王索要宜陽（今河南洛陽西南）那一帶的土地。今年大王把宜陽獻出去了，明年秦王又來索要其他的土地，韓國的土地是有限的，秦王的要求是無限的，等到韓國沒有土地可以割讓了，也就滅亡了。我聽說過這樣的俗話，情願做小雞的嘴，也不做牛肛門。大王如此賢能，難道願意做牛肛門？」

韓王手按寶劍歎息道：「我就是死了，也不事奉秦王。我一定聽從您的教誨，參加合縱抵禦強秦。」

張儀隨後到了韓國，對韓王說：「韓國處於山區，糧食產量很低，如果哪一年收成不好，老百姓連穀皮都吃不上。算算您的兵力，總共不到三十萬。韓國的糧食少，兵力弱，怎麼能跟強秦對抗！秦國土地肥沃，糧食堆積成山，軍隊有百萬人馬，戰車千輛。秦國對付六國，就像大力士對付嬰兒一樣。希望您不要聽從合縱者的甜言蜜語，趕快歸順秦國，現在還不歸順，實在是太危險了。秦王讓我給您帶來一封信，希望您能做出明智抉擇。」

韓王被張儀的一番話嚇破了膽，連忙說：「韓國願意做秦國的藩臣，並且將宜陽一帶的土地獻給秦王。」

|出處|

《戰國策・韓策一》：「臣聞鄙語曰：『寧為雞口，無為牛後。』今大王西面交臂而臣事秦，何以異於牛後乎？」

|例句|

孫朝軍《寧為雞口不為牛後》：「當貝克漢姆毅然決然離開大名鼎鼎的皇家馬德里而投奔名不見經傳的洛杉磯銀河隊時，筆者想起了咱國人的一句俗語：『寧為雞口，不為牛後。』」

寧為玉碎不為瓦全

寧可做玉器被打碎，也不願做瓦器而保全。比喻寧可為正義事業犧牲，也決不苟且偷生。

高洋於公元550年廢了魏孝靜帝元善見，自己登上了皇帝的寶座，建立了北齊王朝，他就是北齊文宣帝。

高洋做事一向心狠手辣，連他的隨從都時時提心吊膽。隨從們哪個做事稍稍出了點兒差錯，或是做的事略略不稱他的心，高洋輕則敲擊他的腦袋，或是掏出他的命根子狠狠敲打；重則刺心剖腹，當場要了他的性命。

對心腹都這麼狠，何況令他時時感到威脅的魏皇室。為了斬草除根，高洋又毒死了孝靜帝元善見和他的三個兒子。過了幾年，天上出現了彗星；沒過多少天，又發生了日食。古人認為這是凶兆，高洋這個魔頭也有些害怕。他擔心奪來的帝位不保，常常為此焦躁不安。

有一天，他拐彎抹角地問公元韶：「當年王莽已經奪取劉氏天下，為甚麼漢光武劉秀還能中興？」公元韶知道高洋問話的用意，便回答道：「王莽沒將劉氏家族的人斬盡殺絕，所以留下了後患。要是將劉氏家人全都殺光了，哪裏還有甚麼劉秀？」

還沒殺絕？那就再殺！高洋殺心頓起，要把元氏皇室殺個雞犬不留！他立即傳下命令，將幾十家皇室成員全部抓起來，一起拖到漳水邊，無論老幼統統斬首。

高洋殺盡了舊皇室成員，弄得元姓人家個個心驚膽戰。這個魔王先殺了孝靜帝父子，接着殺了元姓皇室，接下來會不會把姓元的全部殺光？嗜殺成性的高洋，甚麼事做不出？

將軍元景安為求自保，召集全家商議改姓。堂兄元景皓很有骨氣，高聲說道：「祖宗的姓怎麼能改！大丈夫寧可做玉器被砸碎，也不願做瓦器而保全！」族人一致同意元景皓的意見，不同意改姓。元景安的臉上青一陣、白一陣，實在下不了台，恨透了元景皓。

為了報復元景皓，元景安使出了借刀殺人的陰招，把這件事報告給高洋。高洋立即殺了元景皓，並將他的家屬全部發配到彭城（今江蘇徐州）。

|出處|

《北齊書·元景安傳》：「景皓云：『豈得棄本宗，逐他姓？大丈夫寧可玉碎，不為瓦全。』」

|例句|

和谷巖《英雄的史詩》：「前日父親來看我時，還在設法營救我們，其誠是可感的，但我們寧為玉碎，不為瓦全。」

牛角掛書

把書放在牛角上來讀。形容勤奮好學。

隋朝末年，有個讀書人叫李密。他的父親叫李寬，是隋朝的一名驍勇武將，官至蒲山郡王。因為父親的緣故，李密得以在宮裏當上一名侍衛。可是，做宮中侍衛不合李密的願望，值班的時候往往心有旁騖，結果他被免職，只得回到家中。

回家以後，李密讀書更加勤奮。有一天，聽說有名的學者包凱到了偃師的緱山，便打算前去拜訪。為了不浪費時間，他把一卷《漢書》掛在牛角上，一邊騎牛行走，一邊讀書。

那一天，正好大臣楊素坐車外出，看到前面有一個年輕人把書放在牛角上，騎在牛背上看書，十分好奇。他便讓駕車人慢慢行駛，讓車子跟在年輕人的後面。過了好一會兒，楊素忍不住問道：「年輕人，你是哪兒的書生？」

李密在宮中做侍衛時見過楊素，連忙從牛背上跳下來參拜。楊素問他讀的是甚麼，李密照實回答：「讀的是《項羽傳》。」

楊素跟李密交談了一會兒，發現李密詩書滿腹，志向遠大，便着實鼓勵了李密一番。

回家以後，楊素便把見到李密在牛背上讀書的事說給兒子楊玄感聽，並說李密不是等閒之輩，應當跟他多多交往。以後楊玄感便主動跟李密結交，兩人成為好朋友。

不久天下大亂，楊玄感乘機起兵反隋。李密參加了楊玄感的部隊，為他出謀劃策。起事初期，義軍取得節節勝利。

李密分析了當時的形勢，提出了上、中、下三策。上策是截斷隋軍自高麗歸來的道路，前有起義軍阻截，後面有高麗追兵，能夠輕而易舉地擊敗隋軍；中策是搶先佔據長安，在關中一帶稱王，使隋朝失去根本；下策是率兵進攻東都，結果無法預料。

不知楊玄感出於何種考慮，偏偏領兵進攻東都洛陽，最終兵敗身亡。後來李密參加了瓦崗軍，成為起義軍的一名重要將領。

| 出處 |

《新唐書・李密傳》。

| 例句 |

齊白石《憶兒時事》:「樂事如今憶佩鈴，牛角掛書牛背睡。」

牛衣對泣

牛衣：給牛禦寒的草或麻的編織物。躺在牛衣中相對哭泣。比喻夫妻生活貧困，愁苦萬分。

漢代的王章能夠成就功業，全靠妻子的激勵；最終死在獄中，也是因為沒有聽從妻子的勸告。

王章家裏非常貧窮，和妻子過着苦日子。年輕時他到長安去求學，妻子跟他一同前往。

那日子過得真是苦啊，一日只吃兩餐，常常餓得肚皮貼後脊樑；寒冬臘月連蓋的被子都沒有，只得撿了別人不要的牛衣蓋在身上抵禦些許寒氣。

有一天，王章得了重病，他以為自己一定是快要死了，躺在牛衣中與妻子訣別。他的妻子只覺得萬箭穿心，對丈夫百般安慰，王章總認為自己不行了，不停地哭泣。他的妻子狠了狠心，向王章喝道：「你看看，朝中那些權貴的才學，哪一個能夠比得上你！你現在貧病困厄，為甚麼不振奮起來？現在反而在這裏哭哭啼啼，實在是沒有出息！」

後來王章當了官，官居京兆尹（京師所在地行政長官）。那時候，漢成帝的舅舅王鳳專權，他為了鞏固自己的地位，竭力排除異己。王章打算上書給皇上，彈劾大司馬大將軍王鳳。他的妻子對他說：「王鳳一手遮天，你上書給皇上是不自量力。做官要知足，不要去做自己沒法做到的事。」

王章不聽妻子的勸告，把奏章遞了上去。不出他的妻子所料，王章被捕入獄，最終死在獄中。

|出處|

《漢書・王章傳》:「初，章為諸生學長安，獨與妻居。章疾病，無被，卧牛衣中，與妻決(訣)，涕泣。」

|例句|

清・宣鼎《夜雨秋燈錄・義貓》:「翁家乏食，借貸無門，典質已盡，搔首踟躕，牛衣對泣而已。」

攀轅卧轍

拉住車轅，躺在車道上，不讓車子走。比喻挽留一心為民的官員。

「攀轅卧轍」和「都門飄瓦」是兩個意義截然不同的典故，反映了百姓對於贓官和良吏離任時的不同態度。

「都門飄瓦」的主人公是路巖，唐代大中年間進士，三十六歲居相位，可謂前途無量。他在擔任宰相期間，貪贓枉法，為百姓所痛恨。後來被貶出京，沿街百姓向他投擲瓦片泄憤。

「攀轅卧轍」的主人公是侯霸，被後世稱為「三朝良吏」。因為他德才兼備，口碑很好，漢成帝劉驁將他召入朝廷，任命他為太子舍人。

王莽篡位建立新朝，社會黑暗，怨聲載道，招致多方不滿。王莽為了鞏固自己的統治，多方招納賢才，侯霸被任命為南陽郡隨縣（今湖北隨州一帶）縣宰。

隨縣地處邊遠，一些亡命之徒到此落草為寇，與當地的豪強相勾結，四處姦淫擄掠，百姓深受其害。官兵前去圍剿，草寇憑藉豪強的暗中掩護，與官軍周旋。

侯霸上任以後，為解除百姓的苦患，制訂了周密的計劃，將與草寇勾結的豪強抓獲，然後將賊寇一一殲滅。匪患被徹底清除，當地百姓無不拍手稱快。因剿匪有功，侯霸升任淮平郡（郡治在今江蘇盱眙）大尹（太守）。

公元 23 年，王莽的新朝敗亡，綠林軍擁立劉玄為帝。劉玄為了籠絡人心，派荊州刺史費遂徵召侯霸入京。淮平郡的百姓聞訊後，紛紛扶老攜幼到街上痛哭，拉住車轅、躺在路上不讓侯霸離開。費遂見民意難違，只得返回京城覆命。

|出處|

《後漢書・侯霸傳》：「更始元年，遣使徵霸，百姓老弱相攜號哭，遮使者車，或當道而卧，皆曰：『願乞侯君復留期年。』」

|例句|

林偉《「攀轅卧轍」與「都門飄瓦」的啟示》：「為此，筆者建議，為官者當以『離任』為鏡，多想一想『攀轅卧轍』和『都門飄瓦』這兩個典故，常來比較比較典故中主人翁受到的不同待遇，時刻牢記『勿以善小而不為，勿以惡小而為之』的古訓。」

庖丁解牛

庖：廚師；丁：人名。名叫丁的廚師肢解分割牛。本比喻順應自然。後多比喻技術嫻熟高超，做事得心應手。

古時候，有個名叫丁的廚師，大家叫他「庖丁」。他解牛的技術非常高超，受到大家的一致誇讚。

有一次，文惠君請他去做肢解牛的表演。只見他來到殺好的整牛旁，一會兒用手按着牛，一會兒用腳踩着牛，一會兒用膝蓋頂着牛，一會兒用肩扛着牛。他解牛的動作又輕捷，又好看，不像是在進行繁重的體力勞動，倒是像在跳姿態優美的舞蹈。解牛時鋒利的刀切割着牛體，發出「嘩嘩嘩」的聲音，這聲音既有節奏，又悅耳，像是演奏動聽的音樂。欣賞庖丁的解牛表演，簡直是一種美好的享受。

庖丁把牛剖解完畢，文惠君不禁大聲讚歎：「太好了！太好了！你的技藝怎麼這樣高超？」

庖丁放下屠刀，回答說：「我追求的是自然規律，這就遠遠超過掌握技術了。我開始學解牛的時候，眼睛裏看到的是整頭的牛；三年以後，由於我完全了解牛的身體結構，牠們在我眼裏，只是一部分一部分的牛體，不再是渾然一體的整牛了。我現在解牛，靠的是心領神會，刀順着牛身上的自然肌理插進去，導向骨節間的縫隙。牛的骨節間縫隙雖小，我的刀刃很薄很薄，插進去遊動還是寬大有餘。遇到筋骨盤結的地方，我就特別小心，眼睛集中在一點上，注意力高度集中，『嘩』的一聲解開了，牛肉像泥土一樣落在地上。這時候，我真是心滿意足啊。」

文惠君聽了，發出了感歎，說：「聽了你的一席話，我懂得了順應自然的養生之道。」

|出處|

《莊子・養生主》:「庖丁為文惠君解牛，手之所觸，肩之所倚，足之所履，膝之所踦，砉然響然，奏刀騞然，莫不中音。」

|例句|

紀師龍《多一點「庖丁解牛」的智慧》:「越是面對複雜的問題、重大的工作，就越是需要有一種細緻的態度、科學的謀劃，越是需要有一點『庖丁解牛』的智慧。」

牝牡驪黃

牝：雌性的動物；牡：雄性的動物；驪：黑色的馬。比喻事物的表面現象。

秦穆公想要得到一匹千里馬，於是對伯樂說：「本來想讓你去尋找千里馬，可是你的年紀太大了。你看看，在你的後代中，有誰能夠派去尋找千里馬？」

伯樂回答道：「一般的良馬，可以從外貌筋骨等方面看出來，天下難得的好馬，看看像是好馬，再看看又好像不是好馬。這樣的馬跑起來不揚塵土，不留足跡，如同飛一般。我的子姪才能低下，識別不了這樣的天下良馬。不過，有個叫九方皋的人，相馬的本領不在我之下，大王可以接見他，讓他去尋找千里馬。」於是，秦穆公派九方皋去尋找千里馬。

三個月以後，九方皋回來了，對秦穆公說，千里馬已經找到了。秦穆公連忙問道：「是一匹甚麼樣子的馬？」九方皋回答道：「是一匹黃色的母馬。」秦穆公派人把馬牽回來，問牽馬人那是一匹甚麼樣的馬，牽馬人的回答讓秦穆公大吃一驚：「是一匹黑色的公馬。」

秦穆公很不高興，責備伯樂道：「唉，你推薦的是甚麼樣的人！他連雌雄黑黃都分不清，能辨別甚麼樣的馬是千里馬嗎？」

伯樂歎了一口氣說：「九方皋相馬，注意力集中在馬的內在素質，而不在馬的外表。他看到了馬的主要方面，忽略了馬的次要地方。像九方皋這樣相馬，才能找到真正的寶馬良駒。」

馬牽來了，秦穆公一看，果然是一匹天下少有的駿馬。

| 出處 |

《列子・說符》:「穆公曰:『何馬也?』對曰:『牝而黃。』使人往取之,牡而驪。」

| 例句 |

閻正通《識人於「牝牡驪黃之外」》:「人們把只注意表面、拘於外形而忽視實質，叫『牝牡驪黃』。相反，能夠不計外觀形式而注重內容本質的，就叫『牝牡驪黃之外』。」

馮婦

馮婦：人名，晉國能徒手打虎的人。指勇士。

春秋時，晉國有位勇士，名字叫馮婦。他的勇猛沒人不佩服，他能赤手空拳打死老虎！馮婦漸漸年長，開始專心學習。他向大家公開宣佈，以後再也不去冒險去幹打老虎之類的事。

有一天，他和朋友們乘車到郊外遊玩，忽然聽到一陣吶喊聲。原來，很多人在圍攻一頭猛虎，把老虎逼到山角，可是誰也不敢靠近牠。人們看到馮婦來了，歡呼着向他奔去。馮婦看到這種情況，再也按捺不住，捲了捲袖子走下車，大踏步走向前。說時遲那時快，他一把就抓住了老虎，猛地向地上一摔，一下子就把老虎摔死了。

《郁離子》中還有一則馮婦的故事，看了令人捧腹。

東甌（今浙江溫州一帶）方言「火」、「虎」不分，「打虎」和「打火」讀音相同。那裏的房頂全用茅草蓋成，容易發生火災，當地人吃足了火災的苦頭。

有個東甌商人到了晉國，聽說晉國有個叫馮婦的人善於同虎搏鬥，回來後就把這件事告訴了東甌國君。東甌國君聽了非常高興，用馬四十匹、白玉兩雙、文錦十匹作禮物，讓商人做使者，到晉國把馮婦請來。

馮婦應邀到來，東甌國君親自在國門外迎接他，一起乘車進入館驛，把馮婦作為上賓款待。

第二天，市中起火，當地人跑過來向馮婦報告。馮婦捋捋袖子跑出來，到處找老虎搏鬥，找了半天也沒有找到。這時大火逼向宮殿，國人簇擁着馮婦奔向大火，馮婦沒能逃脫，被大火活活燒死。馮婦一直到死，都沒搞清是怎麼回事。

| 出處 |

《孟子・盡心下》：「晉人有馮婦者，善搏虎，卒為善士；則之野，有眾逐虎，虎負嵎（山勢彎曲險阻的地方），莫之敢攖（觸犯）；望見馮婦，趨而迎之，馮婦攘（捋）臂下車，眾皆悅之，其為士者笑之。」

| 例句 |

宋・黃庭堅《憶未移舟出》：「劉郎弓石八，猛氣壓馮婦。」

破鏡重圓

破碎的鏡子又把它補圓。比喻離異的夫妻重新團圓。

南朝陳的太子舍人徐德言，娶樂昌公主為妻。小夫妻情投意合，相敬如賓。

那時候，朝廷腐敗，國勢岌岌可危。徐德言預料國家將要滅亡，心裏非常擔憂，妻子身為當今皇上的妹妹，難以逃脫這場劫難。有一天，他對樂昌公主說：「大難就在眼前，我們也要做好準備。國破必定家亡，我們就會離散，假如我們情緣未斷，以後一定還有重見的機會，現在先留下件東西，作為我們以後相見的憑證。」

樂昌公主認為丈夫說得對，流着眼淚問丈夫應當怎麼辦。徐德言拿來一面銅鏡，當即把它劈為兩半，兩人肝腸寸斷，各拿一半藏在懷中。他倆做出約定：倘若日後離散，每月十五就讓人拿着這半面鏡子在市場上叫賣，以後相認，就以這鏡子為憑證。

時隔不久，隋文帝果然攻陷建康（今江蘇南京），陳朝滅亡。樂昌公主被擄走，不知去向。徐德言在建康無處藏身，被迫亡命在外。

時局漸漸安定下來，徐德言四處打聽妻子的下落，後來隱隱聽到別人說，樂昌公主已入越公楊素府中。他也不管是真是假，千辛萬苦趕到大興（今陝西西安），每月的十五那天，都要到市場去看看是不是有人賣半面鏡子。

幾個月過去了，沒有一點音信。十五那天又到了，徐德言照例來到市場。轉了一會兒，忽然聽到有人高聲叫賣鏡子，急急忙忙走過去一看，原來是個年老的僕人在叫賣，有人問他價錢，報的價高得出奇，就是面金鏡子，也要不了那麼多的錢。

徐德言的心「怦怦」亂跳，走近細細一看，正是妻子的半面鏡子！他把老人請回家細細相問，才知道是妻子請他賣鏡尋夫。他便拿出自己的半面鏡子，合在一起嚴絲合縫。徐德言寫了一首詩，請老人帶回去。

樂昌公主讀了僕人帶回來的詩，泣不成聲。那首詩寫道：「鏡與人俱去，鏡歸人不歸。無復嫦娥影，空留明月輝。」

自從她被擄掠到北方以後，便被賞給楊素為妾。楊素對她百般寵愛，可是她卻念念不忘結髮丈夫。如今得到了丈夫的音信，令她心如刀絞，萬分悲痛。

後來楊素知道了真情，便讓樂昌公主回到徐德言身邊。經過這場磨難，夫妻倆更加恩愛。

| 出處 |

唐・孟棨《本事詩・情感》。

| 例句 |

周忠陵《那個沒講完的故事》：「無論如何，她都不可能回來與我破鏡重圓了。她正奔向她的未來。」

破天荒

科舉時代比喻突然得志揚名。現在多用以指第一次出現的新鮮事。

「春風得意馬蹄疾，一日看盡長安花。」唐代孟郊《登科後》中的這兩句詩，將舉子考取進士後的得意的神態、心情刻畫得淋漓盡致。十年寒窗雖苦，但是「書中自有黃金屋，書中自有顏如玉」，一旦考取了進士，便可踏上仕途，「黃金屋」、「顏如玉」也就唾手可得了。

舉子們沒有不想考取進士的，可是考取進士也非易事。唐朝荊南是個落後地區，四五十年間竟然沒有一個人考中進士。一些人瞧不起這個地方，稱荊南地區為「天荒」，把那個地區送去的考生稱做「天荒解」。「天荒」是甚麼意思？指尚未開發的蠻荒之地，「天荒解」多難聽啊，是對荊南地區送去的考生的蔑稱。

唐宣宗大中四年（公元850年），奇跡終於出現了，荊南考生劉蛻終於考中進士，總算破了「天荒」。當時，魏國公崔弦鎮守荊南一帶，得知劉蛻成為天子門生，欣喜萬分，寫信表示祝賀，並贈送給他七十萬「破天荒」錢。劉蛻很有志氣，不肯接受「破天荒」錢，在給崔弦的回信中寫道：「五十年來，自是人廢；一千里外，豈曰天荒。」

劉蛻說得對，五十年來沒人考取，那是人的原因；京城千里之外，怎麼能說是「天荒」呢！

|出處|

宋・孫光憲《北夢瑣言》：「唐荊州衣冠藪澤，每歲解送舉人，多不成名，號曰天荒解。劉蛻舍人以荊解及第，號為『破天荒』。」

|例句|

清・吳趼人《二十年目睹之怪現狀》第六十四回：「這局子向來的總辦，都是道班，這一位是破天荒的。」

剖腹藏珠

把肚子剖開，把珍珠藏在裏面。比喻愛財傷身，要財不要命。也比喻因小失大，輕重倒置。

有個西域的商人，得到一顆極為名貴的珍珠。他打算把珍珠帶到中原，賣個好價錢。從西域到中原路途遙遠，他不禁擔心起安全。他把珍珠藏在這裏，覺得不好；藏在那裏，也覺得不行。他忽然想道：為甚麼不把珍珠藏在肚子裏呢？藏在肚子裏誰也察覺不了，路途上就安全了。

那商人忍着劇痛，用刀把自己的肚子剖開，將珍珠放進去，再忍着劇痛，將肚子縫好。他終於放下心來，誰也不能把這顆價值連城的珍珠偷走了。

一路風餐露宿，飢餐渴飲，西域商人終於風塵僕僕來到長安。到了旅社，他關上房門，又用刀把自己的肚子剖開，將珍珠取出來。由於他一路勞累過度，剖開肚子時出血過多，終於支撐不住，昏倒在地，再也沒有甦醒過來。

這件事很快傳到了宮中。有一天，朝廷議事，唐太宗問大臣，是不是有這回事。臣子們告訴唐太宗，確實有這回事。唐太宗意味深長地說：「現在大家都說，那個商人愛珠不愛身。大家想過沒有，有些貪官污吏，因為接受賄賂而家破人亡；古代一些昏君，因為貪慾而亡國，這不是同樣的道理嗎！」

|出處|

《資治通鑒・唐紀・太宗貞觀元年》：「上謂侍臣曰：『吾聞西域賈胡得美珠，剖身以藏之。』侍臣曰：『有之。』上曰：『人皆知彼之愛珠而不愛其身也。』」

|例句|

清・曹雪芹《紅樓夢》第四十五回：「跌了燈值錢呢，是跌了人值錢……怎麼忽然又變出這『剖腹藏珠』的脾氣來！」

七步才

在七步之內吟就一首詩的才華。形容才思敏捷。

曹丕、曹植雖然是親兄弟，可是兩人水火不相容。尤其是哥哥曹丕，要將弟弟曹植置於死地而後快。兩人之間的矛盾，還得從頭說起。

曹植自幼聰慧，深得父親曹操的歡心。曹植十幾歲的時候，便能寫得一手好文章。曹操看了有點兒懷疑，問道：「這些文字是你自己寫的呢，還是請人代筆？」曹植說道：「孩兒下筆成章，何必請人代勞！父親不信，可以當面一試。」曹操出了題目讓他當面寫來，寫好之後拿過來一看，果然字字珠璣。從此以後，曹操對他寵愛有加，甚至想立他為世子，讓他繼承自己的事業。他把這個想法跟謀士們一說，許多謀士表示反對，認為這樣做一來有違「立長不立幼」的封建成法，二來曹植生性隨便，行事不穩，不堪擔當重任。

沒有不透風的牆，曹丕很快知道了這件事。他對弟弟曹植恨之入骨，可是又無可奈何。擁戴曹丕的謀士一再在曹操面前說曹丕的好話，曹操有些心動；曹植自己也不爭氣，幾次違反禁令，遭到曹操的處罰。曹操最終下了決心，立曹丕為世子。

公元220年，曹操病逝，曹丕繼位為漢相。就在同一年，曹丕迫不及待地玩起了「禪讓」的把戲，逼迫漢獻帝退位，自己登上皇帝寶座，建立了魏王朝。

曹丕稱帝後，對過去的事耿耿於懷，一心要殺掉曹植。他藉口曹植在父喪期間行為不檢點，把他拿下治罪。這個罪名可不輕，要是罪名成立，曹植就要被處死。

審問曹植的時候，曹丕氣勢洶洶地說：「你恃才傲物，蔑視禮法，膽子倒不小。父親在世的時候，常常誇獎你，說你詩文寫得好。這些詩文究竟是不是你自己寫的，我一直心存疑惑。現在我要考考你，看你是不是欺世盜名，限你在七步之內寫成一首詩，寫不成就殺了你。」

曹植應了一聲，含着眼淚往前走。他一邊走，一邊吟詠詩句：「煮豆持作羹，漉菽以為汁；萁在釜下燃，豆在釜中泣；本自同根生，相煎何太急！」一首新詩吟完，正好只走了七步。

曹丕聽了曹植吟的詩，也覺得自己對弟弟下手太急太狠，未免有些愧疚。他略略一頓，下令免去對曹植的處罰。

|出處|

南朝・宋・劉義慶《世說新語・文學》:「文帝嘗令東阿王七步中作詩,不成者行大法。應聲便為詩曰:『煮豆持作羹,漉菽以為汁;萁在釜下燃,豆在釜中泣;本自同根生,相煎何太急!』帝深有慚色。」

|例句|

元・任昱《雙調・清江引》:「兩京花柳情,八景煙雲態,偏宜品題七步才。」

歧路亡羊

歧路:岔路;亡:逃跑、丟失。因為岔路很多,羊跑掉了找不回來。比喻過於複雜,迷失了方向。

戰國時,有個著名的思想家,名叫楊朱。他的思想深奧,聲名遠揚。許多年輕人恭恭敬敬地拜他做老師,學習他的哲學思想。

有一天,他的鄰居跑失了一隻羊,那家人全都出去尋找,找了半天也沒有找到。鄰居們知道了,都來幫忙,找了很久,還是沒有找到。那家主人見人手不夠,來跟楊朱商量,請他的童僕也幫幫忙,跟大家一塊兒去找。楊朱問道:「跑了一隻羊,怎麼要這麼多人去找?」鄰居歎了一口氣說:「唉,你不知道,岔路實在太多了。」

他的童僕也跟着去了,到了天黑才回來。楊朱問鄰居:「羊找到了嗎?」鄰居垂頭喪氣地說:「羊跑掉了。」

楊朱不解地問：「這麼多人去找，怎麼會找不到呢？」鄰居說：「岔路裏有岔路，找過去還有岔路，我們不知道這頭羊是從哪條岔路跑掉的，怎麼也找不到，實在沒辦法，只好回來了。」

楊朱聽了，半晌沒說一句話。他整天在思考這個問題，臉上也失去了笑容。

楊朱的學生覺得很奇怪，問楊朱道：「一頭羊不值甚麼錢，再說也不是您自己的，您整天悶悶不樂，這到底是為甚麼？」楊朱看了看學生，還是默默不語。

另外一個學者心都子聽說了這件事，知道楊朱的心思，對楊朱的學生說：「找羊因為岔路太多而跑失了羊，求學因為方法太多而迷失了方向。你們要是不明白老師的思想，那就太可悲了。」

|出處|

《列子・說符》:「大道以多歧路亡羊。」

|例句|

汪晉鞠《商戰》:「這麼大的企業，這麼好的基礎，歧路亡羊，以致最終破產，是個令人痛心的教訓。」

騎鶴上揚州

騎上白鶴到揚州去。本比喻兼得發財、做官、成仙的願望。現多指帶上大量的錢財到揚州去遊玩。

旅店裏來了四個人：一個小吏、一個商販、一個雲遊道士，一位年輕公子。店裏已經住滿了客人，只有一間空房，旅店主人就把這四個人安排在一個房間裏。

閒來無事，幾位就在客房裏閒聊。小吏說的無非是整日忙碌，還得看上司的臉色，不知哪一天才能升遷。商販說的無非是生意難做，本小利微，一年下來只有蠅頭微利。雲遊道士說的無非是修仙不易，整年在外，難覓能修成正果的真經。那位年輕公子只是聽別人說，含笑不語。

過了一會兒，那位小吏說：我要是哪一天當上大官就好了。那位商販說：我要是哪一天發上一筆大財就好了。那位雲遊道士說：我要是哪一天騎上白鶴飛升上天就好了。大家都看着那青年公子，希望他說說自己的願望。那公子笑了笑說：「腰纏十萬貫，騎鶴上揚州。」

乖乖（表示驚訝），他的這個願望不得了：錢不少，十萬貫；官不小，揚州刺史；成了仙，騎鶴飛行！三個人的願望都給他一個人佔了！

|出處|

南朝．梁．殷芸《吳蜀人》：「有客相從，各言所志：或願為揚州刺史，或願多貲財，或願騎鶴上升，其一人曰：『腰纏十萬貫，騎鶴上揚州。』欲兼三者。」

|例句|

欣力《騎鶴上揚州》：「古人說：腰纏十萬貫，騎鶴上揚州。說揚州是一個可以揮金如土的地方。」

騎虎難下

騎在老虎背上下不來。比喻事到中途遇到困難沒法停下，陷於左右兩難境地。

東晉王朝平定了王敦叛亂之後，有過一段時間的安寧。天有不測風雲，二十七歲的晉明帝突然病故，年僅五歲的晉成帝司馬衍繼位，從此以後，國家又陷入了一片混亂。

公元327年，蘇峻、祖約反叛朝廷。叛軍勢不可擋，官軍節節敗退，沒過多久，叛軍就攻進了京城建康（今江蘇南京）。蘇峻放縱官兵燒殺擄掠，姦淫婦女，百姓一下子就陷於水火之中；叛軍放火焚燒官署，大大小小的衙門全部化為焦土，連宮內的二十萬匹布帛，五千斤金銀，也被叛軍搶劫一空。京城內一片混亂，哀號聲驚天動地。

丞相王導聞知叛軍入城，飛馬馳入宮內，扶起嚇壞了的小皇帝，登上太極前殿，與光祿大夫陸曄、荀崧共登龍牀，護衛幼主。蘇峻闖入宮廷，被王導的威嚴震懾。他不敢在王導面前放肆，只得給皇上跪下。王導對他安撫一番，蘇峻隨即離開了皇宮。

蘇峻攻下建康，晉成帝的舅舅庾亮逃至潯陽（今安徽黃梅），他想以温嶠為盟主，起兵討伐叛軍。温嶠深知陶侃對朝廷忠心耿耿，說：「陶侃為荊州刺史，都督數州軍事，若是推舉他為盟主，何愁不能平定叛軍！」

過去，陶侃與庾亮有矛盾，經過温嶠耐心勸說，陶侃同意起兵平叛。當時叛軍力量強大，官軍將少糧缺，初戰接連失利。陶侃心中焦急，打算暫且收兵。温嶠對陶侃說：「現在的局勢，沒有一點兒迴旋餘地，就像騎在老虎背上一樣，沒有辦法下來。只有勇猛向前，才是唯一出路。」

陶侃接受了温嶠的意見，激勵將士奮勇殺敵。官軍克服了各種困難，很快平定了叛亂。

這條典故原作「騎獸難下」。《晉書》是唐人撰寫，唐人避諱，將「虎」作「獸」（唐高祖李淵的祖父名叫李虎）。後世皆作「騎虎難下」，不作「騎獸難下」。

|出處|

《晉書・温嶠傳》：「今之事勢，義無旋踵，騎猛獸安可中下哉。」

|例句|

茅盾《子夜》第十章：「本月三日拋出的一百萬公債，都成了騎虎難下之勢，我們只有硬着頭皮幹到哪裏是哪裏了！」

杞人憂天

有個杞國人擔心天會掉下來。比喻不必要的憂慮。

有一個杞國人擔心天會掉下來，地會陷下去，自己沒有地方安身，愁得成天吃不下飯、睡不着覺，人也瘦得不成樣子。

有個人見他瘦成這般模樣，開導他說：「天，只不過是聚集的氣罷了。你一舉一動、一呼一吸，都是生活在天空裏，為甚麼要擔心天會掉下來呢？」

那人想了一會兒，又提出疑問：「如果像你說的那樣，天只不過是氣，那麼，日月星辰不要掉下來嗎？」

開導他的人說：「哎呀，你怎麼這麼糊塗呢！日月星辰也是氣，只不過會發光罷了。即使它掉下來，對人也沒有甚麼傷害。」

杞人提出另外一個問題：「天不會掉下來，這個我算是明白了，可是，要是地陷下去，那該怎麼辦呢？」

開導他的人說：「地，是聚集在一起的土塊。土塊把所有的地方都塞得滿滿的，沒有甚麼地方沒有土塊，你為甚麼還要擔心地會陷下去呢？」

那個杞國人聽了，頓時消除了顧慮，心裏非常高興。開導他的人見他明白過來了，也寬下了心，心裏十分歡喜。

| 出處 |

《列子．天瑞》：「杞國有人憂天地崩墜，身亡（通「無」）所寄，廢寢食者。」

|例句|

劉永明《「風雲之星」的聯想》：「宇航員們的擔心並非『杞人憂天』，嚴酷的現實表明，哺育着五十億人類的地球由於生態環境的日益惡化而變得異常脆弱了。」

千里姻緣一線牽

比喻人的婚姻是注定的，即使相隔千里，最後也要成為夫妻。

唐朝時，杜陵（今陝西長安附近）有個年輕人叫韋固，打算前往清河（今山東臨清東北），路過宋城（今河南商丘南），住在一家旅店裏。

晚上閒來無事，韋固便到街市閒逛。有位老人席地而坐，在月光下看書，身邊有個袋子，裏面裝着紅繩子。韋固感到好奇，便也湊上去看看。不看則已，一看大吃一驚，他自幼飽讀詩書，可是這本書上的字他一個也不認識。

韋固向老人問道：「老伯，您看的是甚麼書？上面的字我怎麼不認得？」老人笑了笑說：「這是一本管人間婚姻的天書，你怎麼會認得上面的字！」

韋固更加好奇，問道：「人間的婚姻如何來管？」老人說：「如果兩個人是夫妻，我就用口袋裏的紅繩把他們倆的腳繫住，以後再也沒有辦法掙脫。即使相隔千里，最終也要成為夫妻。」

韋固隨口問道：「老伯，我的妻子在哪裏？」老人翻了翻書，說：「你的妻子就在附近，就是旅店北面那家賣菜人家的女兒。」

韋固又問：「我能不能見見她？」老人說：「明天早上你到米市去，我來指給你看。」

第二天，韋固如約而至，看到老人在前面走，韋固便跟在他後面。走了不遠，老人指着一個瞎婆子，對韋固說：「她懷裏抱着的那個三歲女孩，就是你未來的妻子。」

韋固仔細一看，差一點兒氣昏，那女孩子鼻涕拖得老長，醜得要死。韋固再找那位老人，那位老人已經不見了。

這個瞎婆子的醜女兒是自己未來的妻子？韋固越想越憋氣。他吩咐僕人道：「明天你去把那瞎婆子的女兒給我殺了。」

第二天，僕人來到米市，在女孩子的眉間刺了一刀，然後趁亂逃脫。韋固聽了僕人的回報，暗暗想道：「老頭說那個醜女孩是我的妻子，我倒要看看老頭的天書靈不靈！」

時光飛逝，韋固高不成低不就，一直沒有娶親。轉眼過去了十四年，韋固總算要結婚了，妻子是郡守十七歲的千金。

新婚之夜，韋固看着自己的妻子，越看越覺得她美；再仔細看看，眉間好像有道傷疤。韋固心頭一懍，忙問這是怎麼回事，嬌妻說：「我不是郡守的親女兒，他是我的養父。我的父親本為宋城縣令，在任上去世。父親去世不久，母親也離開了人世。奶媽不忍把我扔下，便以種菜為生，把我帶在身邊。三歲那年，不知哪裏來的兇徒，在我眉間刺了一刀，至今疤痕還在。」

韋固聽了倒吸了一口涼氣：哎呀，看來這被紅線繫住的千里姻緣是掙不脫的，自己娶的妻子果然還是她。

|出處|

唐．李復言《續玄怪錄．定婚店》。

|例句|

清．曹雪芹《紅樓夢》第五十七回：「自古道：千里姻緣一線牽。管姻緣的有一位月下老兒，預先注定，暗裏只用一根紅絲，把兩個人的腳絆住。」

千日酒

能讓人醉千日的酒。指美酒。

古時候有個人叫狄希，善於釀造美酒，釀造出來的最好的一種酒叫「千日酒」，只要喝上一杯，就能使人醉上一千天。

有個人叫劉玄石，喜歡喝酒，久聞狄希的大名，趕到狄希那兒求酒。狄希對劉玄石說：「釀的酒時日未到，尚未釀熟，不敢給你喝。」劉玄石說：「就算沒有熟，給我喝一杯，行不行？」狄希直搖頭：「不行！不行！喝了很難醒過來。」劉玄石繼續糾纏：「求你了，只喝一杯。」接着又開起了玩笑：「你的酒裏沒有砒霜，喝上一杯不會死人。」

給他這麼一鬧，狄希不能再推辭，就給他喝了一杯。劉玄石喝了直咂嘴（表示讚歎）：「好酒！好酒！再給一杯！」狄希說：「就是這一杯，也要讓你睡一千天。好了，等你酒醒了再來。」

劉玄石到家以後，一頭倒在牀上，醉得像個死人，只是好像還有一口氣。過了一天，劉玄石沒醒；過了三天，劉玄石還是沒醒；半個月過去了，劉玄石似乎沒了氣。家人大哭一場，將他埋葬。

三年過去了，狄希猛然想起了劉玄石，自言自語道：「劉玄石也該醒了，我應該去看看。」到了劉玄石家，狄希問道：「玄石在家嗎？」

家人覺得奇怪，他都死了三年了，現在還有人來問？家人回答道：「玄石早就死了，家人的喪服都脫掉了。」

狄希大吃一驚，說：「他喝了我的『千日酒』，應當睡上一千天，現在時日已到，應該醒過來了。」

狄希的一番話，讓他的家人半信半疑。大家商量了一下，決定到墳地打開棺材看看。到了劉玄石的墳墓，墳墓上酒氣沖天，打開棺木一看，只見劉玄石睜開眼睛，張開嘴巴，大聲說道：「好酒啊好酒，真是太高興了！」看到狄希站在身邊，說：「你釀的酒真好，我只喝一杯就醉了。」接着問道：「今天是甚麼日子了？」

聽了他的話，全家人轉悲為喜，一齊笑了起來。家裏人就這麼「哈哈」一笑，不好了，把酒氣吸到了肚子裏，回家以後，家人也都足足睡了三個月。

| 出處 |

晉·張華《博物志》。

| 例句 |

唐·韓偓《江岸閒步》：「青布旗誇千日酒，白頭浪吼半江風。」

前度劉郎

前一次來過的劉晨。指離開以後又返回的人。

東漢時，有一對好朋友，一個叫劉晨，一個叫阮肇。他們倆經常在一起談古論今、寫詩作文。

有一天，他倆到天台山採藥。山裏風景優美，藥材多多，可把他們兩個樂壞了。太陽已經偏西，兩個人打算返回，可是轉來轉去也找不到返回的路，兩個人不免有些慌張，如果回不去，要在深山老林裏過夜，遇上野獸怎麼辦！

天色漸漸暗了下來，兩人走得筋疲力盡，向四邊望去，黑黢黢一片，他倆已經挪不動腿，只好找個避風的地方休息。

他倆在山裏轉了十三天，餓了，採點野果充飢；睏了，找個山洞睡覺。山裏的風景再好，也提不起兩人的興致，他倆只盼能找到回家的路，回家以後先飽餐一頓，然後倒頭就睡。

第十四天中午時分，他們遇到兩位年輕漂亮的女子，只聽她們說：「劉郎阮郎，你們兩個怎麼到現在才來呀？」他倆驚呆了，素昧平生，這兩個姑娘怎麼認得自己？容不得他倆多想，兩個姑娘拉着他倆就走，那個親暱勁兒，弄得他倆都有點兒不好意思。

走進一個山洞，拐過一個彎，裏面一下子明亮起來。這裏面的景象，如同仙境一般。姑娘請他們坐下，跟他倆聊天，他倆向姑娘述說這些天的遭遇，姑娘聽了「咯咯咯」地笑個不停。晚飯以後，姑娘請他們倆住下，他倆也無處可去，自然求之不得。

在這裏一住就是半年，兩個人有點想家。他倆跟姑娘說打算回去一趟，被姑娘拒絕，後來姑娘禁不住他倆多次苦苦相求，只得答應下來。姑娘給他們指明下山的路，依依不捨地看着他倆走下山，直到看不見他倆的影子，姑娘才返回。

兩人歸心似箭，急匆匆地往家裏趕。劉晨到了村裏一看，咦，怎麼全變了？莫非自己走錯路了？找了個老翁打聽一下，劉晨大吃一驚，他的兒子已經死了一百多年，子孫已經傳了好幾代！這時他才明白，自己和阮肇遇到的原來是仙女！

他趕緊去找阮肇，找到以後急急忙忙往山裏跑，可是他倆再也找不到原來的路，再也看不見那兩位仙女了。

|出處|

南朝・宋・劉義慶《幽明錄》。

|例句|

清・文康《兒女英雄傳》第二十八回：「安公子是前度劉郎，何小姐是司空見慣，倒也用不着十分羞澀。」

錢可通神

錢能夠買通鬼神。比喻金錢的魔力巨大，能夠買通一切。

唐朝時，祖孫三代都做了宰相的，只有「三相張家」：張嘉貞、兒子張延賞、孫子張弘靖。張嘉貞是唐玄宗時的名相，張延賞是唐德宗時的宰相，張弘靖是唐憲宗時的宰相。

張延賞原名張寶符，父親去世時他才四歲。唐玄宗體恤大臣遺孤，親自賜名張延賞，意思是「賞延於世」，即賞賜延及後人。

有一次，張延賞決心審理一件久而未決的大案。這件大案的案情並不複雜，難就難在它牽涉到許多官員。他命令屬官，一定要在十天之內把案情調查清楚，儘快結案。

第二天清早，張延賞發現自己的几案上有張帖子，拿起來一看，只見上面寫道：敬奉錢三萬貫，請大人不要再過問這件事。張延賞看了勃然大怒：行賄的勾當居然明目張膽地弄到我這裏來了，把我當成了甚麼人！他立即把屬官叫來，要他們抓緊時間辦案。

第三天一早，張延賞發現自己的几案上又有一張帖子，上面寫道：多有不敬，三萬貫太少，當送五萬。張延賞看了怒不可遏：這些城狐社鼠太可惡了，以為用錢就能把我買通！他立即把屬官叫到跟前，嚴令他們必須在兩天內把案子查清。

第四天，張延賞一進衙門就朝自己的几案上看，不得了，上面赫然放着一張大帖子。他拿起來一看，帖子上只有六個大字：敬奉錢十萬貫。

張延賞看了帖子，一屁股坐到座椅上。他暗暗想道：對方的力量太大，自己不是他們的對手，還是算了吧。

時間一天天過去，屬官沒有來向他報告調查的情況，他也沒有再過問，這件案子就這麼不了了之。

過了好多天，有人問張延賞：「那個案子聽說要辦，怎麼後來不辦了？」張延賞毫不隱諱地回答：「十萬貫錢連鬼神都能買通，我還辦甚麼案呢？」

出處

唐・張固《幽閒鼓吹》：「錢十萬，可通神矣，無不可回之事。吾懼禍及，不得不止。」

|例句|

元．無名氏《鴛鴦被》第四折：「大小荊條，先決四十，再發有司，從公擬罪，錢可通神，法難縱你。」

黔婁被

隱士黔婁死後蓋的短被。比喻安貧樂道。

春秋時，魯國有個著名的隱士黔婁。他出生於貧民家庭，成年後刻苦鑽研學問，寫成《黔婁子》一書。這本書研究天地生成的道理，認為先天而生其性，後天而成其質，從無形而生有形，為一切事物生成演化的步驟，闡述了「常的無定便是變，變的有定就是常」的道理。

黔婁安貧樂道，不追逐名利，雖然家徒四壁，卻把榮華富貴看做過眼雲煙。他的妻子出身於富貴人家，但與黔婁一起下田耕作，自食其力，夫唱婦和，琴瑟和諧。

黔婁名聲遠播，引起了各國統治者的注意。齊國國君備下千金，請黔婁到齊國去做官，黔婁堅決推辭。為了避開權貴們的干擾，黔婁和妻子來到歷山（今濟南千佛山）躬耕。魯國國君知道了這件事，派人請他擔任魯國國相，黔婁仍然不肯前去就職。

黔婁去世後，孔子的弟子曾參前往弔祭。黔婁的屍體用被子蓋着，因為被子太短，蓋住頭就蓋不住腳，蓋住腳就蓋不住頭。曾參為之心酸，說：「把被子斜過來蓋，就能夠蓋住全身了。」

沒料想黔婁的妻子說：「斜過來蓋有餘，正着蓋不足，先生活着的時候不斜，死後能夠讓被子斜蓋嗎？」

曾參聽了黔婁妻子的話，不禁感到慚愧。

|出處|

漢・劉向《列女傳・魯黔婁妻》。

|例句|

元・趙孟頫《胡穆仲先生挽詩》：「淚落黔婁被，神傷郭泰巾。」

強項令

挺着脖子不肯屈服的縣令。本指漢光武帝時的洛陽令董宣，後泛指公正執法、剛毅不阿的官員。

東漢初年，京都洛陽最難治理。城裏皇親國戚、功臣顯貴遍地，一個小小的縣令怎能管到他們頭上去？洛陽令換了好幾任，就是不能把天子腳下的洛陽城治理好。光武帝劉秀思量再三，決定任命年近七旬的董宣做洛陽令。

董宣到任後，遇到的第一個難題，就是處理陽湖公主的家奴行兇殺人案。這位陽湖公主非同一般，是光武帝劉秀的親姐姐。公主家的惡奴依仗權勢胡作非為，竟然在光天化日下殺人，然後躲在公主家裏不出來，官員無法對他進行抓捕。

董宣得知後直撓頭皮，這個案子不處理好，以後怎麼治理這座洛陽城？他派人等候在公主家的大門口，要他們看到兇手出來就立即向他報告。公主根本不把家奴殺人當回事，出門時讓這個惡奴陪她坐在車上。差役看到後立即向董宣報告，董宣便在公主的必經之路等候。

公主的車子駛過來了，董宣站在路當中攔住馬車，請公主把兇手交出來。公主對他睬也不睬，讓車夫繼續趕車。董宣雙眼圓睜，用刀在地上畫了一條線，吼道：「公主，為了天下太平，您可要帶頭維護法令啊！」他見公主不理不睬的模樣，便命令兇手：「你這個連累公主的奴才，給我從車上下來！」惡奴料想公主在這裏，董宣不能把他怎麼樣，便大搖大擺地下了車。剛一下車，董宣把手一揮，差役一擁而上，把兇手打死了。

陽湖公主氣壞了，回宮向光武帝告狀，說董宣當着她的面把家奴打死，使她顏面盡掃。光武帝聽了勃然大怒，打狗還要看主人面，董宣怎麼能這麼幹！

光武帝立即把董宣召進宮，要用皮鞭打死他。董宣磕頭道：「希望陛下再讓我說一句話，然後再把我打死。」光武帝怒道：「你想說甚麼？」董宣一邊磕頭一邊說：「陛下因為德行聖明中興國家，現在卻放縱家奴殘害百姓，臣不知陛下用甚麼來治理國家。臣實在不願被鞭子打死，請求陛下讓我自裁。」說完，就向柱子撞去，頓時血流滿面。

光武帝一下子清醒過來，讓小太監扶起董宣，要他向陽湖公主磕頭賠罪。董宣不肯磕頭賠罪，光武帝命令小太監把董宣的頭按下。董宣兩手撐地，挺着腦袋就是不肯低頭。

公主冷冷地說：「過去弟弟做百姓的時候，隱藏過逃犯、死囚，官吏不敢到我們家裏來搜查。現在做了皇帝，你就不能施威讓一個縣令低下頭嗎？」

光武帝笑着說：「做皇帝和做百姓大不一樣。」隨即下令：「給我把這個硬脖子縣令趕出去！」

時隔不久，光武帝賞賜董宣錢三十萬，董宣把它全部分給手下。這個董宣太厲害了，連皇上姐姐的家奴都敢打死，還有哪個不害怕？京城洛陽的治安狀況一下子被扭轉過來，再也沒人敢仗勢為非作歹了。

|出處|

《後漢書・酷吏傳》：「帝笑曰：『天子不與白衣同。』因敕（皇帝的命令）：『強項令出！』」

|例句|

董清《強項令》：「如今，那些執法的官員，應以董宣為楷模，當好如今的『強項令』。」

青蚨

指錢。

要是錢一直用不完該有多好啊！有個寓言故事說的就是這事。

南方有一種蟲子，牠的名字叫蠓蝺，人們又叫牠青蚨。青蚨的形狀有點兒像蟬，又有點像蝶，個頭比牠們稍微大一些。牠的翅膀像蝴蝶，不像蟬的翅膀那樣窄。青蚨的顏色美麗，拿牠烤着吃味道很鮮美。

青蚨產卵之前，一定會去尋找花草茂盛的地方，把卵產在花草的葉子上。青蚨的卵很小，只有蠶蛾的卵那麼大。如果把青蚨卵悄悄拿走，母青蚨就一定會飛着去找，不管離得多遠，藏得多麼嚴實，母青蚨都能找到。

要是按照下面的方法去做，青蚨就能大派用場。先找一定數量的母青蚨，再找同樣數量的子青蚨，把牠們放在甕裏，然後埋到地下。三天以後把甕挖出來打開，用母青蚨的血塗在八十一文銅錢上，再用子青蚨的血塗在另外八十一文銅錢上，這些銅錢就像青蚨一樣分不開了。每次上街買東西，或用母錢買東西，或用子錢買東西，用掉以後，母錢、子錢都會自己飛回來。如此循環往復，錢就永遠都用不完了。

原先，人們把傳說中的「青蚨錢」稱作「神錢」；後來，人們為了表達錢多用不完的美好願望，索性把錢叫做「青蚨」。

| 出處 |

晉・干寶《搜神記》卷十三。

| 例句 |

唐・寒山《詩三百三首》：「囊中無青蚨，篋中有黃絹。」

青箱學

青箱，用來放置個人物品的箱子。比喻世傳家學。

王氏青箱學的始祖，當為晉代的王彪之。王彪之是江東望族王氏家族的一員，是著名書法家王羲之的堂兄弟，他的學問當然是家傳。不過，王彪之除了熟悉儒家經典，還着重研究典章制度。他將自己的研究所得和搜集來的各種資料，放在一個箱子裏，傳給子孫後代，繼承了這門學問的子孫後代，將這門學問稱為「王氏青箱學」。

自王彪之之後，代有人出。他的兒子王臨之，孫子王訥之，都曾擔任御史中丞。從此以後，王氏青箱學的名頭更響，代代相傳。

王氏青箱學的主要內容是關於典章制度和歷朝施政故事，是為族中子弟當官服務的學問。建立在家族教育基礎上的王氏青箱學，幫助族人在官場中競爭，培養出一批博古通今的政治家。綜觀王家的著名政治家和謀臣，無不以精通家學著稱於世。

另外，精通王氏青箱學的後人，還潛心於典章制度的研究，有《儀注》、《晉宋雜記》、《古今喪服集記》、《齊職儀》、《禮雜問答》等眾多著作問世，為典章制度的研究工作做出了很大貢獻。直到今天，他們的研究成果仍然有重要的意義。

我們今天所說的「青箱學」，不光指「王氏青箱學」，而是泛指家傳的學問。

| 出處 |

《宋書・王准之傳》：「曾祖彪之……博聞多識，練悉朝儀，自是家世相傳，並諳（熟悉）江左舊事，緘（封）之青箱，世人謂之『王氏青箱學』。」

|例句|

宋・蘇舜欽《黎生下第還鄉》：「無廢青箱學，窮愁古亦然。」

卿卿我我

形容夫妻或情人恩恩愛愛。

晉代的名士，留下許多有趣的故事。「竹林七賢」之一的王戎，也留下不少趣事。

王戎相貌俊朗，自小聰慧。有一次，他跟同伴一起玩耍，看到路邊有一棵李樹，樹上結滿了果子。小伙伴一擁而上，搶着摘樹上的李子，只有王戎一動不動站在那裏。別人問他為甚麼不去摘，王戎說道：「路邊的李樹上有這麼多李子，一定是苦李沒人去摘。」小伙伴嚐了嚐摘下的李子，果然是苦李。

王戎在母親去世後為母守孝，卻逾越禮制飲酒食肉，但面容憔悴，身體虛弱，連起身都要扶着拐杖。守孝三年以後，經過很長時間調養，身體才得以恢復。另一位孝子和嶠同時遭喪，守孝期間，一點兒都不違背禮制。守孝三年，神氣絲毫沒有損傷。當時有人說「和嶠生孝，王戎死孝」。

那時候，婦人應以「君」稱其夫，丈夫應以「卿」稱其妻。他的妻子不按禮數稱呼丈夫，親親熱熱地稱王戎為「卿」。

王戎對她說：「婦人稱丈夫為『卿』，實在不合禮數，以後不要這麼喊了，還是稱我『君』好。」

他的妻子反問道：「你倒說說，怎麼不合禮數？跟你親跟你愛，所以才叫你卿卿，我不叫你卿卿，誰來叫你卿卿？」王戎被她說得啞口無言，只得讓她這麼叫。

他們倆的事漸漸傳揚開了，夫妻之間也都常常這麼稱呼。久而久之，稱丈夫為「卿」成為習慣，他倆的故事也就成了「卿卿我我」的出處。

|出處|

南朝・宋・劉義慶《世說新語・惑溺》：「親卿愛卿，是以卿卿，我不卿卿，誰當卿卿？」

|例句|

劉繼興《「卿卿我我」的由來》：「人們常用『卿卿我我』一詞，來形容夫妻或相愛的男女十分親暱。」

請纓

纓：捆綁人的繩子。請求給自己一根長繩。比喻自請從軍報國，也泛指主動請求擔當重任。

西漢時的終軍，是後世年輕人學習的楷模。唐代的王勃，在《秋日登洪府滕王閣餞別序》中寫道：「無路請纓，等終軍之弱冠；有懷投筆，慕宗慤之長風。」

終軍少年時才華出眾，十八歲便被舉薦為博士弟子。前往京師時，途經函谷關，守關吏卒交給他一件帛製的「繻」。終軍問這是甚麼東西，吏卒告訴他，這是返回時過關的憑證。終軍將它扔到地上，說：「大丈夫西遊，一定要取得功名，出關哪裏還要用這個東西！」守關吏卒聽了他的話吃驚不小，瞪大了眼睛看着他。這便是典故「棄繻」的出處，比喻年輕人立下壯志。

到長安後，終軍官拜謁者給事中，奉命巡視東方郡國。他手持朝廷符節，騎着高頭大馬，再次路過函谷關，往東而去。守關的吏卒一下子就認出了這個年輕官員，他正是前次「棄繻」的青年，吏卒瞪大了眼睛看着他，對他敬佩不已。

漢武帝時，南越（今廣東、廣西及越南北部）割據政權尚未歸附，他又主動請求出使南越，表示願意接受長纓，讓南越王歸附朝廷，不然的話，就把他綁回京城。

到南越後，他向南越王分析了當前的形勢，闡述了朝廷的政策，南越王終於答應臣服漢朝。沒想到南越丞相呂嘉極力反對，發兵攻殺南越王，終軍也被殺害，遇害時只有二十多歲。

|出處|

《漢書・終軍傳》：「南越與漢和親，乃終軍使南越說其王，欲令入朝，比內諸侯。軍自請，願受長纓，比羈南越而致之於闕（朝廷）下。」

|例句|

唐・王勃《滕王閣序》：「無路請纓，等終軍之弱冠。」

秋胡婦

秋胡的妻子。指貞節的婦女。

春秋時，魯國有個人叫秋胡，他自幼喪父，母親辛辛苦苦將他撫養成人。到了婚嫁的年齡，母親張羅着給他娶了妻子。娶妻才五天，秋胡就扔下年邁的母親和新婚妻子，到陳國去做官。

自從秋胡離家後，秋胡的妻子辛勤勞作，和婆婆相依為命。幾年時間過去了，一直沒有秋胡的音信。

五年後的一天，秋胡返回家鄉。走在回家的路上，秋胡看到一個漂亮婦人在田裏勞作。

他走到漂亮婦人身邊，用言語跟她表達愛意，那婦人對他不理不睬，秋胡就是不肯死心。他又拿出金子引誘婦人，那婦人正色道：「光天化日的，不要調戲良家婦女。」秋胡實在無法可施，只得訕訕而退。

秋胡回家以後，把金子交給了母親。母親見兒子終於回來了，非常高興，連忙叫媳婦跟兒子相見。媳婦走了進來，秋胡一下子傻了眼，她不是別人，就是自己在路上調戲的漂亮婦人。只因多年未見，兩人已經互不相識。

秋胡妻不勝驚訝，說：「因為要討得女人的歡心，就要把金子給她，這是忘記了自己的母親，做出不孝的事；看見年輕女子，就動了姦邪之心，這是忘記了自己的妻子，玷污了自己的品行！你孝義全無，我實在羞於見你！」

秋胡羞愧難當，呆在當場。秋胡妻說完這番話，迅速跑出家門，縱身跳河自盡。

出處

漢・劉向《列女傳・魯秋潔婦》：「潔婦者，魯秋胡子妻也。」

例句

唐・李白《湖邊採蓮婦》：「願學秋胡婦，貞心比古松。」

曲突徙薪

曲：使……彎曲；突：煙囱；徙：把東西搬走；薪：柴草。把煙囱改成彎的，把柴草從灶口搬走。比喻預先做好準備，防止禍患發生。

漢朝時，徐生屢屢向朝廷揭發權臣霍光的罪行，希望引起朝廷的注意。霍光去世以後，他的家人罪行敗露，被滿門抄斬。這場禍亂平息以後，很多功臣得到封賞，偏偏徐生甚麼也沒得到。有人對此感到不滿，上書給漢宣帝，奏章中說了這麼個故事：

從前有戶人家，爐灶的煙囱筆直向上，灶口堆着許多柴草。燒火煮飯時，濃煙夾着火星直往上躥，灶膛裏的火星掉下來就趕快弄滅。有人看到這種情形，對那家主人說：「這樣太危險了，應當把煙囱改成彎的，把灶口的柴草搬開，防止發生火災。」

那家主人說：「我家的爐灶砌了好多年了，煙囱一直是這樣，從來沒有甚麼事，用不着改成彎的。燒火的時候灶口總有人在，就是有火星掉下來，馬上就撲滅了。再說，把煙囱改成彎的多費事，柴草不在灶口多不方便。」

主人不聽那人的勸告，依然照舊。

沒過多少天，那家人家果然失火了，左鄰右舍趕快來救火，生怕火勢蔓延。幸虧發現得早，大家救得及時，終於把火撲滅了，但有幾個鄰居在救火時被燒得焦頭爛額。

那家人置辦了酒席，感謝鄰居們奮力相救。被燒得最重的人坐在上席，其他人也按功勞大小依次就座，就是沒請建議他把煙囪改彎、把柴草搬開的人。

有人提醒主人：「當初要是聽了那人的意見，及時採取措施，就不會發生火災了。要是不發生火災，就不會有人因救火受傷，你家也不會遭受損失，更不用破費錢財置辦酒席。要說功勞，數他的功勞最大，你為甚麼把他忘了？」

主人聽了這番話，覺得很有道理，連忙恭恭敬敬地把那人請來，向他表示感謝，請他坐在首席。

漢宣帝看了奏章，覺得說得有道理，下詔封賞了徐生。

| 出處 |

《漢書・霍光傳》：「曲突徙薪亡（通「無」）恩澤，焦頭爛額為上客耶？」

| 例句 |

梁啟超《上粵督李傅相書》：「今不為曲突徙薪之計，後必有噬臍無及之憂。」

染指

用手指頭蘸一蘸。比喻分取不該得到的利益。也指插手某件事情。

春秋時，公子宋和公子歸生是鄭國的重臣。有一天，公子宋和公子歸生一起上朝。忽然，公子宋的食指跳動了起來，就將跳動的食指給公子歸生看，說：「我的食指每次跳動，都能吃上好東西。不知道今天能吃到甚麼？」公子歸生半信半疑，說：「當真有這麼準？」公子宋說：「不信？等一會兒看。」

進了朝門，看到內侍急急忙忙去找廚子，公子宋把他叫住，問道：「有甚麼事這麼着急？」內侍答道：「有個楚國人打了一隻大黿（鱉），獻給了大王，大王讓我去叫廚子，把大黿煮熟給大家嚐嚐。」公子宋洋洋得意，對公子歸生說：「怎麼樣，我的食指靈驗吧！」

謁見鄭靈公時，公子歸生笑着朝公子宋翹翹大拇指，公子宋忍不住笑了笑。鄭靈公見他倆這般沒有規矩，不禁皺了皺眉頭，問：「你們倆在笑甚麼？」公子歸生就把剛才的事說了一遍，鄭靈公聽了，含含糊糊地說：「靈驗不靈驗，還得我說了算。」

大黿煮熟了，廚子把黿肉分成一塊一塊，裝在餐具裏。廚子先獻給鄭靈公，鄭靈公品嚐了一口，嘖嘖稱歎：「味道真鮮美！」廚子再從下席分起，一份一份往上席分。到了第一、第二席，只剩下一份，鄭靈公說：「怎麼，沒了？這一份就給公子歸生吧。」

所有的臣子都吃到了國君賞賜的黿肉，唯獨公子宋沒有吃到。公子宋受到鄭靈公這般凌辱，實在是羞愧難當。他再也忍不住心中的怒火，大踏步走到大鼎（煮食物的器皿，三足兩耳）跟前，把手指放到大鼎裏，蘸了蘸湯嚐了嚐，說：「味道不錯！」然後大搖大擺走出朝堂。

鄭靈公捉弄了公子宋一番，自己也沒佔到便宜。他惱羞成怒，揚言非殺掉公子宋不可。公子宋先下手為強，發動一場政變，把鄭靈公給殺了，報了沒有吃到黿肉之恨。公子宋最終也沒有好下場，因謀殺國君而被誅。

|出處|

《左傳・宣公四年》：「子公怒，染指於鼎，嘗之而出。」

|例句|

朱自清《〈背影〉序》：「至於戲劇，我更是始終不敢染指。我所寫的大抵還是散文多。」

繞梁

歌唱的餘音繞着中樑，很久都不消失。比喻歌聲或樂曲聲極其優美。

有個人名叫薛譚，拜歌唱大師秦青為師，跟他學習唱歌的技藝。過了一段時間，薛譚自以為把秦青的歌唱技藝全都學會了，就向秦青告辭，打算回家。

秦青沒有勸他留下來繼續學習，在城外大道旁給他餞行。秦青打着節拍，高唱悲歌，歌聲振動了林木，止住了行雲。薛譚聽了連忙向秦青道歉，要求留下繼續學習歌唱技藝。從此以後，他一輩子也不敢再說要回家。

有一次，秦青對他的朋友說：「從前有個人叫韓娥，到東邊的齊國去，到了齊國，已經分文全無，沒有飯吃。經過齊國城門雍門時，她就在那裏賣唱乞討。離開之後，餘音繞着雍門的中樑，三日都沒有消失，附近的人還以為她沒有走呢。」

秦青接着又說了一件事：「韓娥住客棧時，客棧的人侮辱她，韓娥因此放聲痛哭。她的哭聲非常悲哀，整條胡同的男女老少都感到悲傷愁苦。韓娥離開以後，裏弄的人淚眼相對，三天都吃不下飯。這可怎麼行，大家趕緊派人把她追回來，要她重新歌唱。韓娥放聲唱起了歡樂的歌曲，整條胡同的男女老少全都高興起來，一個個情不自禁跳起舞蹈，完全忘記了先前的悲傷。胡同的人湊了很多錢，給韓娥當路費。直到現在，雍門那裏的人還善於唱歌，那是因為他們仿效韓娥留下的歌唱技藝。」

|出處|

《列子·湯問》：「既去而餘音繞梁欐，三日不絕，左右以其人弗去。」

|例句|

陳冬《廈門藝術劇院「越音繞梁」〈玉蜻蜓〉昨晚上演》：「昨晚的廈門藝術劇院，『越音繞梁』，由福建省芳華越劇團帶來的尹派經典大戲《玉蜻蜓》在我市上演。」

人面桃花

面容像桃花一樣嬌豔。指因不能再見愛慕的女子而產生的悵惘之情。

唐朝有個詩人，名叫崔護。唐德宗貞元年間，他收拾好琴劍書箱，赴京城長安應舉。有一天閒來無事，趁着風和日麗到郊外踏青。他曾聽說城南一帶的風景不錯，便到那裏尋芳覓勝。

城南一帶的風景果然秀麗，桃紅柳綠，草長鶯飛。觀賞着大好春光，崔護只覺得心曠神怡。一路走來，漸漸覺得有些口渴，想找戶農家討些水喝。放眼望去，一座農舍掩映於桃花盛開的桃林之間。走到門前，他敲了敲門，一聲鶯啼燕囀的應答聲傳了出來，門「吱呀」一聲打開了，一位面如桃花的年輕姑娘走出門外。見到年輕書生崔護，她不禁有些羞澀，臉一下子紅了。崔護見到這麼漂亮的姑娘，只覺得心兒「怦怦」亂跳，他連忙穩住自己，向姑娘施了一禮，說道：「小可口渴難忍，前來打擾討口水喝。」姑娘返身進門，端了碗水出來，遞給了崔護，隨後便倚着花朵盛開的桃樹。崔護一邊喝水，一邊偷眼看那姑娘，姑娘在桃花的映襯下，面容顯得更加嬌豔。那姑娘也在偷眼看他，正落得四目相對，兩人連忙把目光移開，隨後又不約而同地向對方望了過去，姑娘羞澀地低下腦袋。

崔護喝完水，向姑娘道聲謝，把碗遞給姑娘。姑娘接過碗，返身回到屋裏，再也沒有走出來。

回城以後，崔護對那位姑娘久久不能忘懷。只是因為雜事繁忙，沒有再到那裏去。第二年春天，崔護不禁又想起了那位姑娘。他向城南那座農舍走去，還想見見自己心儀的人兒。沒想到來到門前一看，門上鎖着一把大鎖，四周空無一人，只是門前那棵桃樹花兒依然盛開，依舊像去年那般豔麗。

崔護若有所失，看着滿樹的桃花，久久沒有回過神來。呆呆地看了好一會兒，他長長地歎了口氣，在門上題了首詩：「去年今日此門中，人面桃花相映紅。人面不知何處去，桃花依舊笑春風。」題完詩，便悵然離去。

|出處|

唐．崔護《題都城南莊》：「去年今日此門中，人面桃花相映紅。人面不知何處去，桃花依舊笑春風。」

|例句|

鄧雅聲《無題．和程伯瓊》：「相思情長，只緣人面桃花。」

人琴俱亡

他的人死了，他的琴也彈不出調了。比喻對親友亡故的悼念。

王徽之和王獻之是親兄弟，他們的父親就是大名鼎鼎的大書法家王羲之。他倆在當時也都是響噹噹的人物。

王徽之、王獻之兄愛弟敬，情深意篤。後來，兩兄弟都得了重病，你想着我，我想着你，可是，雙方都沒有把自己病重的真實情況告訴對方，生怕對方為自己着急、擔心。

沒過多久，王獻之去世了。噩耗傳到王徽之家中，王徽之的家人怕他過於悲痛，沒有把這件事告訴他。

兩家人雖然住得很近，可在奔喪的人羣中不見王徽之的身影。大家都以為王徽之病重不能前來，不了解王徽之根本不知道這件事。

一連好幾天過去了，王徽之老是聽不到弟弟王獻之的消息，他實在憋不住了，便向家人詢問：「子敬（王獻之的字）的病怎樣了？為甚麼許久沒有聽到他的消息？莫非出了甚麼事？」

家人支支吾吾，不肯吐露真情。王徽之終於明白過來，悲哀地說：「唉，看來子敬已經不在人世了。」

家人知道再也瞞不住，只好跟他道出實情。王徽之聽了也沒哭，只是掙扎着下了病榻，吩咐僕人準備車輛到弟弟家去奔喪。

到了王獻之家，王徽之直向靈牀走去。他在靈牀上坐下來，便對王獻之的家人說：「把子敬的琴取來。」

琴拿來後，王徽之打算彈首曲子寄託自己的哀思。由於過度悲傷，彈了幾次都彈不成曲調。他舉琴向地上擲去，悲痛地說道：「子敬！子敬！如今人琴俱亡！」說完這句話，他悲痛得昏了過去。

一個多月以後，他也離開了人世。

|出處|

南朝・宋・劉義慶《世說新語・傷逝》：「王子猷、子敬俱病篤，而子敬先亡……子敬素好琴，便徑入坐靈牀上，取子敬琴彈。弦既不調，擲地云：『子敬子敬，人琴俱亡！』慟絕良久，月餘亦卒。」

|例句|

魯迅《做古文和做好人的祕訣》：「現在去柔石的遇害，已經一年有餘了……我想將全文補完，而終於做不到，剛要下筆，又立刻想到別的事情上去了。所謂『人琴俱亡』者，大約也就是這模樣的罷。」

人為刀俎我為魚肉

俎：砧板。現在別人成了刀和砧板，我們成了魚和肉。比喻別人掌握着生殺大權，自己處於任人宰割的境地。

楚漢相爭時，項羽率領四十萬大軍，駐紮在新豐鴻門（今陝西潼關東），劉邦領兵十萬，駐紮在距鴻門不到二十里的霸上。項羽下達命令：「明天一早讓將士們吃飽，準備擊潰劉邦的軍隊。」

不料項羽的叔叔項伯做了內奸，連夜把這件事告訴了劉邦。得到了這個消息，劉邦十分焦急，自己區區十萬人馬，根本不是項羽四十萬大軍的對手。他用各種手段籠絡項伯，要他為自己說情，答應第二天一早便到項羽軍中請罪。

第二天清早，劉邦如約到了鴻門，項羽沒有為難他，設宴請他入席。項羽的謀士范增知道劉邦志在天下，今後一定是項羽爭奪天下強勁的對手，現在不除掉他，後患無窮。范增把項羽的堂弟項莊叫到跟前，吩咐他道：「大王心太軟，下不了殺死劉邦的決心。等一會兒你進去，就說是舞劍給他們助興，乘機把劉邦殺了。」

宴飲時，項莊拔劍起舞；項伯一看苗頭不對，立即跟着拔劍起舞，看到項莊逼近了劉邦，項伯就用自己的身體去掩護。項莊最終沒能找到機會下手。

張良藉故離開宴席，到軍營門口找到了大將樊噲，對他說道：「眼下形勢很危急，項莊假借舞劍助興，真實用心是想藉機殺了主公。」樊噲怒道：「讓我進去，跟他拚命！」

樊噲闖進大帳，怒髮衝冠，瞪大了眼睛，說：「過去懷王跟大家有約在先，誰先攻取咸陽就讓誰統治天下。現在我們主公先攻入咸陽，可他沒有這麼做，而是把攻入咸陽的軍隊帶到霸上駐紮，等待大王前來。勞苦功高如此，大王卻要殺了我們的主公，這是走已經滅亡了的秦國的老路，我認為大王不應當這麼做。」項羽無言以對，讓樊噲坐下。坐了一會兒，劉邦藉口如廁離開宴席，樊噲也跟着走了出去。

劉邦有些害怕，對樊噲說：「現在離開這裏，沒有跟項羽告辭，這怎麼辦？」樊噲說：「如今別人成了刀和砧板，我們成了魚和肉，還要告辭幹甚麼！」

劉邦帶着樊噲等人迅速離開，急急忙忙從小路趕回自己的大營，總算脫離了虎口。

日後戰局的發展果然如同范增預料的那樣，劉邦和項羽為了奪取天下進行鏖戰（激烈戰鬥）。最後項羽兵敗，在烏江自刎。劉邦奪取了天下，建立了漢王朝。

| 出處 |

《史記・項羽本紀》：「如今人方為刀俎，我為魚肉，何辭為？」

| 例句 |

二月河《雍正皇帝》上第三十四回：「如此局勢，你我不該求個自全之道麼？非要到了人為刀俎我為魚肉的光景才去掙扎麼？」

日近長安遠

抬頭就能看見太陽，覺得近；看不見京都長安，所以覺得遠。後泛指距京城遙遠。也比喻嚮往京城。

西晉的國都在洛陽，怎麼又會說在長安？要說明這事，需要簡單說說西晉的歷史。

公元265年，司馬炎代魏稱帝，史稱西晉。晉武帝司馬炎認為，曹魏之所以很快滅亡，是因為皇室力量薄弱。於是司馬炎大封同姓王，認為這麼一來，以後若是皇帝有難，八方諸侯可以前來救援，司馬氏的天下，就能成為鐵打的江山。沒想到這些諸侯王擁兵自重，成為日後的禍根。

武帝死後，惠帝繼位，外戚楊氏和賈氏爭權，緊接着便是「八王之亂」。八王混戰期間，政治腐敗，社會混亂。公元306年，惠帝去世，懷帝繼位，他雖有撥亂反正的雄心，無奈積重難返，無法扭轉險惡的政局。北方的一些少數民族首領趁亂而起，紛紛起兵建立割據政權。公元308年，劉淵稱帝，國號為「漢」。劉淵死後，劉聰繼立。公元310年，漢軍包圍了晉都洛陽，幾個月後洛陽失陷，懷帝被俘。公元313年，懷帝被劉聰所殺，晉愍帝司馬熾在長安即位。長安政權在風雨飄搖中苦苦支撐了四年，終於在公元316年被漢軍攻破，愍帝出降，後來也被劉聰所殺。至此，晉政權徹底崩潰，西晉滅亡。由此可知，西晉的首都大部分時間在洛陽，最後幾年在長安。

西晉滅亡以後，晉元帝司馬睿在渡江士族的支持下，在建康（今江蘇南京）建立了東晉。

晉元帝的兒子司馬紹，自小聰明伶俐，深得司馬睿的歡心。司馬紹只有幾歲的時候，到元帝議事的地方去玩耍。元帝看着天真活潑的乖兒子，情不自禁地將他抱在膝蓋上坐着。這時候，來了個從長安來的人，元帝就向他詢問長安方面的消息。聽着聽着，晉元帝不由得流下了傷心的眼淚。

司馬紹不禁覺得奇怪，便向元帝問道：「陛下，為甚麼要哭呀？」元帝止住哭泣，把過去的傷心事詳細地告訴了兒子。說完以後，他問司馬紹：「你說說看，長安與太陽相比，哪個更遠？」司馬紹回答說：「當然是太陽遠了。只聽說有人從長安來，從沒聽說有人從太陽那邊來，由此可知太陽遠，長安近。」元帝喜出望外，小孩子能說出這樣的話，真是不簡單！

第二天，元帝召集羣臣舉行宴會，把司馬紹說的話講給大家聽，大臣們免不了恭維一番。元帝又問司馬紹：「你說說看，長安與太陽相比，哪個離我們更遠？」司馬紹想也沒想就回答說：「當然是太陽離我們近了。」元帝聽了大驚失色，問道：「你現在說的怎麼和昨天說的不一樣呢？」司馬紹回答說：「抬頭就能看見太陽，沒法看到長安。所以說太陽離我們近，長安離我們遠。」

這孩子說出的這番話何嘗沒有道理？大臣們轟然叫「好」，連聲誇讚司馬紹聰明。

|出處|

《世說新語・夙惠》。

|例句|

元・王實甫《西廂記》第一本第一折：「望眼連天，日近長安遠。」

入彀

彀：張滿弓。進入弓箭射程範圍內。比喻進入牢籠，受人控制。

隋朝末年，人民不堪隋王朝的殘酷統治，爆發了大規模的農民起義。農民起義風起雲湧，起義軍力量日益壯大。李淵、李世民父子見隋朝將亡，於公元617年在晉陽（今山西太原西南）起兵，加入推翻隋王朝的義軍行列。

起兵之初，李淵以長子李建成為隴西公、左領軍都督，統領左三軍；李世民為敦煌公、右領軍都督，統領右三軍。

公元618年，李淵即位，建立了唐王朝，他就是唐高祖。建國不久，李淵立長子李建成為皇太子，封李世民為秦王，李元吉為齊王。在統一全國的戰爭中，李世民居功最高，為唐王朝的建立立下了赫赫戰功，但他是李淵的次子，不能繼承皇位。為爭奪皇位，一場血腥的爭鬥開始了。以李世民為一方，以李建成、李元吉為另一方，兄弟鬩牆，拚得你死我活。公元626年，李世民發動「玄武門之變」，殺死李建成、李元吉，逼迫父親唐高祖李淵退位，自己登上帝位，他就是唐太宗。

唐太宗深知人才的重要，千方百計網羅賢才為自己效力。魏徵本是太子李建成的僚屬，曾經多次勸李建成先發制人，除掉心腹大患李世民，只是李建成沒有聽從他的勸告，才落得身死名裂的下場。李世民非常器重魏徵的才識，在「玄武門之變」以後，非但沒有責怪他，反而對他予以重用。從此以後明主賢相，留下一段歷史佳話。

有一次，李世民問魏徵，甚麼樣的國君是明君，甚麼樣的國君是昏君？魏徵回答道：「國君之所以明，是因為兼聽；國君之所以暗，是因為偏信。」唐太宗對魏徵的這番話深表贊同，更堅定了他廣納賢才的決心。

有一次，唐太宗李世民微服私訪至端門，看到許多新取的進士魚貫而出，於是他興高采烈地說：「天下有才能的人，全部都被我網羅來了（入吾彀中）！」

|出處|

五代·王定保《唐摭言·述進士》。

|例句|

明·葉顯祖《鸞鎞記·廷獻》：「聖主招賢日，英才入彀時。」

三寸不爛之舌

比喻口才好，能言善辯。

戰國時期，秦國大軍攻打趙國都城邯鄲。當時的趙國，經過長平一戰，元氣大傷，已經大不如當年。如今秦軍大兵壓境，趙國實在難以抵禦。

趙王和平原君商量了一番，決定由平原君前往楚國請求救兵，請楚國跟趙國聯合抗秦。平原君打算挑選二十個能幹的門客一同前往，可是在三千個門客中挑來挑去，只挑出十九個人。他正在發愁，有個門客走上前來對平原君說：「您看我能不能湊個數？」

有才能的門客他都認得，怎麼冒出這麼個人？平原君問道：「你叫甚麼名字？到我門下多久了？」那人回答道：「我叫毛遂，已經來了三年了。」

平原君有些詫異，說：「有才能的人處世，就像錐子放在口袋裏，錐尖一下子就冒了出來。你到這裏已經三年了，我怎麼不認得你呀？」

毛遂從容答道：「假如您早些把我放進口袋，錐子早就露出來了，哪裏光是露出個錐尖！今天請您把我放到口袋裏。」平原君聽他說話口氣不小，就帶着他一同前往楚國。

到了楚國，平原君跟楚王商談聯合抗秦之事，門客們都在台階下等着。從早晨談到中午，平原君磨破了嘴皮，力勸楚王與趙國聯合抗秦，可是楚王始終沒有明確表態，聯合抗秦之事定不下來。門客們十分焦急，其他人對毛遂說：「該你露出錐子了，你上去。」

毛遂大步跨上台階，高聲說道：「聯合抗秦的事三言兩語就能談妥，怎麼到現在還沒個結果！」楚王聽了很不高興，問平原君：「這個人是誰？」平原君道：「是我的門客毛遂。」楚王更加火了，怒斥毛遂：「我在跟你主人說話，哪輪得上你來插嘴！還不快點兒下去！」

毛遂手按寶劍跨上一步，說：「你這麼怒斥我，只不過是仗着軍隊比趙國多罷了。現在你離我這麼近，軍隊再多也沒用。」

楚王聽了這話，不禁有些害怕，瞧毛遂那股橫勁，甚麼事做不出來呀！他馬上放緩了口氣對毛遂說：「先生就說說你的高見吧。」

毛遂說：「楚國是個大國，本當與秦國平起平坐，沒想到楚國連連被秦國擊敗，現在連大王都這麼怕秦國！過去商湯僅僅佔有方圓七十里的土地便統一了天下，周文王僅僅佔有方圓百里的土地便使天下諸侯稱臣，現在大王擁有這麼遼闊的土地，卻連連被秦國白起那小子擊敗，實在是有辱先王。眼下跟你商量抗秦之事，不僅僅是為了我們趙國，也是為了楚國呀，大王怎麼連這個賬都算不過來！」

楚王聽了毛遂的一番話，幡然醒悟，說：「先生說得對，我們楚國一定跟趙國一起全力抗秦。」毛遂緊接着問：「聯合抗秦的事就這麼定了？」楚王道：「當然說定了！」楚王跟平原君當即歃血為盟，平原君終於完成了使命。

平原君帶一行人回到趙國後，和人談起毛遂這次的功勞，感慨萬分地說：「我識別的人才，多達千人，自以為天下有真本事的人都逃不過我的眼睛，卻偏偏沒有識別出毛遂先生的才幹。毛先生的三寸不爛之舌，勝過了百萬雄師！」

值得一提的是，人們常用的成語「毛遂自薦」、「脫穎而出」的出處都在這裏。

|出處|

《史記·平原君虞卿列傳》:「毛先生以三寸不爛之舌，彊於百萬之師。」

|例句|

明·施耐庵《水滸全傳》第十五回:「小生必須自去那裏，憑三寸不爛之舌，說他們入伙。」

三過其門而不入

原指大禹忙於治理水患，三次經過自己的家門口都沒有走進家門。後比喻熱心工作，無暇顧家。

相傳上古堯在位的時候，天下發生洪水災害，莊稼被淹沒，房屋被沖毀，人們只好四處躲避洪水。

部族首領堯召開部落聯盟會議，商討治理洪水的大事，大家經過討論，一致推選鯀去治理洪水。

鯀採用堵的辦法，洪水到了哪裏，就到那裏去把洪水堵住。這個辦法不行，堵住了這裏，洪水流向那裏；堵住了那裏，洪水又流往別處。治水的人跟着洪水到處跑，異常辛苦，可是見不到成效。九年時間過去了，洪水依舊肆虐，人們依然飽受水患。最終，鯀被處死。

鯀的兒子禹接替了父親的職務，繼續治理天下的洪水。他改變了父親堵的做法，用疏的方法治理水患。他帶領民眾鑿開龍門，開挖了九條河道，把洪水引到大海裏去。經過十年不懈的努力，大禹治理水患終於成功了！在這十年裏，禹的付出太大了。由於一天到晚在泥漿裏行走，大禹腿上的汗毛都被泥漿拔光了；三次經過自家的家門，都沒有進去看一看。

人們對禹非常信任，在舜去世以後，一致選舉禹為部族聯盟首領。

|出處|

《孟子・許行》：「當是時也，禹八年於外，三過其門而不入，雖欲耕，得乎？」

|例句|

王充閭《越州訪古》：「《孟子》中有『當是時也，禹八年於外，三過其門而不入』的記述，高度讚揚禹王的公而忘私、國而忘家的精神。」

三人成虎

三個人說市集上有老虎，這種荒誕的說法就被別人當成事實。比喻謠言經過多人傳播，別人就會信以為真。

春秋戰國時代，各諸侯國為了擴大領土、爭奪霸權互相攻打，戰爭經常發生。有一段時間，為了休養生息，國與國之間結成了盟約，互相交換太子作為人質，如果哪個國家違反盟約發動進攻，就殺了哪一國的太子。

有一年，魏國和趙國訂立了盟約，魏王要把兒子從都城大梁送到趙國邯鄲做人質，派臣子龐葱帶領隨從陪同前往。

龐葱知道魏王耳根軟，容易偏聽偏信，特地在上路前去拜見魏王。

魏王見了他，問道：「你還有甚麼事嗎？」龐葱說：「事倒沒甚麼，只是有個問題想問問大王。」魏王笑了笑，說：「那你就問吧。」

龐葱說：「如果現在有人匆匆忙忙跑來向大王報告，說市集上跑來一隻老虎，正在到處咬人，您是信呢，還是不信？」魏王不知道他為甚麼問這個問題，愣了一會兒才說：「老虎怎麼會跑到市集上去咬人呢？我當然不會相信。」

龐葱接着問：「再過一會兒，如果又有人慌慌張張跑來向您報告，說市集上跑來隻老虎，在到處咬人，您相信了嗎？」魏王道：「要是有兩個人慌慌張張地來報告，我可就半信半疑了。」

龐葱看着魏王，又問：「又過了一會兒，如果有第三個人氣急敗壞地跑來向您報告，說是市集上有老虎到處咬人，您是不是就相信了呢？」魏王想了想說：「要是三個人都這麼說，大概不會錯吧，我會相信的。」

龐葱歎了口氣說：「市集上不會有老虎，這是明擺着的事，可是經過三個人一說，倒像是真的了。這次我到趙國去，趙國離王宮比市集離王宮遠得多，以後議論我的人，也決不會只有三個。我離開以後，大王要心中有數才行。」

魏王這才明白龐葱問話的用意，點點頭說：「我明白了，你就放心去吧。」

不出龐葱所料，他一離開魏國，說他的壞話不斷地傳到魏王的耳朵裏。說的人一多，魏王也就信以為真。太子回國以後，魏王再也不讓龐葱去見他。

|出處|

《戰國策．魏策二》：「夫市之無虎明矣，然而三人言而成虎。」

|例句|

李德民《謠言究竟是謠言》：「『三人成虎』、『曾參殺人』、『謠言重複一百遍就是事實』，這都是人們所熟悉的關於謠言的故事。」

三折肱

三：多次；折肱：斷臂。幾次斷臂，就能知道醫治斷臂的方法。比喻對某事閱歷多，成為內行。也指醫道高明。

春秋時期，晉文公曾稱霸諸侯，諸侯莫不俯首聽命。豈料晉文公去世後，晉君權勢日趨衰落，大權漸漸落入卿大夫手中。到了晉出公時，晉君已經名存實亡，成為卿大夫手中的傀儡，只要能保住君位，他已心滿意足，國事哪裏還敢過問！

當時，卿大夫中權勢最大的，是智氏、韓氏、魏氏、趙氏、范氏、中行氏六家，被稱為「六卿」。這六家各佔地盤，彼此矛盾很深。這一年，其他五家聯合起來，把趙氏打敗；緊接着智氏、韓氏、魏氏三家又藉着晉君的名義，攻打范氏和中行氏，沒想到偷雞不成蝕把米，反被范氏、中行氏打敗。范氏和中行氏不肯善罷甘休，打算索性消滅傀儡晉君，然後再去攻打智氏、韓氏、魏氏。

這時，齊國有個叫高強的人對范氏、中行氏說：「俗話說『三折肱為良醫』，晉君屢經失敗，已經從中得到了教訓，力量雖弱，卻也不好對付，這是其一；你要是攻打晉君，智氏、韓氏、魏氏三家就一定會聯合起來，這是其二；再說，你們這樣做違背了民意，民眾也會反對你們，這是其三。這幾股力量合在一起，絕對不能小覷。你們應該先逐個去攻打智氏、韓氏、魏氏，把這三家消滅了，晉君也就孤立了，那時再去攻打晉君，豈不是易如反掌？」

范氏和中行氏不聽高強的勸告，立即領兵去打晉君。不出高強所料，全晉國的人都聯合起來幫助晉君，中行氏和范氏大敗，反而被消滅。從此以後，晉國只留下智氏、魏氏、韓氏和趙氏四卿。

| 出處 |

《左傳・定公十三年》:「三折肱,知為良醫。」

| 例句 |

宋・陳善《捫蝨新話・精工》:「三折肱始為良醫,百步穿楊始名善射,其可傳者,皆不苟者也。」

山雞舞鏡

山雞對着鏡子起舞。比喻顧影自憐。

說起東漢末年的曹沖,人們就會想起他的兩個故事:曹沖秤象和山雞舞鏡。

曹沖是曹操的小兒子,為小妾環夫人所生。在幾個兄弟中,曹沖最聰慧,深得曹操喜愛,可惜他未成年而夭折,死時只有十三歲。

有一年,東吳的孫權送給曹操一頭大象,曹操非常高興。北方人只聽說過大象,卻沒人見過,大象運到許昌的那一天,曹操帶着文武百官和只有五六歲的曹沖前去觀看。

見到了那隻龐然大物,人們非常驚訝。曹操問在場的文武大臣:「你們說說看,這隻大象有多重?」大臣們你看看我、我看看你,誰也回答不出來。突然間,有人說道:「只要秤一下,就能知道牠有多重了。」

說得倒是不錯,可是用甚麼東西來秤啊?大臣們面面相覷,誰也想不出秤的辦法。這時候，曹沖用稚嫩的嗓音說：「我有辦法。」曹操笑着說：「大人都沒有辦法秤牠，你能有甚麼辦法？」曹沖說：「把大象牽到船上，在水痕那裏畫上記號，然後把大象牽下來，再往船上裝東西，東西裝到記號那裏就停，再秤秤搬上船的東西有多重，就可以知道大象的重量了。」

這個辦法真好，把個難題解決了。

有人送給曹操一隻山雞，那隻山雞的羽毛太美了。可惜的是，這隻山雞在廳堂上既不鳴叫，也不起舞，讓欣賞牠的人無法盡興。曹操想讓牠鳴叫、起舞，可誰也想不出辦法。

又是小曹沖，讓人拿來一面大鏡子，放在山雞的面前，山雞看到自己美麗的身影，一下子興奮起來，牠不斷地歡叫，撲騰着翅膀翩翩起舞。

|出處|

南朝・宋・劉敬叔《異苑》卷三：「山雞愛其毛羽，映水則舞。魏武時，南方獻之，帝欲其鳴舞無由。公子蒼舒令置大鏡其前，雞鑒形而舞，不知止。」

|例句|

清・李汝珍《鏡花緣》第二十回：「丹桂巖山雞舞鏡，碧梧嶺孔雀開屏。」

山中宰相

隱居在山中的宰相。本指南朝梁時的陶弘景，後比喻隱居的高賢。

江蘇南京附近的茅山，是道家上清派的中心。自從南朝的陶弘景隱居茅山之後，上清派的名聲大振，從唐到北宋前期，上清派是社會影響最大的道教宗派。

陶弘景，字通明，丹陽秣陵（今江蘇南京）人，南朝齊、梁時期的道教思想家、煉丹家、政治家。他四五歲時就喜好讀書，經常以蘆葦為筆，在灰中寫字。九歲就能熟讀儒家經典。十五歲作《尋山志》，述說自己對方士的隱逸生活的傾慕。齊高帝蕭道成及其子蕭賾在位時，陶弘景曾經先後出任巴陵王、安成王、宜都王的侍讀，兼管諸王室牒疏章奏等事務。三十六歲時，陶弘景毅然辭去官職，隱居於茅山。

梁武帝早年便與陶弘景相識，稱帝之後，想讓陶弘景出山為官，輔佐朝政。他親自書寫了一份詔書，文中有這樣兩句話：「心中何所有？卿何戀而不返？」陶弘景接到詔書後，寫詩一首回覆：「山中何所有？嶺上多白雲。只可自怡悅，不堪持贈君。」

時隔不久，陶弘景又畫了一幅畫送給梁武帝，梁武帝打開一看，畫上有兩頭水牛，一頭在自由自在地啃食漫步，一頭戴着金軛（駕車時擱在牛頸上的曲木）頭。梁武帝知道陶弘景的用意，以後便不再強求他出山。每遇大事，他就派使者進山，向陶弘景諮詢，久而久之，人們便稱陶弘景為「山中宰相」。

|出處|

《南史・陶弘景傳》：「國家每有吉凶征討大事，無不前以諮詢。月中常有數信，時人謂為山中宰相。」

|例句|

李新《蘇州的山中宰相》：「王鏊退休後返回家鄉，仍然關心朝政，關注民生，人稱『山中宰相』。」

舌耕

好比用口舌耕地。比喻以教書謀生。

賈逵，東漢著名經學家，所撰《春秋左氏傳解詁》、《國語解詁》，當時影響很大。

賈逵自幼聰慧。他家的隔壁也是一戶讀書人家，每天有人高聲誦讀。賈逵的姐姐閒來無事，常常抱着五歲的賈逵隔着籬笆聽人讀書。小小年紀的賈逵竟然專心細聽，讓他姐姐非常高興。賈逵每天都去聽人讀書，到了十歲，已經能夠將《詩》、《書》、《禮》、《樂》、《易》、《春秋》六部儒家經典全部背誦。

賈逵識字多虧了姐姐。沒有紙，姐弟倆就在院子裏扯些桑樹皮來代替；沒有筆，就用炭代替。姐姐寫一個，他就認一個。就這樣，賈逵不僅能背誦六經，上面的字也都能書寫。經過不懈的努力，賈逵終於把這些經書全部弄懂。

隨着年齡的增長，賈逵學識也越來越豐富，名氣也越來越大。有的人跋山涉水，從千里之外趕到他家，拜賈逵為師。有的甚至把兒子、孫子也背來了，在附近住下，天天到他家來唸書。

學生們前來唸書，每年都要送給老師一些糧食作為學費。由於賈逵的學生多，送來的糧食堆滿了糧倉。當時有人說：「賈逵講書講得口乾舌燥，花費了很多精力，他家的糧食，是靠舌頭耕種得來的。」

| 出處 |

晉．王嘉《拾遺記》卷六引《後漢》：「賈逵非力耕所得，誦經舌倦，世所謂舌耕也。」

| 例句 |

李敬堯《舌耕》：「種田是犁耕，寫作是筆耕，講授則是舌耕。」

社鼠

社：土地廟。土地廟裏的老鼠。比喻朝堂裏的奸佞。現多比喻有所依恃的壞人。

晏嬰，人稱晏子，是春秋時期著名的政治家、思想家、外交家。他經歷了齊靈公、齊莊公、齊景公三朝，輔政長達五十餘年。他胸懷坦蕩，廉潔無私，是我國古代著名的賢相。

有一天，齊景公問晏嬰：「治國最怕的是甚麼？」晏子回答道：「最怕的東西就是社鼠。」齊景公的腦筋一下子轉不過彎來，問道：

「最怕社鼠？這話是甚麼意思？」

晏子說：「土地廟的牆壁，是用許多木條連接在一起，然後再在上面塗抹泥土而成。老鼠之所以特別喜歡寄居在那裏，是因為那裏特別安全。人們要是用火去熏牠吧，又怕燒着了木條引起火災；要是用水去灌牠吧，又怕淹壞了塗牆的泥巴牆頭坍塌，這就是沒有辦法除掉土地廟裏的老鼠的原因。」

晏子話鋒一轉，接着說：「一個國家也有社鼠，這就是國君親信的奸佞小人。在朝廷內，他們一味蒙蔽國君；在朝廷外，他們依仗權勢幹盡壞事。不殺掉這種奸佞小人，就會給國家釀成大禍，但要想殺了他們，也不是件易事，他們是國君的寵臣，人們生怕傷及國君，多有顧忌。這些奸佞小人貽害國家，卻難以根除。」

| 出處 |

《晏子春秋・問上》：「景公問晏子曰：『國何患？』晏子對曰：『患夫社鼠。』」

| 例句 |

范衛鋒《管仲怕社鼠》：「自古以來，有很多英雄豪傑，他們天不怕，地不怕，可就是怕一種老鼠——社鼠。」

生吞活剝

比喻生搬硬套別人的言論、文字或經驗、方法等。也比喻機械地學習，不加理解。

唐朝時，有個名叫張懷慶的棗強縣縣尉，附庸風雅，故作斯文。他明明不會吟詩作文，卻要剽竊人家的佳作，自己略加改動，便算是自己的新作。

身在官場混，免不了和文人雅士打交道。別人常常拿來新作請大家「雅正」，他也把抄襲來的詩文請大家品評。明眼人一看就知道他的「大作」是抄來的，看在他是「父母官」的面上也不點破，有時還故意給他鼓吹鼓吹。

唐代著名詩人李商隱曾經寫過一首著名的《堂堂詞》：「鏤月成歌扇，裁雲作舞衣。自憐回雪影，好取洛川歸。」這首詩寫得極其工巧，得到大家一致讚賞。一時間，這首詩廣為流傳。

張懷慶雖然略通文墨，但是不知道這首詩已經廣為傳頌，看到了這首詩，覺得寫得不錯，於是思量了半天，終於將這首五言詩改成七言詩。

有一天，他把自己的新作拿給大家看，大家看了頓時目瞪口呆。這首詩寫道：「生情鏤月成歌扇，出意裁雲作舞衣。照鏡自憐回雪影，時來好取洛川歸。」

這個笑話可鬧大了！如此一改，原詩的精練清新蕩然無存，顯得不倫不類。再說，誰會如此明目張膽地抄襲名家之作，真是不知天下還有「羞恥」二字。這件事迅速傳了出去，有人編了兩句話嘲諷他：「活剝王昌齡，生吞郭正一。」

|出處|

唐・劉肅《大唐新語・諧謔》。

|例句|

常風《回憶葉公超先生》：「我只好根據葉先生的指點生吞活剝地看了這本書，寫了篇連自己也覺得難為情的書評交給了葉先生。」

尸居餘氣

居：居留、停留。就像死屍一樣待在那裏，只比死人多口氣。形容人暮氣沉沉，不能有所作為。

三國時，魏明帝曹叡臨終前，囑託大將軍曹爽和太尉司馬懿輔佐年僅八歲的兒子曹芳。曹叡去世後曹芳繼位，他就是魏少帝。

曹爽是曹操的族孫，自以為了不起，一心要抓權。司馬懿便假裝糊塗，任憑曹爽行事，不久便索性裝病不再上朝。

河南尹李勝調任荊州刺史，臨行前奉曹爽之命，以向司馬懿道別為名，藉機打探司馬懿的動靜。

司馬懿何等老辣，豈會不知曹爽之意？他準備索性裝出一副病入膏肓的樣子給李勝看，讓他回去報告給曹爽。

李勝由司馬懿的兒子司馬師帶着，前去探望司馬懿。進了房門，李勝看到兩個婢女正打算把司馬懿扶起來。經過一番折騰，司馬懿累得「呼呼」直喘粗氣，才靠着被子半躺在牀上。婢女把粥湯端來給他喝，他手抖抖地沒能端住碗，便沮喪地歎了口氣，把頭湊過去喝粥。

粥湯順着他的嘴直往外流，弄得脖子上、被子上都是。婢女看到他輕輕擺擺手，便把他嘴邊的粥碗拿走。

司馬懿閉目躺了一會兒，才半睜開眼睛問：「來的人是誰呀？」司馬師在他耳邊大聲說道：「是河南尹李勝李大人。」司馬懿看着李勝，有氣無力地說：「我……不行了。我放心不下的是……兩個兒子。既然大人來了，我就把……他們兄弟……託付給你。」

李勝大聲安慰司馬懿幾句，便告辭而去。見了曹爽，他把見到的情況說給曹爽聽，最後說道：「司馬懿只是比死人多口氣，再也幹不出甚麼事。」曹爽聽了非常高興，對司馬懿不再有戒心。

公元249年的一天，曹爽等人陪同曹芳到城北祭掃先陵。年屆七十詐病已久的司馬懿，抖擻精神戴盔披甲，帶着司馬師、司馬昭，率領精兵銳卒佔領了京城，並假傳太后的詔令，貶曹爽為平民。

曹爽在城外得到消息，嚇得不知所措。他派人去見司馬懿，司馬懿讓來人帶去口信，免去曹爽的官職，其餘不予追究。曹爽信以為真，率領部下乖乖地向司馬懿投降。幾天以後，司馬懿還是把曹爽殺了以除後患。

從此以後，曹魏的大權落入司馬懿的手中，魏少帝成了司馬懿的傀儡。

|出處|

《晉書・宣帝紀》：「勝退告爽曰：『司馬公尸居餘氣，形神已離，不足慮矣。』」

|例句|

唐・杜光庭《虬髯（捲曲的連鬢鬍鬚）客傳》：「彼尸居餘氣，不足畏也。」

失之東隅收之桑榆

東隅：指日出處，比喻初時；桑榆：指日落處，比喻最終。原比喻起初打了敗仗，最終取得勝利。後也比喻起初在某一方面有所失，後來在另一方面有所得。

公元60年，漢明帝劉莊在南宮雲台閣命人畫了二十八位大將的頭像，這二十八位大將都是開創東漢的功臣。其中，有幅畫像就是人稱「大樹將軍」的馮異。

當初，這些將領隨着漢光武帝劉秀東征西伐，閒暇之時便在一起聊天。有一次，眾將領各自誇讚自己的功勞，只有屢立戰功的馮異一個人站在大樹下，只是聽他們爭功，自己一言不發。從此以後，他便有了一個美名：大樹將軍。

劉秀建立了東漢王朝後，下令剿滅自己過去的盟友赤眉軍。馮異作為主帥，率領大軍西征。雙方交戰不久，赤眉軍便往後撤，馮異認為赤眉軍是烏合之眾，經不起漢軍的衝擊，指揮大軍追擊。沒想到在回溪中了赤眉軍的埋伏，被赤眉軍打得大敗。

馮異敗回營寨，越想越懊喪，多少大江大河都闖過來了，沒料想今天在小河溝裏翻了船。他召回散兵，招收新兵，嚴加訓練，發誓要剿滅赤眉軍。

經過回溪之敗，馮異不敢小覷赤眉軍，他派自己的心腹混入赤眉軍做內應。漢軍向黽池（今河南澠池）發起了進攻，那些混入赤眉軍的漢軍在裏面放起火來，黽池的赤眉軍陷入混亂，最終全軍覆沒。

消息傳到朝廷，光武帝非常高興，下詔褒獎馮異說：「雖然你在回溪遭受失敗，最終在黽池消滅了敵人，可以說是『失之東隅，收之桑榆』。」

|出處|

《後漢書・馮異傳》：「始雖垂翅回溪，終能奮翼黽池，可謂失之東隅，收之桑榆。」

|例句|

姚雪垠《李自成》第二卷第十九章：「谷城之變，朕還是不肯治他的罪，仍望他『失之東隅，收之桑榆』。」

十年生聚，十年教訓

生聚：繁殖人口，聚積物力；教訓：教育，訓練。花十年的時間繁殖人口，聚積物力；花十年時間做好軍民的教育、訓練。指發憤圖強，積聚力量，以洗刷前恥。

春秋時，吳、越兩國世代為仇，你攻我，我打你，無休無止。公元前 496 年，吳王闔閭率領軍隊攻打越國，越國軍隊奮力抵抗，闔閭被亂箭射中，傷勢嚴重。臨死前，他對兒子夫差說：「你一定要打敗越國，為我報仇。」

夫差繼承王位以後，日夜操勞，加緊訓練軍隊，兵力一天天強大。越王勾踐想先發制人，卻被吳王夫差擊敗。夫差乘勝追擊，將勾踐包圍在會稽山上。

這時候，越王勾踐只剩下五千人馬，沒有力量繼續抵抗，只好派文種去求和。吳王夫差一心要報仇，拒絕了越國的求和條件。

大臣文種想盡了辦法，買通了吳國太宰伯嚭，請他幫着說情。伯嚭一番花言巧語，終於使夫差接受了勾踐的投降條件。夫差把勾踐夫婦二人押回吳國，關在父親墓旁的石屋裏，要他們看守墳墓，飼養馬匹。

越王勾踐在那裏住了三年，處處小心謹慎，時時忍受恥辱。吳王夫差坐車出門，勾踐就給他駕車拉馬，伺候得非常周到。有一次，吳王夫差生了病，勾踐親自殷勤服侍，就像兒子服侍父親一般。夫差病好之後，放勾踐夫婦回國。

回國以後，勾踐艱苦奮鬥，決心報仇雪恨。他睡覺時連褥子都不用，就睡在柴草堆上，提醒自己不要忘了飼養馬匹時所過的苦難生活；他在住的地方掛着一枚苦膽，飯前或休息的時候都要嚐一嚐苦味，提醒自己不要忘了所受的痛苦和恥辱。

越王勾踐還採用了大臣文種的建議，制定了復興計劃，準備用十年時間發展生產、訓練軍隊。經過艱苦努力，不到十年工夫，越國就恢復、發展、強大起來。

經過長期準備，勾踐趁夫差到北方參加會盟、吳國後方空虛的機會，攻打吳國都城。夫差連忙回來救援，但無法抵擋越國的攻勢。公元前 473 年，夫差被越軍團團包圍，最後自盡身亡。

| 出處 |

《左傳·哀公元年》：「越十年生聚，而十年教訓，二十年之外，吳其為沼乎！」

| 例句 |

薛長青《編者的話：十年》：「對現代中國來說，十年生聚，十年教訓，二十年之後，崛起大夢可期。」

使功不如使過

使用有功的人，不如使用有過錯的人；有功的人往往居功自傲，有過的人往往想立功贖罪。

王莽新朝後期，社會一片黑暗，老百姓生活在水深火熱之中。老百姓受不了朝廷的壓榨，紛紛舉行起義。

公元23年，綠林軍打敗新軍，擁立劉玄為更始帝。劉玄上台後打算樹立好的形象，想首先查辦老百姓最為憎惡的官吏貪贓枉法之事。第一個被查辦的是東郡太守，東郡太守的屬官索盧放前去向使者求情，認為當前國家急需穩定，使功不如使過；這些人並不是罪不可赦，與其辦他們的罪，不如讓他們戴罪立功。使者聽從了他的意見，赦免了東郡太守。

「使功不如使過」為人們熟知的故事，是唐太宗李淵使用李靖之事。隋朝末年，農民起義風起雲湧。這時候，太原留守李淵也在招兵買馬，準備起事。時任馬邑郡（治所位於今山西朔縣東）丞的李靖有所察覺，打算前往江都（今江蘇揚州）告發此事。李靖來到長安，關中已經大亂，前往江都的道路阻塞，最終未能成行。時隔不久，李淵攻佔了長安，李靖被俘。李淵賞識他的才氣，又有李世民給他求情，李靖最終獲釋。

李淵稱帝以後，李靖東征西伐，立下赫赫戰功。當殺死叛將肇則的捷報傳到京城時，唐高祖李淵興奮地對大家說：「使功不如使過，大膽使用李靖果然收到奇效。」

貞觀二十三年（公元649年），李靖病危，唐太宗李世民親臨慰問。李靖去世以後，唐太宗冊贈司徒、并州都督，謚號景武。

|出處|

《後漢書·索盧放傳》:「太守受誅，誠不敢言，但恐天下惶懼，各生疑變。夫使功者不如使過，願以身代太守之命。」

|例句|

劉文瑞《「用人不疑」和「使功不如使過」》:「還有一條諺語，叫做『使功不如使過』……說直白些，就是使用那些有過錯的人，他們會更賣力；而使用那些有功勞的人，則往往會居功自傲使喚不動。」

數典忘祖

數：數說；典：歷來的禮制、事跡等。數說歷代的禮制、事跡，卻忘記了祖上的史實。比喻忘記了根本，也比喻對歷史的無知。

春秋時，周王室日益衰落。到了周景王時，王室入不敷出，財政困窘，有時連必需的用度都無法開支，只得向各諸侯國乞討。各諸侯礙於祖宗成法，時不時地向周景王進貢，不過，有的諸侯大國自恃強大，往往不願納貢。

公元前527年，晉國以荀躒為使者，籍談為副使，去參加周王室穆后的葬禮。安葬完畢以後，周景王宴請荀躒。

宴飲時，周景王故意用魯國進獻的酒壺斟酒，說：「這一次，各國都有禮器送給王室，為甚麼偏偏晉國沒有？」

荀躒知道理虧，沒有開口，便向籍談作揖，讓他來說說。

籍談推辭不過，說道：「諸侯受封的時候，都在王室接受了國家寶器，晉國處於偏遠之地，沒有得到王室的賞賜。因此別國有禮器進獻，晉國沒有。」

周景王聽了這話，頓時來了氣，說：「籍談，你大概忘了吧，晉國的開國國君唐叔是成王的同胞兄弟，難道反而沒有得到王室的寶器？」接着，周景王一件一件數說王室對晉國的賞賜，最後說：「你的祖先掌管晉國的典籍，所以叫籍氏，你是史官的後代，為甚麼忘了這些呢？」籍談頓時面紅耳赤，一時說不出話。

荀躒、籍談離開以後，周景王說：「籍談大概不會有能繼承職責的後代了吧，數說歷代的禮制、事跡，竟然忘了祖上的史實！」

|出處|

《左傳·昭公十五年》：「數典而忘其祖。」

|例句|

陸文夫《圍牆》：「搞建設的人決不能數典忘祖，我們的祖先很早就懂得圍牆的妙用，光那名稱就有幾十種。」

司馬牛之歎

司馬牛為沒有兄弟發出慨歎。指沒有兄弟。

春秋時的司馬牛，是宋國大夫司馬桓魋的弟弟。司馬桓魋不是善輩，有一次孔子路過宋國，桓魋聞訊後氣勢洶洶地帶兵前來，當時孔子正與弟子們在大樹下演習周禮的儀式，桓魋立即砍倒大樹，而且揚言要殺死孔子，孔子在學生們的保護下，匆匆忙忙離開了宋國。

後來桓魋在宋國犯上作亂，失敗後全家人匆忙出逃。司馬牛逃到魯國，拜孔子為師。司馬牛以有這樣的哥哥為恥，一再聲稱司馬桓魋不是他的哥哥，自己沒有兄弟。

有一次，司馬牛問孔子，怎樣才能做一個君子。孔子回答他說：「君子不憂愁，不恐懼。」司馬牛說：「不憂愁，不恐懼，這樣就可以叫做君子了嗎？」孔子說：「自己問心無愧，那還有甚麼憂愁和恐懼呢？」

又有一次，司馬牛問孔子，怎樣做才是仁。孔子回答他說：「仁人說話是慎重的。」司馬牛說：「說話慎重，這就叫做仁了嗎？」孔子說：「做起來很困難，說起來能不慎重嗎？」

孔子對司馬牛這些問題的回答，被後人認為是有針對性地因材施教的典範。

司馬牛曾經憂愁地說：「別人都有兄弟，唯獨我沒有。」子夏對他說：「我聽說這樣的話：『死生有命，富貴在天。』君子只要對待所做的事情嚴肅認真，不出差錯，對待別人恭敬有禮，符合規定，那麼，四海之內皆兄弟，君子何愁沒有兄弟！」

| 出處 |

《論語．顏淵》：「司馬牛憂曰：『人皆有兄弟，我獨亡（通「無」）。』」

| 例句 |

清．曹雪芹《紅樓夢》第四十五回：「寶釵撫慰黛玉：『咱們也算同病相憐。你也是個明白人，何必作司馬牛之歎？』」

司馬昭之心路人皆知

路人：路上行走的人，指所有的人。司馬昭篡奪帝位的野心，所有的人都知道。比喻野心為人所共知。

曹魏末年，司馬懿殺了大將軍曹爽，朝廷大權完全落入司馬懿的手中。司馬懿去世以後，他的兒子司馬師接替了他的職位。

司馬師為人陰險、狡詐，魏少帝曹芳對他的所作所為強烈不滿，少帝找來李豐、張緝、夏侯玄等人，要他們幫助自己奪過司馬師的兵權。不料密謀泄漏，司馬師來了個先下手為強，抓住參與預謀的大臣，把他們殺了個罄盡。正元元年（公元 254 年），氣焰熏天的司馬師逼迫皇太后廢了少帝曹芳，另立曹髦為帝。

一些地方官本來就對司馬師不滿，這時候便藉機起事，鎮東將軍毌丘儉、揚州刺史文欽率兵討伐司馬師。正在患病的司馬師不顧自己的疾病，領兵前去抵禦。途中，他的病越來越重，便派人火速進京，把留守在京城的弟弟司馬昭叫來。司馬昭日夜兼程趕赴前線，司馬師把兵權交給他，讓他指揮部隊作戰。打敗了毌丘儉、文欽以後，司馬師在許都（今河南許昌）去世。

司馬昭掌權以後，在朝中飛揚跋扈，比司馬懿、司馬師更專橫。魏帝曹髦再也忍受不住了，力圖起來抗爭。一天，曹髦把一些心腹大臣找來，憤憤地說：「司馬昭之心，路人皆知，我不能坐着等死！」他要這些心腹大臣幫助自己，奪回掌控在司馬昭手中的兵權。侍中王沈、散騎常侍王業知道反對司馬昭猶如雞蛋碰石頭，絕對不會有好結果，便連夜向司馬昭報告。司馬昭得到消息，連忙派親信賈充領兵做好準備。

曹髦見王沈、王業跑了，知道預謀已經泄漏，他決心拚個魚死網破，率領人馬攻打相府。他手提寶劍，站在車上大聲呼喊：「天子親征有罪之人，誰敢抵抗就殺了他全家。」看看這架勢，聽聽這口氣，好不嚇人！相府的兵將都驚呆了，不敢上前應戰。賈充一看情況不妙，厲聲喝道：「養兵千日，用兵一時，大將軍平時養着你們，就是希望你們今天為他效力。」

有個名叫成濟的亡命徒，聽了賈充的話，膽氣陡生，操起長矛向曹髦的車子衝過去。曹髦的侍從被突然發生的情況嚇呆了，一時不知所措。說時遲，那時快，成濟手持長矛猛向曹髦刺去。曹髦招架不及，矛頭從前胸刺進，又從後背透出，堂堂天子就這麼跌下車來一命嗚呼。

司馬昭聽說手下殺了曹髦，未免有些着慌，為了平息眾怒，他忍痛將成濟滿門抄斬，隨後，另立年方十五的曹奐為帝。

消滅了蜀國以後，躊躇滿志的司馬昭打算代魏自立，沒想到病魔纏身，百般醫治無效，一命嗚呼。他的兒子司馬炎比他更急，讓心腹們上書給魏元帝曹奐，威逼魏元帝退位。

魏元帝十五歲登基，五年來被司馬昭玩弄於股掌之上，終日惶恐不安。現在要他退位，他便立即應允。咸熙二年（公元265年）臘月十七，舉行了「禪讓典禮」，曹奐退位，曹魏滅亡；司馬炎即位，晉王朝建立。

|出處|

《三國志・魏書・高貴鄉公傳》裴松之注引《漢晉春秋》：「司馬昭之心，路人皆知。」

|例句|

姚雪垠《李自成》第一卷第十七章：「司馬昭之心，路人皆知，我身為大師軍師，豈是糊塗之人？」

死諸葛嚇走生仲達

諸葛：指諸葛亮；仲達：司馬懿字仲達，指司馬懿。死去的諸葛亮嚇跑了活着的司馬懿。比喻人雖已死，餘威仍在。

諸葛亮曾經五出祁山與魏軍作戰，均無功而返。公元 234 年，諸葛亮親自率領十萬大軍，六出祁山向北征伐。魏明帝曹睿聞報諸葛亮又出祁山，忙命大將軍司馬懿率領二十萬大軍迎戰。

諸葛亮領兵駐紮在五丈原，這裏控制着褒斜谷山道的北端，進可攻，退可守，即使戰事不利，也不會對蜀軍造成多大損失。司馬懿老謀深算，自恃兵多將廣，糧草無慮，決定按兵不動，固守營壘。一意速戰速決的諸葛亮使出了各種辦法，司馬懿就是不應戰。

由於長期操勞，諸葛亮終於支撐不住，患上了重病。這一年的八月，五十四歲的諸葛亮在五丈原的軍營中逝世。兩軍對峙，一方主帥突然去世，弄不好就會全線崩潰。長史楊儀連忙率領蜀軍撤退，司馬懿得知後連忙領兵追擊。蜀將姜維見情況危急，命令楊儀調轉戰旗，擂響戰鼓，作出準備向魏軍攻擊的樣子。司馬懿大吃一驚，以為諸葛亮詐死，以此引誘魏軍出營作戰，連忙領兵退了回去。

過了一天，司馬懿親自到蜀軍原先駐紮的營地察看虛實。蜀軍的軍營中不僅棄有糧草，連軍用文書也丟得滿地都是。他跺着腳後悔地說：「諸葛亮一定是死了，這個人真是天下了不起的奇才。」

軍師辛毗還不敢相信諸葛亮已死，司馬懿對他說：「雙方對陣最怕泄露軍事祕密，不是出了非常事件，不會把軍事文書到處亂扔，蜀軍不是戰敗而退，卻驚慌到連軍事文書都顧不上的地步，假如不是失去了主帥，還會有甚麼事值得這樣驚慌呢？不必再猶豫了，趕快領兵追擊！」

楊儀率軍離開前線的時間已久，魏軍雖是急速追趕，也未能追及。蜀軍進入褒斜谷以後，才為諸葛亮發喪。

當地居民為這件事編了一句順口溜：「死諸葛嚇走生仲達。」司馬懿聽到了也不生氣，自我解嘲道：「我能預料他活着時候的事，他死後的事我又怎麼能預料呢！」

|出處|

《晉書・宣帝紀》：「時百姓為之諺曰：『死諸葛走生仲達。』帝聞而笑曰：『吾便料生，不便料死故也。』」

|例句|

魯迅《且介亭雜文末編・續記》：「倒是活人在依靠死人的餘光，想用『死諸葛嚇走生仲達』。我不大佩服這些活傢伙。」

素口蠻腰

像樊素那樣的櫻桃小口，像小蠻那樣的楊柳細腰。形容容貌出眾的女子。

蓄妓享樂，在唐代也算是風流雅事，白居易是其中較為突出的一位。白居易為官以後，關心民生疾苦，但常常不能如意。為了滌除人生煩惱，他除了賦詩傾訴情懷之外，便蓄妓飲酒放縱自娛。從白居易的詩作中可以得知，從中年至暮年，他蓄養的知姓名之寵妓便有十多個，其中最出名的是樊素和小蠻。白居易曾為詩曰：「櫻桃樊素口，楊柳小蠻腰。」意思是說，美姬樊素的嘴小巧鮮豔，如同櫻桃；美妓小蠻的腰柔弱纖細，如同楊柳。後世形容美女說櫻桃嘴、小蠻腰，就是從白居易那裏學過來的豔詞。

白居易日漸衰老，體弱多病，決定放妓。樊素和小蠻離開以後，白居易寫下《別柳枝》懷念她們：「兩枝楊柳小樓中，裊娜多年伴醉翁。明日放歸歸去後，世間應不要春風。」

白居易在文學上積極倡導新樂府運動，主張「文章合為時而著，詩歌合為事而作」，寫下了不少反映民間疾苦的詩篇，對後世影響很大，是我國文學史上的重要詩人。至於他沉湎於聲色，後人也頗多微詞。

|出處|

唐・孟棨《本事詩・事感》：「白尚書（居易）姬人樊素善歌，妓人小蠻善舞，嘗為詩曰：櫻桃樊素口，楊柳小蠻腰。」

例句

夏日新《風流才子——中國古代美男掃描·「醉吟先生」——白居易》：「素口蠻腰，蓄妓玩樂，始自東晉，唐代比較普遍，而在白居易身上表現得最為突出。」

彈冠相慶

冠：帽子。撣掉帽子上的灰，為即將去做官而慶賀。

漢代的王吉，字子陽，年輕時就以文才出眾、品德高尚聞名鄉里。

當年王吉貧賤時，住在鄉里老屋裏。隔壁人家有棵大棗樹，樹枝垂到王吉家的院子裏，到了秋天，樹枝上結滿了棗子。有一天，他的妻子順手採了幾個棗子吃，王吉知道了這件事，便將貪吃的妻子趕出了家門。

鄰居聽說了這件事，非常過意不去，一定要王吉把妻子接回來。王吉執意不肯，鄰居操起斧子就要砍掉棗樹，說全是因棗樹惹的禍。經過大家再三勸說，王吉才把妻子接回來，鄰居也就沒有砍掉棗樹。

因為王吉的口碑好，被當地官員推薦給朝廷。王吉先做了幾任地方官，因為政績突出，被調到朝廷任職。漢昭帝時，王吉為昌邑王劉賀的中尉。漢昭帝去世後，昌邑王被大將軍霍光等迎立為帝。

昌邑王劉賀整日飲酒取樂，把個皇宮弄得烏煙瘴氣。王吉再三苦苦勸諫，昌邑王哪裏聽得進去！昌邑王樂極生悲，只做了二十七天皇帝就被大將軍霍光趕下了皇帝寶座。昌邑王的臣僚有的被處死，有的被關進監獄，唯有王吉和龔遂因為屢次進諫而被免罪。

王吉與貢禹志同道合，交往至深。王吉復出為官，貢禹非常高興。當時很多人說：「王吉在位，貢禹彈冠。」意思是：王吉當上大官，貢禹也撣掉帽子上的灰準備上任了。時隔不久，貢禹果然在朝廷擔任了官職。

|出處|

《漢書．王吉傳》：「王陽在位，貢公彈冠。」

|例句|

唐浩明《曾國藩》第二部第七章：「幕僚們彈冠相慶，喜氣融融。」

螳螂捕蟬黃雀在後

螳螂在前面打算捕捉蟬，黃雀在後面要吃牠。比喻貪求眼前的利益，沒有意識到後面將要發生的災禍。

春秋末年，南方的吳國一天天強大起來，吳王為了擴大自己的地盤，決心攻打楚國。不少大臣認為現在去攻打楚國，時機還不成熟，紛紛勸他放棄這個打算。吳王不但不聽勸告，反而下令說：「誰要是再敢勸阻我，我就砍了誰的腦袋！」大臣們雖然不同意出兵，但是誰也不敢再說甚麼。

吳王有個年輕侍衛，想勸吳王不要攻打楚國，但是吳王已經把話說絕了，這該怎麼辦？他左思右想，終於想到了一個好辦法。

一天清早，年輕侍衛帶着彈弓和泥丸，到王宮的後花園裏去。他裝作打鳥的樣子，仰着頭，望着樹梢，在後花園裏轉來轉去。

吳王一連三天看見這個年輕侍衛在後花園裏轉來轉去，不禁有些奇怪，忍不住問道：「年輕人，你在那裏幹甚麼呀？」

年輕侍衛對吳王說：「大王，我在這裏打鳥呢。我看到的景象，真有意思。」

吳王問：「你看到了甚麼，說給我聽聽看。」

年輕侍衛說：「樹上有個知了，一邊抖着翅膀鳴叫，一邊喝露水，不知道後面有隻螳螂，悄悄爬近牠，彎着身子伸出前腿，正準備抓牠；螳螂不知道牠身後有隻黃雀，正伸着脖子準備吃牠；黃雀不知道我手裏拿着彈弓，正在樹下準備射牠。這三個小動物，只想着要得到前面的食物，不顧身後的危險。大王，你說說看，是不是有意思？」

吳王何等聰明，一聽就明白了。他覺得這個年輕人說的對，從此以後再也不提攻打楚國的事。

|出處|

漢・劉向《說苑・正諫》：「園中有樹，其上有蟬，蟬高居悲鳴飲露，不知螳螂在其後也。螳螂委身曲附欲取蟬，而不知黃雀在其旁也。黃雀延頸欲啄螳螂，而不知彈丸在其下也。」

|例句|

徐廷華《螳螂》：「後來，人們就用『螳螂捕蟬，黃雀在後』的成語來比喻那種只顧眼前利益，而不顧後患的人。」

桃李滿天下

桃李：對別人學生的美稱。稱譽別人的學生很多，到處都有。

狄仁傑，唐代著名的宰相，被後人稱為「唐室砥柱」。

公元691年，狄仁傑第一次擔任宰相。那時候，正是武承嗣躊躇滿志之時，武承嗣認為狄仁傑將是他被立為皇嗣的障礙，勾結酷吏來俊臣誣告狄仁傑謀反，將他逮捕下獄。經過各種磨難，狄仁傑死裏逃生，被貶為彭澤令。

由於狄仁傑在擔任地方官期間政績突出，武則天於公元697年將他召回朝廷，恢復他的宰相職務。武則天對他十分信任，狄仁傑成為輔佐武則天的左右手，對國家的穩定發揮了重要作用。

狄仁傑頗有知人之明，經常向武則天推薦後起之秀。他先後推舉了張柬之、桓彥範、敬暉、竇懷貞、姚崇等數十位忠貞廉潔的官員，武則天都委他們以重任。這些年輕的官員精明幹練，朝廷出現了欣欣向榮的新氣象。有人讚譽狄仁傑說：「天下桃李，悉在公門矣」。

這些人在狄仁傑去世後為恢復唐王室發揮了重要作用。公元705年正月，武則天身染重病，臥牀不起。宰相張柬之等人乘機發動政變，率左右羽林軍五百餘人控制了玄武門，武則天於無奈中退位，中宗復位，唐王朝得以恢復國號，這就是史書上說的「中宗復辟」。狄仁傑的努力沒有白費，終於得以瞑目。

出處

《資治通鑒・唐紀・武后久視元年》：「天下桃李，悉在公門矣。」

|例句|

唐・白居易《奉和令公綠野堂種花》：「令公桃李滿天下，何用堂前更種花？」

天女散花

本為佛經故事，天女散花試諸菩薩及弟子道行。後多形容花朵、雪花、光焰等從天空、高處落下的絢爛景象。

佛是梵語佛陀音譯的簡稱，意譯為覺者。覺有三義：自覺、覺他、覺行圓滿，這是佛教修行的最高境界。凡夫俗子無一覺，聲聞、緣覺有一覺，菩薩有兩覺，只有佛有三覺。

維摩詰，意譯為淨名、無垢稱，意思是以潔淨、沒有污染而著稱者。維摩詰是古印度毗舍離地方的一個富翁，家有萬貫，奴婢成羣。但是，他勤於攻讀，虔誠修行，成為居家菩薩。

維摩詰居士是佛教興起的關鍵人物，《維摩詰經》是佛家的重要經典。《維摩詰經》描述維摩居士居家修行的宿世妙緣，是佛教家庭化的最早典範，佛家稱維摩居士為佛陀時代第一居士。

有一天，如來佛在蓮花寶座講經解法，忽然看到一片祥雲從東面飄來，得知弟子維摩詰患病，於是派眾弟子前去問候。

如來佛知道維摩詰要藉機宣講佛家大義，便派天女前去檢驗弟子們的學習情況。天女手提花籃，飄逸而行，來到塵世間低頭一看，維摩詰果然正與諸菩薩、大弟子講經。天女隨即將滿籃鮮花撒下，鮮花落到菩薩身旁就落地，落到大弟子身上便不落到地上。弟子舍利弗滿身沾花，知道自己道行不夠，以後越發努力學習。

|出處|

《維摩詰經·觀眾生品》：「時維摩詰室有一天女，見諸大人聞所說法，便現其身，即以天華（花）散諸菩薩、大弟子上，華（花）至諸菩薩即皆墮落，至大弟子便着不墮。」

|例句|

唐·宋之問《為太平公主五郎病癒設齋歎佛文》：「龍王獻水，噴車之埃塵；天女散花，綴山林之草樹。」

鐵硯穿

把鐵硯台磨穿。比喻矢志不移，持久不懈。

五代時，洛陽有個讀書人，名叫桑維翰。他其貌不揚，生得五短身材，面孔像驢子那麼長。別人見了都認為他相貌醜陋，他卻認為自己的長相非同一般。每次照鏡子的時候，他都要仔細將自己端詳一番。

讀書人想踏入仕途，一般都要參加科舉考試。桑維翰去應考進士時，主考官對他的姓非常反感：姓甚麼「桑」，這不是和「喪」同音嘛，要是讓他考取了，豈不是要倒霉啦！

有人知道主考官的想法，婉轉地勸慰桑維翰，說道：「做官不一定要參加科舉考試，通過別的途徑一樣能夠做官。」

桑維翰知道內情以後非常氣憤，寫了一篇《日出扶桑賦》批駁了這個看法。這篇文章的大意是：東方有棵名叫扶桑的神木，太陽就是從扶桑那裏冉冉升起的；普照萬物的太陽尚且離不開一個「桑」字，那種排斥姓桑者的做法簡直是太可笑了！

為了表達自己要通過科舉踏上仕途的決心，桑維翰請鐵匠打造了一方鐵硯，他把這方硯拿給大家看，說道：「如果這個鐵硯磨穿了，我還是考不上進士，那我就再走其他途徑。」鐵硯磨穿？那要到哪一年？看樣子桑維翰是要一條道走到底了。

通過多年的努力，桑維翰終於在後唐同光年間考中了進士。他先在後唐為官，後晉時兩度擔任宰相。

| 出處 |

《新五代史 · 桑維翰傳》：「又鑄鐵硯以示人曰：『硯弊則改而佗（他）仕。』卒以進士及第。」

| 例句 |

宋 · 陸游《寒夜讀書》：「韋編屢絕鐵硯穿，口誦手抄那計年。」

停機德

停下織機勸勉夫婿上進的賢德。比喻妻子激勵夫婿努力奮進。

有一天，樂羊子在路上行走，撿到一塊金餅。他非常高興，趕快跑回家把金餅交給妻子。

妻子看了看金餅，對樂羊子說：「有志氣的人不喝『盜泉』裏的水，喝了『盜泉』水的人品德就要變壞。廉潔的人不接受別人施捨的東西，接受了就顯得沒有志氣。別人丟失的金餅，你把它撿回來，這是圖謀私利玷污了自己的品行！」

聽了妻子的話，樂羊子非常慚愧，把金餅扔到了野外。他決定外出尋師，提高自己的學識，培養自己的高尚品德。

一年之後，樂羊子回到家中。妻子見他回來了，問他是不是學有所成。樂羊子搖搖頭，說：「在外面待久了，心裏非常想念你。」

妻子聽了他的話，拿起剪刀走到織機前，說：「這些絲織品都是用蠶絲織成，一根一根蠶絲累積起來，才有一寸；一寸一寸累積起來，才有一丈、一匹。如果我現在把織機上的絲織品剪斷了，以前的工夫就全都白費了。你在外面學習，每天都要問問自己：今天學到了哪些知識？哪些方面還做得不夠？這樣日積月累，才能把知識學好，才能成就自己的美德。你中途就回來了，跟我剪斷織機上的絲織品有甚麼不同呢？」

聽了妻子的話，樂羊子深受教育，他立即動身回到老師那裏，繼續努力學習。

|出處|

《後漢書．列女傳》。

|例句|

葉嘉瑩《漫談〈紅樓夢〉中的詩詞》：「『停機德』說的是薛寶釵，一般說來寶釵在做人方面表現得非常有修養。」

投梭折齒

女子扔出梭子，打斷調戲他的男子的牙齒。比喻調戲婦女被拒而受懲。

晉代的王謝兩家，是當時的高門世族，因為兩家都居住在烏衣巷，人們便稱呼他們的子弟為「烏衣郎」。

有位「烏衣郎」叫謝鯤，是位出了名的人物。他的父親是謝衡，官至國子監祭酒；他的兒子謝尚歷任江州刺史、尚書僕射，後為鎮西將軍，世稱謝鎮西；他的姪子謝安名氣更大，身為東晉宰相，運籌帷幄，指揮東晉八萬士卒，在淝水一舉打敗了前秦八十多萬大軍，使國家轉危為安。這樣的「烏衣郎」，年輕時免不了有些風流韻事。

謝鯤年輕時便小有名氣，見識高，有才氣，不修邊幅，頗有名士風度。他還能唱歌，善鼓琴，贏得不少年輕姑娘的芳心。

有一天，謝鯤跟隨父親到鄰居高家拜訪，在閨房窗外看到了高家小姐。這女孩子生得櫻桃小口，楊柳細腰，十分美貌，謝鯤打算使出渾身解數，贏得美女的歡心。

高家女是個大家閨秀，為人正派，見謝鯤言詞輕薄，正色道：「謝公子，請尊重些。」謝鯤是情場老手，以為憑自己的風流倜儻，沒有哪一個年輕女子不動心；再說高家女豆蔻年華，情竇初開，有些害羞本為常事。

謝鯤說話越來越放肆，高家女忍無可忍，隨手拿起梭子向謝鯤擲去。梭子不偏不倚，正中謝鯤的面頰，隨着「哇」的一聲，謝鯤的兩顆門牙被打落在地。

從此以後，這位花花公子的行為收斂了許多。

|出處|

《晉書・謝鯤傳》：「鄰家高氏女有美色，鯤嘗挑之，女投梭，折其兩齒。」

|例句|

清・陳澧《東塾讀書記》：「若稱譽賢女，豈容作此等語，必至投梭折齒矣。」

圖窮匕首見

圖：地圖；窮：盡、完；見：顯現，露出來。地圖全都打開了，藏在裏面的匕首也露出來了。比喻事情發展到最後，本意或真相畢露。亦作「圖窮匕現」或「圖窮匕見」。

戰國末年，秦國不斷向別國發起進攻。燕國害怕秦國前來攻打，把太子送到秦國做人質。太子丹在秦國受到粗暴待遇，憤而逃回。他時刻不忘在秦國受到的侮辱，立志要報仇雪恨。

太子丹找到田光，請他幫助自己。田光說：「我已年老，辦不成大事。不過，我的朋友荊軻機智勇敢，能夠派得上用場。」太子丹臨別再三囑咐他：「這件事關係到國家的命運，千萬不能泄露出去。」田光笑了笑說：「這個你就放心吧。」

田光來到荊軻家，把燕太子丹準備報仇的事告訴了他，說完他就自盡了，表示自己決不泄露機密。

荊軻見了燕太子，答應到秦國去刺殺秦王。好多天過去了，卻遲遲沒有動身。太子丹一再催促他前往，荊軻說：「沒有秦王喜歡的東西作為禮物，秦王就不會接見我，見不到秦王，怎麼能刺殺他？最好的禮物有兩樣東西，一是樊於期的人頭，一是督亢地區的地圖。樊於期是秦王懸賞捉拿的人，現在逃到燕國來了；督亢地區與秦國相連，秦王一直想得到它。有了這兩件東西做禮物，秦王才會接見我，我在挨近秦王的時候，就能乘機殺了他。」

太子丹不肯殺了樊於期，荊軻自己找到了他。荊軻把自己的想法告訴了樊於期，樊於期慷慨地說：「只要能殺了秦王這個暴君，我絕不憐惜自己的生命。」說完就自盡身亡。

太子丹為荊軻準備了一把淬過毒藥的鋒利匕首，給他帶上樊於期的人頭和督亢地區的地圖，讓他前往秦國。太子丹領着知道這件事的賓客，穿着白衣、戴着白帽，為荊軻送行。

來到易水邊，喝了餞行酒，有人擊起了筑（古代的一種樂器）。荊軻和着悲壯的曲調，高聲唱道：「蕭蕭的風啊，易水淒寒；壯士這一去啊，不再歸還。」送行的人聽了，都激動地流下了眼淚。

秦王得知燕國派人把樊於期的人頭和督亢地區的地圖送來了，非常高興，要手下對荊軻以禮相待，準備在宮中接見荊軻。

荊軻去見秦王之前，小心地把匕首捲在地圖中。進入戒備森嚴的秦宮，荊軻昂首闊步地登上大殿。秦王讓人檢查過樊於期的人頭，荊軻走上幾步，把地圖展開給秦王看。地圖全部展開了，匕首也露了出來。荊軻操起匕首，一把抓住秦王的衣袖，猛地刺了過去。秦王大吃一驚，使勁一掙，把衣袖扯斷，總算躲過了匕首。他馬上竄到柱子後面，繞着柱子逃跑，荊軻猛追過去，因為有柱子阻擋，沒能刺到秦王。

臣子們驚慌失措，不知怎麼辦才好。按照秦國規定，臣子上朝不准帶武器，侍衞們排在殿下，沒有命令不准上殿。秦王的佩劍又長又大，慌忙中拔不出來。有人喊道：「大王，把劍背在背上！」秦王把劍背起，反手拔出劍來，砍傷荊軻的大腿。荊軻將匕首向秦王擲去，沒有投中。秦王狠狠地連刺八劍，荊軻終於壯烈犧牲。

荊軻雖然沒能殺死秦王，但他的英勇事跡一直被後世傳頌。

| 出處 |

《戰國策．燕策》：「發圖，圖窮而匕首見。」

| 例句 |

葉聖陶《一個青年》：「不意先生乃蓄別抱，圖窮匕見，爰有所言。」

推梨讓棗

推讓着拿小梨，自己不拿棗子讓大人拿給自己。比喻兄弟友愛。

漢代的孔融，年紀很小就懂得兄弟友愛。有一次，家裏來了客人，給孩子們帶來很多梨。父母把他們弟兄六個都叫到跟前，拿一盤子梨給小兄弟們吃。孔融年僅四歲，排行最小，父母疼愛他，讓他先拿。孔融走上前去，揀了一個最小的。

大家感到奇怪，那麼多梨放在盤裏，這孩子為甚麼拿了個小的？有人問他為甚麼拿小的，孔融的回答讓所有的大人都感到意外：「我最小，應當拿小的，大的給哥哥吃。」

南朝時的王泰，從小就懂得規矩。有一次，祖母把孩子們叫過來，拿了許多棗子撒在坐具上，孩子們一擁而上，搶着拿棗子吃，祖母看了很高興。

她見王泰站在那裏不動，感到很奇怪，說：「傻孩子，怎麼不去拿棗子吃？」王泰說：「不該自己拿，大人拿給我我才要。」祖母把他摟在懷裏，摸着他的腦袋說：「真是個懂事的好孩子。」

|出處|

《後漢書．孔融傳》李賢注引《融家傳》：「年四歲時，每與諸兄共食梨，融輒引小者。大人問其故，答曰：『我小兒，法當取小者。』」《南史．王泰傳》：「年數歲時，祖母集諸孫姪，散棗果於牀。羣兒競之，泰獨不取。問其故，對曰：『不取，自當得賜。』」

|例句|

張擬《家事難言》:「兄弟鬩於牆，何來推梨讓棗。」

推敲

本比喻再三斟酌文字。後泛指反覆斟酌，仔細琢磨。

賈島，唐代詩人。年少時因為家貧，落髮為僧。他寫詩不惜耗費心血煉字，是苦吟派代表詩人。

有一天，他去探訪好朋友李凝，恰巧李凝不在家，只得掃興而歸。第二天，他寫了一首《題李凝幽居》記敘這件事：「閒居少鄰並，草徑入荒園。鳥宿池邊樹，僧推月下門。過橋分野色，移石動雲根。暫去還來此，幽期不負言。」

寫好以後，賈島總覺得有甚麼地方寫得不夠好。這件事一直讓他惦記在心，時不時就想起這首詩。

有一天，賈島出門辦事，人騎在毛驢上，心思仍然掛念在那首詩上。突然，他覺得「鳥宿池邊樹，僧推月下門」這一句的「推」字，應當改用「敲」字；回過頭來一想，又覺得還是用「推」字好。吟哦多遍，仍然拿不定主意。賈島騎在驢上，一會兒作推的姿勢，一會兒作敲的模樣，全然不顧路人詫異的目光。

這時候，在京城做官的韓愈過來了。儀仗在前面開道，賈島渾然不知，依然做他的「推」「敲」，不知不覺竟然闖入了韓愈的儀仗隊裏。衙役一陣吆喝，將賈島拿下，推到韓愈面前。

韓愈問賈島為甚麼闖進自己的儀仗，賈島便把自己做的那首詩唸給韓愈聽，並把那一句是用「推」好還是用「敲」好的疑問說了一遍。韓愈聽完之後仔細想了一會兒，對賈島說：「我看還是用『敲』好，即使友人家的門虛掩着，還是應當敲門，敲門是應有的禮貌。再說，夜靜更深之時，用了『敲』字可以用聲響反襯那裏的清冷幽寂。」賈島聽了韓愈的話，打從心底裏佩服，連連點頭稱讚。

這個故事成為千古美談，從此以後，「推敲」也就成了常用詞語。

|出處|

宋・胡仔《苕溪漁隱叢話前集》引《劉公嘉話》。

|例句|

清・曹雪芹《紅樓夢》第三十回：「因有所感，或者偶成了兩句，一時興至恐忘，在地下畫着推敲，也未可知。」

退筆塚

塚：墳墓。把寫禿的毛筆頭埋在土坑裏堆成一座墳墓。比喻刻苦練習書法。

隋朝有位著名的書法家——智永禪師。他本姓王，是東晉大書法家王羲之的七世孫。

智永自幼出家，後來雲遊到浙江吳興善璉鎮，在永欣寺裏住了下來。從此以後，人們在寺院外再也看不到他的身影。每天雄雞一打鳴，智永就起牀了，磨好墨練習書法，一練就是三十年。

他的字自成一家，人們競相求取，求墨寶者絡繹不絕，以致把門檻都踏破了，不得不用鐵皮裹起來。這就是「鐵門限」的典故；也是成語「戶限為穿」的出處。

相傳智永禪師晚年時，幾位年輕書生慕名前來求取墨寶，並向智永請教書法祕訣。智永笑着說，我贈給你們四個字——「勤學苦練」。

幾位書生以為智永不肯將祕法相傳，聽後大失所望。智永禪師便命小和尚打開後院門，帶領他們去寺中塔林，那裏有一座高高的墳塚，塚前立一石碑，上刻「退筆塚」三個大字，下有「僧智永立」四個小字，背面還有智永寫的一篇墓誌銘。幾位書生看了「退筆塚」和墓誌銘，對智永更加敬佩。

智永在我國書法藝術史上有重大貢獻，特別是對「永字八法」的闡述，闡明了正楷筆勢方法，是隋唐書法一代宗師。

| 出處 |

張懷瓘《書斷》：「永公住吳興永欣寺，積年學書，後有禿筆頭十甕，每甕皆數石。人來覓書並請題額者如市。所居戶限為之穿穴，乃用鐵葉裹之。人謂為『鐵門限』。後取筆頭瘞（掩埋）之，號為『退筆塚』。」

| 例句 |

宋紅雲《勤學苦練，退筆成塚》：「提起『退筆塚』的故事，經常看《青少年書法》的同學們就會想到隋朝的和尚智永。」

王侯將相寧有種乎

寧：難道。王侯將相這樣地位顯赫的人，難道是天生的嗎！表明要改變自己命運的強烈願望。

公元前209年的一天，陰雨綿綿，冷風陣陣，滿天的烏雲，壓抑着陳勝、吳廣等九百名貧苦農夫的心。他們被朝廷徵發戍守漁陽（今北京密雲西南），需要按時前去報到，假如誤了規定的日期，按照法律就要被斬首。如今大雨下個不停，道路不通，戍卒們被阻在大澤鄉（今安徽宿縣西南），無論如何也無法按時趕到目的地。想到這裏，陳勝、吳廣等人不寒而慄。

陳勝和吳廣本不相識，因被徵發相聚在一起，兩人都是屯長（小隊長），志趣相投，如今共遇危難，便敞開胸懷，坦誠相見。他們倆在一起商量起來。陳勝道：「事到如今，逃跑被抓回來免不了一死，舉兵起義也是死，同樣是死，為甚麼不去拚個魚死網破呢？」吳廣聽了，連忙點頭稱是。陳勝又道：「如今朝廷施行暴政，老百姓吃盡了苦頭。二世皇帝是始皇帝的小兒子，本不該由他繼位，繼位的應當是公子扶蘇。」吳廣睜大了眼睛聽着，不知道陳勝說這些話是甚麼意思。陳勝接着說：「扶蘇為人比較正直，屢次勸始皇帝不要過於壓迫百姓，始皇帝一怒之下把他趕出京城，要他到邊疆去領兵，聽說二世皇帝為了奪取帝位，已經將扶蘇殺死。」聽到這裏，吳廣似有所悟，說：「嗯，我也聽說過這回事。」陳勝看看四周，繼續說道：「老百姓知道扶蘇較為賢明，都很懷念他，多數人不知道公子扶蘇已死，我們何不借他的名義起兵！」聽到這裏，吳廣終於明白過來，堅定地點了點頭。陳勝略略想了想，又說：「這裏原先是楚國的故地，我們這些同伴也都是楚國人，當年楚將項燕曾經擊敗過秦軍，在楚國人心目中的地位很高。現在，有的人以為他戰死了，有的人以為他逃亡在外，假如我們假借公子扶蘇、楚將項燕的名義起兵，更有號召力，人們一定會紛紛響應。」吳廣認為這個辦法很好，連忙表示同意。

他倆心裏還不踏實，又去找算卦的算上一卦，看看是凶是吉。算卦的見他倆是戍卒打扮，心裏明白了幾分，向他倆暗示道：「你們問的事當然能成。不過，你們求過神沒有？」兩人聽後明白了他的言外之意，這是教他們裝神弄鬼，好在戍卒中取得威信。

陳勝找來一方絲帕，用朱砂在上面寫了「陳勝王」三個字，悄悄地塞在漁翁剛剛捕獲的魚的肚子裏。戍卒們買魚吃，剖開魚的肚子看到絲帕上的字，驚訝萬分。天黑以後，吳廣趁別人不注意，偷偷地溜到駐地附近的荒廟中，點了火放在竹籠中，遠遠地望去，竹籠裏的火如同鬼火一般閃閃爍爍。他又模仿狐狸的聲音叫道：「大楚興，陳勝王。大楚興，陳勝王。」戍卒們看到鬼火，聽到狐狸的叫聲，心裏更加驚異。第二天一早，戍卒們悄悄地議論着，指指點點注視着陳勝。

吳廣身為屯長，平常對戍卒很好，戍卒們願意為他效力。那一天，押送戍卒的兩名軍官喝醉了酒，吆五喝六地訓斥戍卒。吳廣大聲嚷嚷說要逃跑，故意激怒那兩名軍官。軍官聽了大怒，操起皮鞭劈頭蓋臉地向吳廣打下去。軍官覺得還不解恨，拔出劍來威脅吳廣。吳廣猛地跳起來，一把奪過軍官手中的劍，順手把那名軍官殺死。陳勝連忙衝上去幫忙，結束了另一名軍官的性命。

陳勝向戍卒發出號召：「各位遇上大雨，已經誤了日期，按照朝廷的法令，大家都已犯下了死罪。即使朝廷饒了我們，充軍的又有幾個能活着回去？大丈夫要麼不死，準備死就要幹出一番大事業。那些王侯將相，難道就是天生的嗎？他們能做的事，我們為甚麼不能做！」一席話鼓動了戍卒，大家齊聲說道：「我們一定聽從您的號令！」

一場轟轟烈烈的農民起義就這樣爆發了。星星之火，迅速燃遍中原大地。各地百姓紛紛殺死當地長官，響應陳勝起義；一些六國的舊貴族和各路英雄好漢也趁機而起，有的投奔陳勝，有的自立旗號，反秦的烈火越燒越旺。公元前206年，秦王朝的統治終於被推翻。

|出處|

《史記·陳涉世家》:「壯士不死則已，死即舉大名耳，王侯將相寧有種乎！」

|例句|

趙盛《王侯將相寧有種乎——一個中專生的考研歷程》:「陳勝、吳廣有言『王侯將相寧有種乎』？北大清華也不是注定該誰去的，你我都可以去。」

網開一面

把捕鳥獸的網收起一面。比喻放開一條生路。

夏朝末年，夏桀殘暴無道，天下人對他恨之入骨。商湯關心民眾疾苦，深受天下人的愛戴。他任用伊尹和仲虺為左右相，國力一天天強大起來。

有一天，商湯在外巡行，看到有人正在張網捕捉鳥獸。網剛剛張好，那人便唸唸有詞祈禱起來：「天上飛的鳥，地上跑的獸，全都落入我的網中。」

商湯聽了對那人說：「唉，你這麼做太殘忍了，天下的鳥獸豈不要被捕盡！除非夏桀這樣的人，誰會做這樣趕盡殺絕的事！」

商湯把那人架好的網收起了三面，只留下一面，教那人重新禱告：「天上飛的鳥，地上跑的獸，願意向左就往左，願意向右就往右，願意向上就往上，願意向下就往下，我只捕捉那些不要命的東西。」

這件事很快就傳遍了天下，漢水以南的諸侯紛紛說：「商湯太仁慈了，連鳥獸都得到了恩澤。」很快，又有四十多個小國歸順了商湯。

這個典故本為「網開三面」，後來常作「網開一面」，比喻的意義相同。

|出處|

《史記・殷本紀》：「湯出，見野張網四面，祝曰：『自天下四方，皆入吾網。』湯曰：『嘻，盡之矣！』乃去其三面。」

|例句|

清・李綠園《歧路燈》第九十三回：「老先生意欲網開一面，以存忠厚之意，這卻使不得。」

唯馬首是瞻

瞻：看。原指作戰時官兵們只看主將的馬頭決定行動的方向。後比喻只跟着領頭人行動。

春秋時期，秦國漸漸強大。公元前560年，秦晉兩軍曾在櫟地交戰，晉軍由於輕視秦軍，被秦軍打得大敗。三年以後，晉國為了報櫟地戰敗之仇，聯合齊國、魯國、鄭國等組成聯軍，一道攻打秦國。晉國大將荀偃為統帥，統一指揮諸侯聯軍。

大兵壓境，秦軍一點兒也不膽怯。他們知道，諸侯聯軍人數雖多，但是人心不齊。作戰最忌號令不一，聯軍恰恰犯了這個大忌。

聯軍到了涇水邊，誰也不肯首先渡河。晉國大夫叔向跟魯將叔孫穆子商量了一番，決定立即渡過涇水。魯國軍隊率先泅渡，聯軍隨後跟着渡河。豈料秦軍在涇水上游投了毒，聯軍的士卒被毒死許多。這一來，更是弄得人心惶惶，聯軍的士氣更加低落。

休整幾天以後，荀偃發佈總攻動員令，他大聲說道：「明天早晨雞鳴時分套好戰車，填掉井、平掉灶，到了戰場以後，大家只要看着我的馬頭行動！」

這話說得太專橫，上了戰場無需多下命令，只要看着他的馬頭就行！就連晉國的將領對此都感到不滿，別說是其他國家的官兵了。

晉國一位將領首先發難，說：「晉軍的命令從來沒有這樣下達過，現在我的馬頭要朝向東了。」說完，他便策馬往東回晉國。其他的諸侯軍看到這種情況，也紛紛撤回。這仗還怎麼打？荀偃只好率領大軍返回晉國。

| 出處 |

《左傳・襄公十四年》：「荀偃令曰：『雞鳴而駕，塞井夷灶，唯餘馬首是瞻。』」

| 例句 |

清・龔自珍《與吳虹生書》其六：「此游作何期會，作何章程，願唯命是聽，唯馬首是瞻，勝於在家窮愁也。」

尾生抱柱

尾生抱着橋柱而死。比喻信守諾言。

微生，又稱尾生，春秋時魯國人，孔子的學生。他為人正直，樂於助人，忠於愛情，信守諾言。他的這些高貴品質，兩千多年來一直被人們傳頌。

男大當婚，女大當嫁。尾生認識了一位年輕漂亮的姑娘，並漸漸愛上了她；女孩子也很喜歡他，並且和他定下了終身大事。

有一天，兩人約好在河邊橋下見面，時間定在晚上戌時（晚上九時到十一時）。天剛剛斷黑，尾生便興沖沖地來到河邊，等待和心上人相會。突然間，烏雲密佈，狂風大作，傾盆大雨從天而降。尾生為了避雨，躲到橋下。

遠處突然傳來「嘩啦啦」的水聲，不好，山洪來了！戌時已到，這該怎麼辦？為了不失約，尾生緊緊地抱住橋柱，等待心上人到來。山洪太猛烈了，不一會兒就淹到尾生的膝蓋，尾生死死地抱着柱子，不肯離開。

那姑娘正準備出門，忽然下起了瓢潑大雨。為了不失約，她毅然走出家門，深一腳淺一腳向小橋走去。狂風吹着她，暴雨打着她，她只得艱難前行。到了小河邊，橋下已是湍急的洪流，人沒法待在那裏，等了一會兒，姑娘失望而歸。

第二天，雲消雨住，姑娘總覺得心神不定，便到小橋那裏去看看。到了河邊，發現洪水已退。姑娘來到橋邊一看，驚得她花容失色，尾生已經死去，兩手還抱着橋柱。她在尾生的身邊痛哭了一會兒，一縱身跳入洶湧的河水中。

|出處|

《莊子．盜跖》：「尾生與女子期於梁下，女子不來，水至不去，抱梁柱而死。」又，《戰國策．燕策》：「信如微生，期而不來，抱果柱而死。」

|例句|

吳潤宗《從「尾生抱柱」的典故說起》：「現實生活中，一些單位和個人卻缺乏『尾生抱柱』這樣的誠信精神。」

文翁化蜀

文翁：漢代大臣，曾任蜀郡守；化：教化。文翁在蜀地教化百姓。比喻地方官教化百姓，移風易俗。

西漢時的文翁，廬江舒縣（今安徽廬江）人，景帝末年被任命為蜀郡郡守，到四川去上任。

那時候，蜀地民風彪悍，文化落後。文翁決心改變這種情況，用儒家學說把蜀郡改變成文明之地。文翁知道，要做到這一點很不容易，他不僅要輸送本地人才到京城去培養，還要在當地開辦學校普及教育。

文翁在蜀地選拔了十幾個天資聰穎的小吏，把他們送到長安跟京城的學者學習。他們有的學習儒家經典，有的學習法律法令，有的學習各種文案。為此，文翁削減了蜀郡的行政開支，把省下來的錢作為培訓費用。幾年以後，這些經過培訓的小吏回到蜀地，文翁把他們分配到關鍵職位，不少人因為政績突出，被提升到更重要的職位。

當時，蜀地還沒有官學，文翁到處找處所，四處聘老師，終於把學校辦成。文翁發佈規定，凡是進入官學學習的，可以免除徭役；完成學業以後，根據考核成績確定去留。命令剛一頒佈，就有很多蜀郡子弟報名入學。

文翁的一系列舉措，使得蜀地的風氣發生了巨大變化。人們認真學習儒家經典，禮儀制度得到推廣。幾年之後，不僅在蜀地就讀的學生增多了，在京師求學的蜀地學生人數，已經跟齊魯等發達地區不相上下。

文翁的成功經驗得到朝廷的肯定，漢武帝下令將蜀地的經驗在全國推廣，從此以後，各郡國都有了自己的官學。

文翁為蜀地百姓鞠躬盡瘁，死在蜀郡郡守任上。當地的百姓為了紀念他，為他修造了祠堂，每逢節日都要祭祀他。

| 出處 |

《漢書·文翁傳》：「景帝末為蜀郡守。仁愛好教化……至今巴蜀好文雅，文翁之化也。」

| 例句 |

房銳《文翁化蜀與儒學傳播》：「文翁化蜀，具有特殊的政治意味……此舉對儒學在全國範圍內的傳播有着重要的推動意義，影響極為深遠。」

五日京兆

五日：形容時日不長；京兆：京兆尹，首都的行政長官。做不了幾天京兆尹。比喻為官的日子不會長久。

漢宣帝時，張敞毛遂自薦，作了京兆尹（首都行政長官），別看他對待婦人滿腹柔情，對待作奸犯科之徒卻毫不留情。他也有個毛病，氣量狹小，做事下手太狠。

張敞到任以後，為了加強京都的治安，首先處置了一批小偷強盜，然後毫不留情地懲辦胡作非為的公子王孫。他任京兆尹達九年之久，得罪了不少達官權貴。

楊惲是丞相楊敞之子，被封為平通侯，因與太僕戴長樂失和，被戴長樂告了一狀，說他言談間竟敢拿皇上開玩笑。漢宣帝大怒，將楊惲抓進大獄，後來宣帝將他釋放，貶為庶人。

楊惲出獄後廣置家產，以此作為自我安慰。安定郡守孫會宗是楊惲的老友，寫信給楊惲，勸他閉門思過，不要呼朋喚友、飲酒作樂。楊惲給孫會宗寫了回信，信中對皇上表示怨恨，對孫會宗進行挖苦。孫會宗把這封信交給漢宣帝，漢宣帝盛怒之下將楊惲腰斬。

楊惲被腰斬後，有人乘機報復張敞，上書給皇上，說他和楊惲是同黨。漢宣帝愛惜張敞的才華，認為他是個難得的人才，將奏章扣了下來。雖然如此，有人彈劾張敞的事還是沸沸揚揚傳開了。

這時候，張敞命令屬吏絮舜加緊時間辦案，絮舜認定張敞就要被撤職，睬都沒睬，大搖大擺地回家休息去了。有人勸他不要這樣做，他說：「張敞已是五日京兆，哪裏還有心思辦案！」

張敞得知後大怒，立即派人把他抓了回來，下令嚴辦。結果終於查出了他的一些過錯，張敞便將他判處死刑。當時正值年關，要是此時不殺，開春後絮舜會被赦免，張敞不肯放過他，下令立即執行死刑。臨刑前張敞讓人傳話給絮舜：「你不是說我不過是五日京兆嗎，看你還能不能活到過年！」絮舜一時輕狂，送掉了性命。

說實在話，絮舜雖然有罪，但是罪不至死。因為這件事，張敞被免去官職，貶為平民百姓。

|出處|

《漢書．張敞傳》：「吾為是公盡力多矣，今五日京兆耳，安能復案事？」

|例句|

清．無名氏《官場維新記》第十三回：「暗想自己已是五日京兆了，樂得賣個人情與袁伯珍。」

五十步笑百步

因為自己只向後逃跑了五十步，便去恥笑向後逃跑一百步的人膽小。比喻所犯錯誤只是大小、輕重略有不同，本質是一樣的。

孟子，戰國時鄒國人，是繼孔子之後儒家的代表人物。他主張「施仁政，行王道」，倡導「民為貴，社稷次之，君為輕」的民本思想。他反對暴政斂民，反對掠奪戰爭。他的這些進步思想得到許多人的擁護。為了實現自己的政治理想，他經常到各國拜見國君，宣傳自己的政治主張。

孟子去見梁惠王（即魏惠王，由於魏國的首都在大梁，所以魏又稱梁），梁惠王對孟子說：「我對於自己的國家，可以說是盡心盡力了。河內一帶遭受饑荒，我就把河內的百姓遷到河東，再把河東的糧食運一部分到河內。河東地區發生饑荒，我也這樣做。看看鄰近的國家，沒有哪一個國君能像我這樣為老百姓考慮的。可是，我國的百姓並沒有增多，鄰國的百姓也沒有減少，這到底是甚麼原因呢？」

孟子說：「大王喜好打仗，請讓我用打仗的情況來作比喻。『咚咚咚』地敲起了戰鼓，雙方交鋒，士兵扔下鎧甲武器就跑，有的跑了一百步才停下，有的跑了五十步就停下了。逃跑了五十步的恥笑逃跑一百步的，那怎麼樣？」梁惠王說：「不行，他只是沒有跑一百步罷了，但這也是逃跑。」

孟子說：「大王如果懂得這個道理，就不要指望你的百姓比鄰國的百姓多。」

孟子向梁惠王指出：大王自以為做得好，實際上跟鄰國沒有本質的不同。要想使自己的國家強大起來，就必須實行仁政，只要把國家治理好，別的國家的百姓就會投奔到魏國來，人口自然就增多了。梁惠王聽了雖然點頭稱是，但以後沒有、也不可能做到。

|出處|

《孟子・梁惠王上》：「填然鼓之，兵刃既接，棄甲曳兵而走，或百步而後止，或五十步而後止。以五十步笑百步，則何如？」

|例句|

清・陳忱《水滸後傳》第二十五回：「比如老將軍算有忠心，猶能建立宋朝旗號，然僅逍遙河上，逗留不進，坐視君父之難，只算得以五十步笑百步。」

伍員抉目

伍員，字子胥，春秋末期吳國大夫、軍事家；抉：剔出，挖出；目：眼睛。伍子胥要把眼睛挖出來掛在城頭上，看着越軍攻入吳都。比喻忠臣蒙冤，死不瞑目。

春秋末年，伍子胥逃脫了楚王對他的緝捕，逃到了吳國。他幫助闔閭殺死吳王僚，奪取了王位，以後又幫助吳王闔閭治理國家，訓練軍隊，使得吳國日益強盛。

公元前 496 年，吳王闔閭率領軍隊攻打越國，越國軍隊奮力抵抗，闔閭被亂箭射中，傷勢嚴重。臨死前，他對兒子夫差說：「你一定要打敗越國，為我報仇。」

夫差繼承王位以後，在伍子胥等人的輔佐下，日夜操勞，加緊訓練軍隊，兵力一天天強大。

公元前 494 年，越王勾踐想先發制人，卻被吳王夫差擊敗。夫差乘勝追擊，將勾踐包圍在會稽山上。這時候，越王勾踐只剩下五千人馬，沒有力量繼續抵抗，只好派文種去向吳王夫差求和。

伍子胥預見到兩國不能共存，力諫夫差不可養癰遺患。文種卻想盡了一切辦法，買通了吳國太宰伯嚭，請他幫着說情。伯嚭一番花言巧語，終於使夫差接受了勾踐的投降條件。

十年以後，越國已經恢復了元氣。這時候，夫差卻想率領大軍攻齊，伍子胥再次勸告夫差暫時不要攻齊，先滅越以除心腹之患，又遭到夫差拒絕。

伍子胥知道吳國必定為越國所滅，把兒子託付給齊國鮑氏。這件事正好讓太宰伯嚭找到藉口，趁機對伍子胥進行誣陷。伍子胥沒有辦法辯白，最終被迫自盡。他死前對別人說：「死後將我的眼睛挖出來懸掛在京城東門上，讓我看着越國軍隊進入吳國都城。」

伍子胥死後僅十年，越國滅吳，驗證了他的預言。

|出處|

《國語・吳語》：「遂自殺。將死，曰：『以懸吾目於東門，以見越之入，吳國之亡也。』」

|例句|

唐・李紳《姑蘇台雜句》：「伍員抉目看吳滅，范蠡全身霸西越。」

惜餘香

憐惜多下來的香。本比喻臨死前對妻妾的掛念，後泛指臨死前對家小的掛念。

曹操，字孟德，三國時期政治家、軍事家、詩人，「橫槊（長矛）賦詩，固一世之雄。」

東漢末年，爆發了黃巾起義，天下梟雄趁亂而起，逐鹿中原（爭奪天下）。曹操在鎮壓黃巾起義時擴大自己的軍事力量，於公元192年組建了自己的嫡系部隊「青州兵」。公元196年率軍進駐洛陽，奉迎漢獻帝，遷都至許昌，「挾天子以令諸侯」。官渡之戰大敗袁紹，逐漸統一了中國北方。公元208年，在赤壁敗於孫權和劉備聯軍，魏、蜀、吳三國鼎立的局面形成。公元216年，他被封為魏王，掌握了皇帝的權力，漢獻帝只不過是傀儡而已。

曹操不但是一位傑出的政治家、軍事家，還是一位頗有影響的詩人，他的《蒿里行》、《觀滄海》、《短歌行》、《龜雖壽》等著名詩篇一直流傳至今。

大凡英雄，總有美人。杜牧就跟曹操開了個不小的玩笑，在《赤壁》詩中寫道：「東風不與周郎便，銅雀春深鎖二喬。」意思是假如周瑜不能憑藉東風發起火攻，大喬、小喬這兩個美人就要成為曹操的戰利品了。

不過，曹操的美人還真不少。被封為魏王以後，他的妻妾便有了正式的身份，除王后外，下面還有五等：夫人、昭儀、婕妤、容華、美人，擁有的美女不能說不多。英雄戀美人，也是人之常情，曹操臨死之前寫下遺令，對小老婆進行安排：把餘香分給諸夫人，不必用它來祭祀。各房的人沒事可做，可以學做鞋子去賣。他的這些遺言，對妻妾的掛念溢於言表。

「惜餘香」和成語「分香賣履」同義，本比喻臨死前對妻妾的掛念，後泛指臨死前對妻兒的掛念。

|出處|

曹操《遺令》。

|例句|

南朝·梁·沈約《八詠詩》：「一朝賣玉碗，眷眷惜餘香。」

喜折屐

釋義

屐：木屐。由於非常高興，跨門檻時不小心折斷了木屐上的齒。形容十分欣喜。

東晉時，北方的前秦苻堅，先後滅掉北方各國，攻取了東晉的梁州、益州，統一了北方。他野心勃勃，企圖乘勝南下，一舉消滅東晉，統一全國。

公元 383 年八月，前秦大軍南下。前秦共有步兵六十多萬，騎兵二十七萬，前後連綿千里，旌旗相望。前秦的軍隊水陸並進，一齊逼向東晉邊境，東晉的形勢十分危急。

當此之時，朝廷命謝玄為前軍都督，率領八萬軍隊抗擊前秦軍。前秦軍八十餘萬，謝玄只有八萬人馬，兵力過於懸殊。要想取勝，必須得施展計謀。他知道叔叔謝安很有韜略，臨行前決定到叔叔那裏請教錦囊妙計。

進了宰相府，只見謝安正在書房裏閉目養神。謝玄問安後，向他討教退敵之計。哪知謝安只是微微睜開眼睛，悠悠說了一句：「退敵之事已有安排。」說完，又閉目養起神來。過了一會兒，謝玄見謝安不再開口，又不好再問，只好告退。

謝玄回到家中，越想越覺得任務艱巨，心裏很不踏實，便託老朋友張玄去拜訪謝安，趁便探明底細。謝安見到張玄，十分高興，拉着他的手問長問短。隨後，邀他到郊外別墅去，與親朋好友歡聚。到別墅的途中，他讓車夫將車簾捲起來，一路上跟張玄談天說地，論古道今，時時發出爽朗的歡笑聲。

當時，京城裏人心惶惶。路人見宰相的神情這樣自如，頓時將恐慌之心消去。一傳十，十傳百，宰相出遊的消息傳揚開來，京城的秩序迅速安定下來。這一天，謝安與大家遊山玩水，飲酒賦詩，直到傍晚，才盡興而歸。

當天夜裏，謝安把將帥們全部召來，進行軍事部署。他一件件、一樁樁仔細交代，明確各人的任務和職責。將帥們見宰相如此鎮定，佈置得如此周密，一個個精神振奮，增強了必勝的信心。

這一仗，由於有精密的謀劃，晉軍官兵同仇敵愾，終於擊敗了十倍於自己的前秦軍。謝玄寫好捷報，派人火速送往建康（今江蘇南京）。捷報送到時，謝安正在跟張玄下棋。他接過信，拆開來看了看，就像沒事一樣把它擱置在一旁，依舊下起棋來。張玄時時牽掛着前線的戰事，急於知道情況，他手裏拿着棋子，眼睛只顧望着謝安，落不下子。停了一會兒，他實在忍不住了，問道：「前線戰事如何？」謝安輕描淡寫說了一句：「孩子們把秦軍打敗了。」勝利的消息迅速傳開了，人們頓時沸騰起來。

客人離開以後，謝安連忙拿過信函，仔仔細細又從頭到尾看了一遍。他抑制不住興奮的心情，急急忙忙往內室走，由於過於激動，跨門檻時不小心折斷了木屐上的齒。

| 出處 |

《晉書 · 謝安傳》：「既罷，還內，過戶限，心喜甚，不覺屐齒之折，其矯情鎮物如此。」

| 例句 |

宋 · 蘇軾《與葉淳老侯敦夫張秉道同相視新河秉道有詩次韻二首》之一：「憐君嗜好更迂闊，得我新詩喜折屐。」

湘妃淚

湘妃，即堯帝的兩個女兒，姐姐叫娥皇，妹妹叫女英，後來都嫁給舜帝為妻。湘妃灑在竹子上的眼淚。比喻傷心的淚水。

禪讓，指古代帝王讓位給別人，如堯讓位給舜，舜讓位給禹。

堯，姓伊祁，名放勛，史稱唐堯，傳說是黃帝的五世孫，居住在西部平陽（今山西臨汾一帶）。堯當上部落聯盟的首領以後，和大家一樣住茅草屋，吃糙米飯，煮野菜作湯；夏天披件粗麻衣，冬天加塊鹿皮禦寒。老百姓擁護他，如愛父母一般。

堯在位七十年，年紀已經很大了，有人推薦他的兒子丹朱繼位，堯認為他的兒子不能勝任，堅決不同意。為了繼承人的問題，堯召開部落聯盟議事會議，大家認為虞舜德才兼備，一致推舉他為繼承人。堯很高興，把自己的兩個女兒娥皇、女英嫁給舜，並且考驗了他三年，才將帝位禪讓給舜。

舜，號有虞氏，傳說是顓頊的七世孫。舜接位後，親自耕田、打魚、製陶，深受大家愛戴。他完善了部落管理制度，對工作進行了分工，大大提高了工作效率。他年老後也仿照堯的樣子召開部落聯盟會議，大家推舉禹來做繼承人。

舜到晚年身體不好，卻依舊到南方各地去巡視，最終病死在蒼梧（今湖南境內）。舜去世以後，娥皇、女英痛不欲生。她倆整日哭泣，淚水灑在竹子上，竹子上都是斑斑淚痕。據說，湘妃竹上的斑點，就是她倆的淚斑；她倆的眼淚，又稱「斑竹淚」。

| 出處 |

晉・張華《博物志》卷八：「堯之二女，舜之二妃，曰湘夫人。舜崩，二妃啼，以涕揮竹，竹盡斑。」

| 例句 |

唐・温庭筠《瑟瑟釵》：「只應七夕回天浪，添作湘妃淚兩行。」

想當然

根據主觀推斷，事情大概或應該是這樣。

漢朝末年的袁紹，汝南汝陽（今河南周口商水）人，出身名門望族。從他的曾祖父起，四代中有五人位居三公，因此有「四世三公」之稱，袁氏的門生故吏遍天下。漢末羣雄割據之時，他先佔據冀州，又先後奪取了青州、并州。公元 199 年，他又擊敗了割據幽州的公孫瓚，勢力達到頂點。

公元 200 年，袁紹率領精兵十萬南下，攻打「挾天子以令諸侯」的曹操。驕橫的袁紹在官渡之戰中被曹操打敗，從此走上了下坡路。

公元 203 年，曹操與兒子曹丕率軍進攻袁紹的老巢鄴城（今河北臨漳）。那時袁紹已經去世，三個兒子離心離德，最終袁譚被殺，袁尚、袁熙逃往遼西烏丸（我國古代北方的一個遊牧民族）。

十八歲的曹丕進入袁府，看到一個美如天仙的少婦，仔細一問，原來是袁紹的兒媳婦——袁紹的二兒子袁熙的老婆甄氏。可憐袁紹再也沒有想到，連自己的兒媳婦都成了曹操兒子曹丕的戰利品。曹操看到甄氏也很滿意，答應了他們的婚事。

這事引起軒然大波，人們對此議論紛紛。孔融知道後寫信給曹操，說甚麼武王滅紂後將妲己賞給周公。曹操雖然博學多才，仍然不知這個典故出於何處。曹操向孔融問起這事，沒想到孔融居然說，根據現在發生的事情推想過去，當年武王當然要把漂亮的妲己賞給周公做老婆，這是「想當然耳」！

這個「想當然」把曹操諷刺得夠厲害，曹操對此耿耿於懷。後來孔融被殺，跟這件事有很大的關係。

|出處|

《後漢書．孔融傳》：「以今度之，想當然耳。」

|例句|

宋．龔頤正《芥隱筆記．殺之三宥之三》：「東坡試刑賞忠厚之至論，其間有云：『皋陶曰殺之三，堯曰宥之三。』梅聖俞以問蘇出何書。答曰：『想當然耳。』」

小時了了，大未必佳

了了：形容聰明懂事；佳：好。年幼時很聰明，長大了未必有出息。

孔融，是東漢末年著名的文學家，為「建安七子」之一。

孔融十歲時，跟隨父親來到洛陽。當時，李元禮的名氣很大，普通人進不了他的家門，在他家進出的，都是才智出眾之士。有一天，孔融來到李元禮的府門，對看門人說：「我是李府君家的親戚，我要去見李府君。」看門人不敢怠慢，連忙進去通報。

孔融進了大廳，李元禮看到他有些奇怪：這是誰家的孩子，說是我的親戚，我怎麼不認識呢？李元禮問道：「你和我是甚麼親戚關係？」孔融振振有詞地說：「我的祖先孔仲尼（孔子）曾經拜您的先人李伯陽（老子）為師，我和您是世家通好的關係。」聽孔融這麼一說，李元禮暗暗稱奇，連聲向賓客誇獎道：「這孩子好聰明。」

大家正說着，太中大夫陳韙來了，大家就把孔融剛才說的話講給他聽。哪知陳韙聽了淡淡一笑，冷冷地說：「別看他小時候聰明，長大了未必有出息。」

孔融馬上回了一句：「想來您小時候一定很聰明。」

一句話就把堂堂的太中大夫給噎住了，頓時面紅耳赤，好半天都沒能說出一句話。

需要注意，單說「小時了了」，是稱讚孩子聰明；如果和「大未必佳」連用，是「小時候聰明，長大了未必有出息」的意思，就沒有稱讚的意味了。

| 出處 |

南朝．宋．劉義慶《世說新語．言語》：「太中大夫陳韙後至，人以其語語之，韙曰：『小時了了，大未必佳。』文舉曰：『想君小時必當了了。』」

| 例句 |

張心陽《崇尚愚蠢》：「有一個孩子在大人面前賣了一個乖，結果就遭到了嘲諷：『小時了了，大未必佳。』這孩子還能說甚麼？」

許由瓢

隱士許由喝水用的瓢。比喻與世無爭。

上古唐堯之時，有個賢人叫許由，他率領許姓部落，在今天潁水流域的登封、許昌、禹州、汝州、長葛、鄢陵一帶自由自在地生活。這一帶後來便是許國的封地，他也成為許姓的始祖。

許由學問淵博，品德高尚，遠遠近近的人都知道他的大名。唐堯知道許由的道德聲望，想請許由入朝為官，許由得到消息，連忙逃跑，使者到了那裏，不見他的蹤影。唐堯派人找他的次數多了，他就索性遠離族人獨居在箕山，遠離世間喧囂，不問人間煩擾事。

後來唐堯覺得自己年事已高，決定把天下讓給許由。使者在箕山找到了他，他卻堅決不肯答應。使者離開以後，許由覺得聽到的話太污濁，趕緊跑到水邊清洗耳朵。

他在山中日出而作，日落而息，過着自耕自食的生活。有一天，他看見一位農夫正在耕地，高興地說：「這裏是牛壯田肥之地。」以後這裏便被稱為牛田村，牛田村至今仍在。

許由的生活十分簡樸，夏天住在巢裏，冬天住進山洞；餓了在山上採點野果野菜充飢，渴了在河邊飲水。許由的住處沒有甚麼器具，喝水時用雙手捧水。有人送給他一個飲水用的瓢，喝完水他就把瓢掛在樹上，大風吹來樹枝搖擺不定，那瓢便跟樹幹相撞發出聲響，許由聽了覺得心煩，把它從樹上取下來砸毀。

許由去世後，人們把他埋葬在箕山之巔，為了紀念他，人們又把箕山叫做許由山。

|出處|

漢・蔡邕《琴操・箕山操》:「人見其無器,以一瓢遺之,由操飲畢,以瓢掛樹,風吹樹動,歷歷有聲,由以為煩擾,遂取損之。」

|例句|

劉時中《南呂・四塊玉》:「衣紫袍,居黃閣,九鼎沉似許由瓢,甘美無味教人笑。」

言必信行必果

說話一定要守信用,做事一定要果斷。

在孔子的七十二弟子中,子貢最為勤學好問。《論語》中記述孔子與弟子答問,子貢的最多。後世一般認為,孔子的名聲之所以能夠傳揚天下,子貢的大力傳播功不可沒。

有一天,子貢問孔子:「甚麼樣的人可以稱作『士』?」

孔子說:「要用羞恥之心來約束自己的言行,出使各國不辱使命,這樣的人可以叫做『士』。」

子貢又問:「那次一等的呢?」

孔子說:「宗族裏的人稱讚他孝敬父母,鄉里人稱讚他尊敬兄長。這樣的人也可以稱作『士』。」

子貢接着問:「請問再次一等的。」

孔子說:「說話一定要守信用,做事一定要果斷。這種人是不管別人怎麼樣、只管自己貫徹執行的人，但也可以說是再次一等的『士』了。」

子貢繼續問道：「現在那些做官的怎麼樣？」

孔子說：「咳，那些人見聞不廣、氣量狹小，算是甚麼東西！」

出處

《論語・子路》：「言必信，行必果，硜硜然小人哉。」

例句

吳非《發誓不是打噴嚏》：「真要立誓言，當知要言必信，行必果，應是牢記一輩子的。」

掩鼻計

教人遮住鼻子。比喻因嫉妒而陷害別人的毒計。

戰國時，魏王為了跟楚王交好，給楚王送去一個美女。這個美人又年輕又漂亮，楚王非常寵愛她。楚王的寵姬鄭袖恨得直咬牙，但表面上也裝出喜歡這個美人的樣子。她把自己的好衣裳送給美人穿，把自己的好佩飾送給美人戴，楚王看到了非常高興，說：「夫人知道我寵愛新來的美人，她便也寵愛這位美人，臣下侍奉君主，就要像夫人這樣。」

過了一段時間，鄭袖知道楚王已經不懷疑自己嫉妒，便對那位美人說：「大王非常寵愛你，但是不太喜歡你的鼻子，你要是經常捂住自己的鼻子，掩蓋自己的缺陷，大王就會長久地喜歡你。」美人信以為真，每當楚王來到，就把自己的鼻子捂住。

有一天，楚王對鄭袖說：「新來的美人經常捂住鼻子，不知是怎麼回事。」

鄭袖「哦」了一聲，欲言又止。楚王再三追問，她才吞吞吐吐地說：「前些天聽美人說，她討厭大王的體臭。」

楚王聽了勃然大怒，對侍從說：「把美人的鼻子割掉！」美人的鼻子被割掉了，鄭袖總算除去了威脅自己地位的勁敵。

|出處|

《戰國策‧楚策》。

|例句|

唐‧韓偓《故都》：「掩鼻計成終不覺，馮驩無路教鳴雞。」

雁書

大雁帶來的書信。指書信。

公元前200年，漢高祖劉邦在白登（今山西大同東北）被匈奴騎兵圍困七天七夜，好不容易施計逃脫，以後漢朝對匈奴實行「和親政策」，希望得以休養生息。然而匈奴對此並不滿足，不時出兵侵擾漢朝邊境。

公元前101年，匈奴且鞮侯單于即位，他怕漢朝乘機攻打，將扣押的漢朝使者全部放回。漢武帝為了表示友好，派遣蘇武率領一百多人，帶了許多財物，出使匈奴。

蘇武完成了任務準備返回之時，匈奴上層發生了內亂，蘇武一行受到牽連，被匈奴單于扣留下來。為了讓蘇武投降，單于軟硬兼施，威脅利誘，蘇武始終都不屈服。

單于既不忍心殺害蘇武，又不想讓他返回自己的國家，於是決定把蘇武流放到北海（今西伯利亞的貝加爾湖一帶），讓他去牧羊。臨行前，單于對蘇武說：「甚麼時候公羊生了羊羔，我就讓你回去。」到了北海，荒蕪一人，陪伴蘇武的只有代表使者身份的符節和一羣公羊。

蘇武在北海牧羊十九年，當初下命令囚禁他的匈奴單于已去世了，漢武帝也離開了人世。新單于打算與漢朝和好，雙方的關係漸漸改善。漢昭帝準備把蘇武接回自己的國家，匈奴人卻謊稱蘇武已經去世。

後來，漢朝使者到了匈奴地區，終於得知蘇武依然健在，使者對匈奴人說，漢朝的天子在上林苑中射到一隻大雁，雁的腳上繫着帛書，帛書上清楚地寫着蘇武在北方沼澤之中。

單于聽了大驚失色，只好答應將蘇武送還。蘇武去時帶領着一百多人，返回時只有九人跟着他回到中原。

|出處|

《漢書・蘇武傳》：「後漢使復至匈奴，常惠請其守者與俱，得夜見漢使，具自陳道。教使者謂單于，言天子射上林中，得雁，足有繫帛書，言武等在某澤中。」

|例句|

清・李漁《蜃中樓・傳書》：「雁書寄到君前，我倩誰憐。」

燕雀安知鴻鵠之志

燕雀：小鳥；安：哪裏；鴻鵠：天鵝。小鳥哪能知道天鵝的志向。比喻見識短淺的人哪裏知道英雄人物的雄心壯志。

秦始皇統一中國以後，實行嚴刑峻法：一人犯死罪，親族都要被處死，叫做「族誅」；一家犯法，鄰里都要受牽連，叫做「連坐」。貪暴官吏對百姓任意施刑，人們動輒得咎，再加賦稅、徭役繁重，弄得民不聊生。到了秦二世時，專制統治更加殘暴，人們生活在水深火熱之中，農民起義的烈火一觸即發。

陽城（今河南商水）有個人名叫陳勝，年輕時曾經跟別人一起受僱傭給有錢人家種地。他對朝廷對老百姓的壓迫和剝削很不滿，決心改變自己目前的社會地位。有一天，他放下農活到田埂上休息，因失望而感歎了好久，對同伴們說道：「如果將來誰富貴了，不要互相忘記。」

他的同伴「嘻嘻」笑了起來，譏笑他道：「你跟我們一樣，是個被僱傭耕地的人，怎麼可能富貴呢？」

陳勝長長地歎了一口氣，說：「唉，燕雀怎麼可能知道天鵝的凌雲壯志呢！」

公元前209年秋，陳勝與吳廣率領戍卒發動農民起義，建立了中國歷史上第一個農民政權。陳勝、吳廣起義前後共六個月，從根本上沉重地打擊了秦朝的腐朽統治。公元前206年冬，秦王朝終於被推翻。

|出處|

《史記．陳涉世家》：「陳涉太息曰：『嗟乎，燕雀安知鴻鵠之志哉！』」

|例句|

明．羅貫中《三國演義》：「操曰：『燕雀安知鴻鵠之志』哉！汝既拏（同「拿」）住我，便當解去請賞，何必多問！」

燕然功

燕然：古山名，即今蒙古人民共和國境內的杭愛山。比喻在邊塞立下巨大戰功。

東漢的竇憲，說忠誠，不忠誠；說人品，沒人品，可是他在邊塞立下的大功，仍然被人們銘記。

竇憲能平步青雲，全靠他的妹妹。公元78年，他的妹妹被立為皇后，竇憲得以為郎，後來步步高升，擔任了侍中、虎賁中郎將。他的弟弟竇篤也身居要職，擔任黃門侍郎。兄弟二人蒙受皇恩，氣焰日盛。竇憲甚至低價強買沁水公主的莊園，公主不敢跟他相爭。後來漢章帝知道了這件事，對他痛加責備，要他把莊園還給沁水公主。從此以後，漢章帝不再授予他重權。

和帝即位以後，太后臨朝稱制，念及兄妹之情，竇憲被重新重用。都鄉侯劉暢來弔景帝之喪，被太后數次召見，竇憲怕劉暢分了他的權，派遣刺客將劉暢殺害。後來真相敗露，太后盛怒之下把竇憲禁閉於內宮。

竇憲生怕太后殺了他，請求領兵出擊匈奴以贖死罪。當時正好南匈奴請求漢朝出兵討伐北匈奴，朝廷便任命竇憲為車騎將軍，領兵出征。

第二年，竇憲命副校尉閻盤、司馬耿夔等率精兵一萬多人，與北單于在稽落山(今蒙古境內杭愛山)作戰，大破匈奴軍。匈奴軍四散潰逃，單于逃走。竇憲領兵乘勝追擊，一直追到私渠比鞮海(烏布蘇諾爾湖)。這次戰役，斬殺匈奴軍一萬三千多人，俘獲馬、牛、羊、駝百餘萬頭，前來投降者前後二十多萬。竇憲登上燕然山，刻石記敍功勛。

竇憲在歷史上留下種種劣跡，因而備受貶責，但是，他所奠定的中國北疆新格局，是中華民族融合進程中的一環，竇憲的歷史功績也是不應抹殺的。

|出處|

《後漢書．竇憲傳》：「與北單于戰於稽落山，大破之。虜眾崩潰，單于遁走……遂登燕然山，去塞三千餘里，刻石勒功，紀漢威德。」

|例句|

宋．趙汝鐩《上馬曲》：「精神如熊氣如虹，夢寐思勒燕然功。」

野叟獻曝

野叟：鄉下的農夫；曝：曬太陽。鄉下的農夫把曬太陽取暖的辦法獻給國君。比喻所獻菲薄。用作謙辭。

從前，宋國有一個農夫，一年到頭在田裏勞作。他的要求不高，只希望通過自己的辛勤勞動，一年到頭能夠吃飽肚子，冬季裏穿得暖暖和和的就行。就這麼個要求，農夫也實現不了。到了冬季，一家人只能穿着用亂麻作絮的薄薄的冬衣禦寒。

有一天，晴空萬里，太陽當頭，他穿着冬衣曬太陽，暖暖和和的真舒服。他把妻子和孩子都叫出來，一家人一起曬太陽，享受這份難得的舒適。

突然間，他喃喃自言自語：「這個取暖的方法真好，我們的國君知不知道這個取暖的方法？」他一本正經地對妻子說：「曬太陽取暖的方法，大概沒有甚麼人知道，我把這個取暖的方法獻給國君，一定能夠得到國君重賞。」

這個農夫不知道天下有高大寬敞的宮室，不知道天下還有狐皮大衣，只知道曬太陽取暖，真是太可笑了。

|出處|

《列子．楊朱》。

|例句|

季羨林《自傳》：「我想到這樣平凡的真理，不敢自祕，便寫了出來，其意不過如野叟獻曝而已。」

一動不如一靜

做沒有把握的事還不如不做。指多一事不如少一事。

杭州靈隱寺前面的飛來峯，有許多美麗的傳說。

有一天，濟顛和尚突然心血來潮，掐指一算，知道有座山峯將要飛到一座村莊那裏。

不好了，一座山飛來要壓死多少無辜村民啊！濟顛飛快地跑到那座村莊，要那裏的人們趕快離開。村民都知道濟顛和尚瘋瘋癲癲的，不知道這次又要弄出甚麼新花樣，所以沒有人聽他的話。濟顛和尚急中生智，衝進一家娶親的人家，背起新娘就跑。村裏人急了，全都跑了出來追趕，等到大家都跑到了村外，只聽「轟隆隆」一陣巨響，一座山峯落在村莊上，哎呀，好險啊！後來，人們把這座突然飛來的山峯叫飛來峯。

這座山峯是從哪裏飛來的呢？又有一個傳說。飛來峯本是天竺（古印度）的靈鷲山，從天竺飛到了這裏。東晉咸和初年，印度和尚慧理雲遊到此，看到這座嶙峋的石山，感到十分奇怪，說道：「這座山是天竺的靈鷲山，不知怎麼會飛到這裏來！」以後，他就在這裏建造了靈隱寺，寺院前面的這座山便被稱為飛來峯。

南宋時，宋孝宗到西湖遊玩，看到靈隱寺那裏的飛來峯，就問隨行的和尚僧端：「飛來峯既然是飛來的，為甚麼不再飛走呢？」

僧端煞是機靈，跟皇上打起佛家機鋒，回答道：「一動不如一靜。」

|出處|

宋・張端義《貴耳集》:「孝宗幸天竺及靈隱,有僧輝相隨。見飛來峯,問輝曰:『既是飛來,如何不飛去?』對曰:『一動不如一靜。』」

|例句|

清・曹雪芹《紅樓夢》第五十七回:「一動不如一靜,我們這裏就算好人家,別的都容易,最難得的是從小兒一處長大,脾氣情性都彼此知道的了。」

一飯千金

飢餓難忍時別人給自己吃了一頓飯,日後自己發達了當以千金相報。比喻貧困時受到別人資助,發達後重謝予以報答。

秦末漢初,有位叱咤風雲的人物,他就是幫助漢高祖劉邦打下天下的韓信。說起韓信,人們不禁想起他的英雄膽略、足智多謀,可是他年輕的時候,也曾是個遊手好閒的小混混。

韓信少年喪父,家境貧困,可是他既不肯種田幹活,又不會做買賣,成天在外面遊蕩。好在母親疼愛他,情願自己餓肚子,也要省給他吃,他也就這麼混下去。

老娘不能管韓信一輩子,年老的母親終於撒手人寰。母親一死,沒了管束,韓信更是整天東遊西蕩,肚子餓了就到處混飯吃。

當地的亭長和他有過來往,他便經常到亭長家蹭飯。亭長的家人對韓信十分嫌棄，可是他還是厚着臉皮到亭長家混吃混喝。

有一天，快要吃飯的時候，韓信又來到亭長家。亭長已經跟妻子說好，讓妻子早早吃好飯，自己故意躲出去，待韓信來了，看他怎麼辦！

韓信進了門，有一句沒一句地跟亭長的妻子搭話，亭長的妻子不但不理睬他，還時不時地指桑罵槐說些難聽話。

過了很長時間，不見亭長回來，也不見亭長家人開飯。韓信突然明白過來，人家是討厭自己呀，故意讓自己餓肚子，自己還傻乎乎地待在這裏乾等！韓信憤憤地離開了，發誓再也不進亭長的家門。

韓信無處可去，只好到淮水邊釣魚。能釣到魚就再好不過了，好歹也能用牠來充飢，可是他不會釣魚，幾天下來沒釣到幾尾。韓信餓壞了，臉色蒼白，渾身乏力。

有個老婆婆，以洗紗為生。看到韓信可憐的樣子，就把自己的飯分一半給韓信吃。一連好幾天都是如此，韓信對她十分感激。

有一天，韓信吃完飯，對婆婆說道：「婆婆這麼關心我，我一定銘記於心。等我發達以後，一定好好報答您。」

婆婆不領他的情，教訓他道：「你連飯都混不上，算甚麼男子漢！我是看你可憐才給你飯吃，哪裏指望你來報答。」

韓信聽了羞愧萬分，決心洗心革面發憤努力，一定要成就一番事業，出人頭地。

不久，他到起義軍首領項梁那裏從軍，項梁死後便跟隨項羽，最後他投靠了劉邦，為劉邦奪取天下立下赫赫戰功。

韓信被封為楚王以後，不忘婆婆的恩德。他找到了婆婆，賞給婆婆千金作為報答。他又找到了亭長，賞給亭長小錢一百，說：「你做好事沒能做到底，是個被人看不起的小人。」

|出處|

《史記·淮陰侯列傳》。

|例句|

明·湯顯祖《牡丹亭》第四十九齣：「太史公表他，淮安府祭他，甫能勾一飯千金價。」

一客不煩二主

一個客人不去麻煩兩個主家。指只麻煩一家，不去麻煩第二家。

這個詞語宋代已經有了，但是，更為人熟知的是《西遊記》裏的故事。

悟空自從殺了混世魔王，奪了一口大刀，每天帶領猴子操演武藝。悟空覺得武器不稱手，便到龍宮尋找武器。

龍王初次見到悟空，不好推辭，就叫鱖都司拿出了一把大杆刀。悟空見大杆刀輕飄飄的，請龍王另找一件。

龍王又叫人抬出一把九股鋼叉。悟空見九股鋼叉像點樣子了，拿起鋼叉練了一趟，說：「輕，輕，輕！還是不合手！再求您另找一件。」龍王見悟空還是覺得輕，笑着說：「上仙，這叉有三千六百斤重呢！」悟空說：「不合手！不合手！」龍王只好叫人抬出來一把畫杆方天戟。

這畫杆方天戟有七千二百斤重。悟空拿起戟比劃了兩下，把戟往地上一戳，說：「還是輕，還是輕！」老龍王見他還覺得輕，不免害怕起來，說：「上仙，我的宮裏這根戟最重，再沒別的甚麼兵器了。」悟空笑笑說：「古人說：愁誰也不愁海龍王沒寶啊！你再去找找。」老龍王非常為難，搖搖頭說：「實在是沒有了。」

他們倆正說着話，龍婆和龍女從後面走了出來，對龍王說：「大王，咱們海底寶藏中，那塊天河定底的神珍鐵，這幾天霞光四射，該派上用場了！」悟空道：「拿出來我看。」龍王搖手道：「扛不動，抬不動！須上仙親去看看。」

龍王引導悟空前往，忽見金光萬道，龍王說：「那放光的便是。」悟空定睛一看，是一根鐵柱子，約有斗來粗，長二丈有餘。他上前摸了一把，說：「太粗太長了，再短細些方可用。」話音剛落，那寶貝就短了幾尺，細了一圍。悟空拿起又顛一顛道：「再細些更好。」那寶貝果真又細了幾分。悟空拿起仔細一看，原來兩頭是兩個金箍，中間一段烏鐵，緊挨箍有鐫成的一行字：「如意金箍棒重一萬三千六百斤。」悟空一邊走，一邊說：「再短細些更妙！」拿出外面，只有丈二長短，碗口粗細。

悟空得了金箍棒，又要龍王送他一副披掛。龍王說沒有，悟空說：「一客不煩二主，若沒有，我也定不出此門。」龍王沒有辦法，只好請來自己的兄弟，大家湊了一副披掛給他。這樣，才算把他送出門。

|出處|

宋・釋惟白《續傳燈錄》：「一鶴不棲雙木，一客不煩兩家。」

|例句|

明・吳承恩《西遊記》：「一客不煩二主，若沒有，我也定不出此門。」

一人得道，雞犬升天

一個人得道成仙，連雞狗也跟着飛升仙境。比喻一人做官或得勢，跟他有關係的人也跟着沾光。

淮南王劉安是漢高祖劉邦的親孫子，可謂一人之下，萬人之上。這個王爺與眾不同，既不好好做官，也不好好享福，一心迷戀於煉製仙丹。

要想掌握煉丹之術並非易事，淮南王煉丹久久不成。他於心不甘，下重金招募道術之士。消息一經傳出，道術之士趨之若鶩，紛紛來到淮南王府。淮南王虛心向他們請教，不斷改變煉丹的配方，日子一天天過去，仙丹仍然沒能煉成。

有一天，來了八個老態龍鍾的老人。門吏見他們連路都走不穩，不給他們通報。一位老者笑了笑說：「既然府上不喜歡老人，我們就變年輕些吧。」話音剛落，八位老人變成了八個英俊的小伙子。

門吏見狀大吃一驚，連忙跑進去向王爺稟報。劉安聞報大喜過望，真是踏破鐵鞋無覓處，得來全不費工夫，多年來尋覓高人沒能找到，現在他們自己來到了門前。他連忙迎出去，將八位老者請入府內。

八位老者果然神通廣大，能夠騰雲駕霧、呼風喚雨。他們在劉安面前略略施展些許本領，就把個淮南王佩服得五體投地。他們又把煉丹之術傳授給劉安，要他專心煉製仙丹。

仙丹終於煉製成功。他將全家人喊來，要他們跟着自己一起將仙丹吞服下去。不一會兒，全家人都飄了起來，身子越飄越高，升天而去。

淮南王府內，煉丹爐還在那裏，爐壁四周的地上散落着一些靈藥。王府裏的雞、狗吃了這些藥，也跟着飛上了天。

|出處|

漢・王充《論衡・道虛》：「王遂得道，舉家升天，畜產皆仙，犬吠於天上，雞鳴於雲中。」

|例句|

姚雪垠《李自成》第一卷第九章：「照他手下人的說法，這就是俗話所說的，『朝中有人好做官』，『一人得道，雞犬升天』。」

一失足成千古恨

失足：比喻犯錯誤。犯下一次錯誤成為終身的遺恨。

說起明代的詩文，有「江南四才子」：唐寅、祝允明、文徵明、徐禎卿，唐寅名列首位。唐寅的畫也畫得好，與沈周、文徵明、仇英並稱「吳門四家」。他的一些風流韻事被編成故事在民間流傳，人們津津樂道，「唐伯虎點秋香」就是其中一個故事。

唐寅，字伯虎，玩世不恭而又才氣橫溢。十六歲那年，考得秀才第一名，整個蘇州城為之轟動。二十多歲時家裏連遭不幸，父母、妻子、妹妹相繼去世，家境一天天衰敗。這時候，他已是心灰意冷，多虧好友祝允明耐心規勸，唐寅這才捧起書本潛心攻讀。二十九歲那年，唐寅參加應天府鄉試，考得第一名「解元」，又一次風光蘇州城，可謂鵬程萬里。

天有不測風雲，唐寅三十歲時赴京參加會試，卻受到考場舞弊案的牽連，被捕入獄。後來唐寅被釋放，謫（官吏降職）往浙江為小吏，他以之為恥，沒有前去赴任。唐寅對此無限感歎，說：「一失足成千古笑，再回頭是百年人。」

後來人們把它改為「一失足成千古恨」，表示犯下一次錯誤成為終身的遺恨。

| 出處 |

明・楊儀《明良記》：「唐解元寅既廢棄，詩云：『一失足成千古笑，再回頭是百年人。』」

| 例句 |

清・吳趼人《二十年目睹之怪現狀》第八十九回：「古人說的：『一失足成千古恨，再回頭是百年身。』我也明知道對不住人，但是叫我也無法補救。」

一蟹不如一蟹

比喻一個不如一個。

艾子有個孫兒，年紀在十歲左右，十分頑劣，不肯讀書。也是「盼孫成龍」的緣故吧，艾子經常用棍棒教訓孫兒。艾子的兒子只有這麼一個寶貝，看到之後非常心疼，更加擔心父親一不小心失手把孩子打死，每當艾子責罰孫子時他就哭着求饒。艾子見了更加來氣，吼道：「我這是在替你教訓兒子，這難道不行嗎！」於是下手更狠，打得更加厲害。

一天早晨，下起了大雪。孫兒看着漫天雪花，忍不住到雪地裏亂跑，捏了雪球到處扔。艾子看到孫子這副調皮樣，一肚子的氣，暗暗想道：臭小子，你不是不讓我打孫子嗎，今天我就不打，用別的法子來懲治他。

艾子一聲斷喝，孫子給嚇呆了，站在原地不敢動。艾子大步上前，把孫子摁（用手按壓）在雪地上，將他的衣裳扒得精光，讓他跪在雪地裏。

他的兒子看到了，不敢說求饒的話，也把自己的衣服全部脫掉，跪在兒子旁邊。

艾子丈二和尚摸不着頭腦，問道：「你為甚麼這樣？」

兒子的回答讓他哭笑不得：「你不是讓我的兒子受凍嗎，我就讓你的兒子受凍！」

艾子聽了這話，恨得直跺腳。生了這麼個兒子，有甚麼辦法！他只好把孫子給放了。

有一天，艾子到海邊去，看到一種有四對腿、一對螯的小動物在沙地上爬，於是問當地人：「這是甚麼？」當地人告訴他：「這是蝤蛑。」

他又看到一種比蝤蛑小的動物，又問當地人：「這是甚麼？」當地人告訴他：「這是螃蟹。」

又過了一會兒，看到一種樣子差不多、個頭更小的動物，問道：「這也是螃蟹？」當地人告訴他：「對，牠叫�蚏。」

艾子心有感觸，說：「唉，這真是一蟹不如一蟹！」

|出處|

宋・蘇軾《艾子雜說》：「艾子行於海上，初見蝤蛑，繼見螃蟹及彭越，形皆相似而體越小，因歎曰：『何一蟹不如一蟹也？』」

|例句|

金・王若虛《文辨二》：「晏殊以為柳勝韓，李淑又謂劉勝柳，所謂一蟹不如一蟹。」

一字千金

能增刪文中一個字，賞予千金。比喻詩文寫得很好，價值很高。

戰國末年，大商人呂不韋在趙國邯鄲遇到了充當人質的秦王的孫子異人。異人既不是太子的長子，也不受寵愛，當年趙國要人質，這個倒霉的差事便落到了異人頭上。呂不韋知道異人的身世後，認為奇貨可居，決定以異人為籌碼，做一場豪賭。他花費了許多錢財，想了許多辦法，不僅讓異人回到秦國，還當上了秦國國君，他便是秦莊襄王。

異人登上秦王的寶座以後，為了報答呂不韋，讓呂不韋當丞相。秦莊襄王去世後，年幼的秦王政繼位，他仍以呂不韋為丞相，並尊他為「仲父」。

從一個商人變成一人之下、萬人之上的丞相，這場豪賭他當然賭贏了。可是，在那個年代，商人被人瞧不起，如今雖說當上了丞相，朝廷中的百官嘴上不敢說甚麼，心裏卻很不服氣。

戰國時期，四公子的名頭很響，呂不韋跟他們相比，實在相差太遠。那時候，有錢有勢的人喜歡把一些有才能的人養在家裏，以便隨時為自己服務，這種依靠權貴生活的人叫「門客」。門客越多，主子的名頭也越響。當時，四公子的門客多達三千人。

為了提高自己的政治地位，呂不韋也養了三千門客。光有門客還不夠，必須讓他們為自己做些事才行。他左思右想，決定讓門客們寫一部書，這樣既能揚名，又能垂範後世。

三千門客一齊動手，很快就把書寫好了。這部書分十二「紀」、八「覽」、六「論」三大部分，共一百六十篇、二十多萬字。內容包括天文地理、風土人情、古今治亂的道理等等，真是應有盡有，洋洋大觀。呂不韋看了非常高興，給這部書取了個名字，叫做《呂氏春秋》。

書寫好了，怎樣才能使它名揚四海呢？呂不韋又想出了好辦法。他把這部書放在咸陽公開展覽，從國內、國外請了許多知名人士來參觀，並在書旁堆放着千金，公開宣佈：「誰要是能增加或刪去書中的一個字，書旁的千金就賞給他。」時間一天天過去了，居然沒有一個人來改一個字。

實際上，這部書並不是完善到不能改動一個字的地步，只不過呂不韋是權勢顯赫的丞相，大家都知道他是想藉這部書來揚名，誰還有這麼大的膽子，敢來改動它呢！

| 出處 |

《史記．呂不韋列傳》：「布咸陽市門，懸千金其上，延諸侯遊士賓客有能增損一字者，予千金。」

| 例句 |

南朝．梁．鍾嶸《詩品》卷上：「文溫以麗，意悲而遠，驚心動魄，可謂幾乎一字千金。」

倚馬可待

倚在馬前起草，別人可以在一旁等待文書完稿。形容才思敏捷，寫作詩文極快。

袁宏，小名袁虎，是晉代著名的文學家。袁宏所撰《後漢紀》、《三國明臣贊》，現在仍然流傳於世。

袁宏年少時家境貧困，年輕時以給別人運貨為生。有一天，鎮守在牛渚（今安徽採石）的謝尚，換上便服，帶着隨從，趁着月色乘舟遊玩。

忽然，謝尚聽到有人在運糧船上詠詩，詩的內容、詞藻都很好，只是自己從來沒有讀過。他派人前去打聽，才知道是運夫袁宏在詠詩，所詠之詩，為袁宏自作。謝尚聽了隨從稟告，連忙命人邀請袁宏到自己船上，一直交談到天明。從此以後，袁宏便出了名。

袁宏先在謝尚那裏做參軍，後來做了大將軍桓溫的記室。桓溫率軍北伐，袁宏跟隨出征。那時候，他因獲罪被免去了官職。有一天，正巧要一份緊急文書，桓溫把袁宏叫到面前，要他倚在馬前起草。不一會兒，他便寫好了，共有七張紙。桓溫拿起來一看，寫得有條有理，表達得非常清楚。

後來袁宏擔任東陽（今浙江金華）郡守，許多人為他送行。臨別時，謝石送給他一把扇子。袁宏真是七竅玲瓏，接過扇子，朗聲說道：「謝謝大人一番美意。下官到了任所，一定發揚仁愛之風，撫愛百姓。」話音方落，便贏得一片讚歎聲。

|出處|

南朝·宋·劉義慶《世說新語·文學》:「桓宣武北征，袁虎時從，被責免官，會須露布文，喚袁倚馬前令作，手不輟(停止)筆，俄得七紙，殊可觀。」

|例句|

唐·李白《與韓荊州書》:「請日試萬言，倚馬可待。」

倚門倚閭

閭：里巷的門。倚着自家大門、倚着里巷的門盼望親人回家。形容盼望親人歸來的殷切心情。

要說「倚門倚閭」，就要先說「淖齒亂齊」。

春秋的一段時期，齊國非常強大，經常攻打燕國。齊軍屢戰屢勝，蠶食了燕國大片土地。後來燕昭王築招賢台廣納人才，樂毅等一批賢才來到了燕國，燕昭王讓樂毅主持朝政，燕國國力日益強盛。

齊湣王自從攻打宋國殺死了宋王以後，日益驕橫。衛、魯、鄒三國害怕齊國攻伐，紛紛向齊湣王稱臣。齊湣王又把目光轉向燕國，謀劃發動新的進攻。燕昭王採取了樂毅提出的策略，聯合了秦、魏、韓、趙四國，共同起兵攻打齊國。齊軍畢竟不是各國聯軍的對手，被打得大敗。

這時候楚王動起了歪腦筋，以援救齊國為名，讓淖齒率領軍隊進入齊國境內。淖齒並不是真心救齊，只是想和別國一起瓜分齊國的土地。傻乎乎的齊王對淖齒感恩戴德，反而被淖齒殺死。這段歷史被稱作「淖齒亂齊」。

齊王的宗族王孫賈，十五歲就做了齊王的侍衛。他母親只有這麼一個兒子，對他百般呵護。王孫賈長大以後每當入朝，母親總要再三叮囑他早些回來。如果他回家晚了，母親會焦急地倚着大門等着他回來；要是他有事徹夜未歸，母親便會倚在巷口焦急地等待。

發生動亂的那一天，可巧王孫賈不在齊王身邊；動亂發生後，王孫賈四處尋找齊王，不見齊王蹤影。後來聽說齊王已經出逃，他怕母親着急，便返回家中。

母親見到他，首先問起的是齊王的消息。王孫賈說找不到齊王，母親一下子就變了臉色。母親嚴厲地訓斥他：「你是大王的侍衛，竟然不知道大王在哪裏，找不到大王，你還有臉回來！」母親的訓斥令他無地自容，他馬上轉身跑了出去。王孫賈到處詢問，才知道齊湣王已被淖齒殺害。

王孫賈怒不可遏，高聲喊道：「淖齒這個混蛋，你就以為齊國沒有忠臣了嗎！有願意跟我去誅殺淖齒的，就捲起袖子露出右臂。」隨着他的一聲呼喊，立即有四百多人露出右臂。他們奮力攻打淖齒的住處，將淖齒亂刀砍死。

王孫賈又讓大家分頭尋找齊湣王的兒子法章，費了好大的勁終於將他找到。大臣們一致同意由法章繼位，齊國終於得以保全。

| 出處 |

《戰國策・齊策六》：「女（汝）朝出而晚來，則我倚門而望；女（汝）暮出而不還，則吾倚閭而望。」

| 例句 |

明・程登吉《幼學瓊林》：「慈母望子，倚門倚閭；遊子思親，陟岵陟屺。」

薏苡明珠

薏苡：一種多年生草本植物，果實可入藥。進讒的人將薏米說成了明珠。比喻被人誣蠛，蒙受冤屈。

東漢名將馬援，平定了邊陲的動亂，被朝廷封為伏波將軍。回到京師後大家向他祝賀，馬援豪邁地對人說：「眼下匈奴、烏桓還在侵擾北部邊疆，我想請求皇上再讓我領兵跟敵人好好打一仗。男兒應當戰死於邊疆的沙場，用馬革包裹着屍體而還，哪能舒舒服服地躺在牀上，最終老死在妻子兒女的身旁！」這便是「馬革裹屍」的出處。

西漢末年，天下大亂，馬援先後投奔過王莽、隗囂，最後歸順光武帝劉秀。馬援為東漢王朝立下了赫赫戰功，給後人留下不少動人的故事。「堆米為山」和「薏苡明珠」跟「馬革裹屍」一樣，千古流傳。

公元 32 年，光武帝劉秀親自領兵攻打隗囂。大軍到了漆縣（今陝西彬縣），因為不明敵情停止前進。不少將領認為，眼下不宜深入險阻之地。光武帝猶豫不決，決心難下。就在這關鍵時刻，馬援奉命趕到。光武帝大喜，連夜召見了他。馬援認為，隗囂部眾已經分崩離析，目前發動進攻定能大獲全勝。

馬援找來大米，堆成山陵山谷，指點着地形，向光武帝說明應當從哪裏發動進攻，應當如何作戰。聽完他的分析，光武帝非常高興，說：「敵人的情況已經完全顯現在我的眼前，這一仗一定能取勝。」

戰鬥開始後，漢軍摧枯拉朽，將敵人徹底擊潰，隗囂倉皇逃竄，他的十三員大將和十餘萬部眾全部投降。

當初，馬援南征交趾（古地名，泛指五嶺以南地區）時，常吃一種名叫「薏苡（一種多年生植物，果實俗稱「藥王米」）」的果實。這種果實能驅寒，避瘴氣，赴南方作戰的將士免不了經常食用。班師回京時，馬援帶回來滿滿一車，一則打算自己食用，一則準備做種。沒料想有人看到這鼓鼓囊囊的一車東西，便以小人之心度君子之腹，說馬援從南方擄掠了一車珍珠帶回。這件事一傳十，十傳百，沸沸揚揚地傳遍京城。

馬援剛剛去世，馬武、侯昱便上書給光武帝，說當年馬援在南方征戰，曾經搜刮一車珍寶帶回京師；只因當年馬援受寵，所以沒有上奏給光武帝。光武帝聞報大怒，下令嚴加追查。

馬援的妻兒不知馬援身犯何罪，只得將馬援草草埋葬。辦完了喪事，馬援的家人用草繩自縛，到朝廷請罪。光武帝把馬武、侯昱的奏章拿給他們看，馬援的家人這才知道蒙受了天大的冤屈。真相大白以後，光武帝讓馬援的家人將馬援重新安葬。

|出處|

《後漢書．馬援傳》:「南方薏苡實大。援欲以為種，軍還，載之一車。……及卒後，有上書譖之者，以為前所載還，皆明珠文犀。」

|例句|

清．朱彝尊《酬洪昇》:「梧桐夜雨詞淒絕，薏苡明珠謗偶然。」

郢書燕說

書：寫；說：解說。郢人寫信時寫錯了字，燕人讀信時妄加解說。比喻穿鑿附會，曲解原意。

戰國時，楚國郢地有個人跟燕國國相是老朋友。有一天，這人打算給燕國國相寫封信，敍敍自己的近況，抒發對老朋友的思念之情。

由於寫信的時候是晚上，這人便讓僕人拿着蠟燭給他照明。僕人蠟燭拿得太低，寫信時寫字看不清，他便對僕人說：「舉燭（把蠟燭舉高些）。」他嘴上說「舉燭」，寫信時誤把「舉燭」二字也寫了上去，「舉燭」二字並不是他要表達的意思。

燕國國相看了來信，弄不懂「舉燭」二字在這裏是甚麼意思。費了好一番思量，終於揣摩出「舉燭」二字的含義。他自言自語地說：「所謂『舉燭』，就是要崇尚光明的意思；所謂『崇尚光明』，就是要推舉、任用賢才。」

他越想越覺得「舉燭」二字含義深刻，就把這意思說給燕王聽，燕王聽了也非常高興，決定朝廷上下舉薦、任用賢才。從此以後，燕國得以安定、強盛。

出處

《韓非子・外儲說左上》。

例句

清・王琦《〈李太白全集〉序》：「自唸徵經引史，亦不免郢書燕說之誤，或失作者命意修辭之意。」

詠絮才

用柳絮隨風飄揚來比喻雪花紛飛的文才。比喻女子的好文才。

東晉的王、謝兩家，是當時最有聲望的豪門世族，而才女謝道韞，就是他們兩家的人。她是謝家安西將軍謝奕的女兒，是書聖王羲之的兒媳。她的丈夫是王羲之的二子王凝之，可謂才子配佳人。這一對小夫妻一雙兩好，門當戶對，直把當時的青年男女羨慕煞。可惜謝道韞紅顏薄命，命運多舛，丈夫王凝之為孫恩所殺，後來她一直寡居在會稽（今浙江紹興）。

謝道韞自幼聰慧，能言善辯。有一天，叔叔謝安問她：「你認為《詩經》中甚麼句子寫得好？」謝道韞回答道：「吉甫作頌，穆如清風。仲山甫永懷，以慰其心。」謝安聽了非常高興，稱讚她有「雅人深致（為人高雅，情趣深遠）。」

某一冬日，謝安把兒女子姪叫到一起講論文義，正好遇上天降大雪，謝公忽發雅興，問小輩：「白雪紛紛何所似？」

他的一個姪子謝朗想也不想脫口而出：「撒鹽空中差可擬。」這個比喻有點兒對不上榫，那些沉甸甸的鹽粒，把它撒向天空怎能夠隨風飛舞？

姪女謝道韞不慌不忙回答道：「未若柳絮因風起。」柳絮隨風飄揚，與雪花隨風飛舞極為相似，這個比喻十分妥貼。謝安聽罷，「哈哈」大笑。

|出處|

南朝・宋・劉義慶《世說新語・言語》：「謝太傅寒雪日內集，與兒女講論文義。俄而雪驟，公欣然曰：『白雪紛紛何所似？』兄子胡兒曰：『撒鹽空中差可擬。』兄女（謝道韞）曰：『未若柳絮因風起。』公大笑樂。」

|例句|

清・曹雪芹《紅樓夢》第五回：「可歎停機德，堪憐詠絮才。玉帶林中掛，金簪雪裏埋。」

優孟衣冠

優孟：春秋時楚國著名的演員，擅長以說笑表演進行諷諫。優孟穿了戲服演出進行諷諫。比喻模仿古人或他人。也指演戲。

春秋時楚國令尹孫叔敖，是位歷史上有名的忠臣名相。他盡心治國，廉潔奉公，因為功勛卓著，楚莊王屢次要對他進行封賞，可是孫叔敖都堅決推辭，不肯接受。說來令人難以置信，功勛如此卓著的國相，去世時連口棺材都沒有。孫叔敖身後非常淒涼，他的家人在貧困中煎熬，過着衣不蔽體、食不果腹的生活。

楚莊王最喜歡的一個演員叫優孟，一天他有事外出，半道上遇見一個面黃肌瘦的小伙子，背着一捆柴草吃力地在山路上行走。他在無意中聽說，那個小伙子就是孫叔敖的兒子。優孟大吃一驚，令尹大人的兒子竟然落到這個地步！以前光聽說令尹大人一生廉潔，但決沒想到孫叔敖為官數十年，一點兒積蓄也沒有。優孟又覺得楚王太薄情，對功臣的家人竟然沒有一點兒照顧。

他找來孫叔敖穿過的衣服、戴過的帽子，練習模仿孫叔敖。練了整整一年，把孫叔敖走路的姿勢、坐着的樣子、說話的語氣，都模仿得唯妙唯肖。

有一天，優孟假扮孫叔敖去見楚莊王。楚莊王見到他，大吃一驚，以為孫叔敖又活過來了，高興地說：「哎呀，我好想你啊，你還來做楚國令尹吧！」只見假孫叔敖眉頭皺了皺，說：「不是我不願意做令尹，是我妻子不讓我當令尹。」楚莊王有些奇怪，問道：「這是為甚麼？」假孫叔敖說：「做令尹一貧如洗，連家人都養不活。」

楚莊王聽了這話，察覺出這是優孟在扮演孫叔敖。不過他還是被觸動了，派人找到孫叔敖的兒子，對他進行封賞，使他的一家人衣食無憂。

| 出處 |

《史記·滑稽列傳》。

| 例句 |

清·文康《兒女英雄傳》第四十回：「難道偌大的官場，真個便同優孟衣冠，傀儡兒戲一樣。」

有腳陽春

陽春：温暖的春天，比喻德政、恩澤。長了腳的温暖春天。稱讚為民造福的好官員。

宋璟，字廣平，唐代著名的政治家。他少年時博學多才，十七歲便考中進士，從此步入仕途。他為官五十二年，為振興大唐勵精圖治，與姚崇等大臣一起，把充滿內憂外患的唐朝，改變成強盛的大唐帝國。

宋璟為官，時時想着百姓。唐中宗時，他曾任貝州（今河北邢台清河）刺史。他廉潔自律，盡力為百姓辦事。經過一段時間的治理，那裏的民風淳樸起來，家家戶戶都得以安居樂業。

唐玄宗時，宋璟曾任廣州都督。那裏的民房多用毛竹建成，容易引起火災，宋璟教他們用磚瓦建房，火災大大地減少了。

宋璟為官從來不為家人和親屬謀利。他擔任宰相時，他的叔叔為「選人（候選官）」，他叔叔為了能得到好的職位，向吏部官員說明了自己跟宋璟的關係。宋璟得知後立即關照吏部官員，不能給他叔叔授予官職。

由於他的口碑極好，得到朝野人士的一致尊重，就連宮中的太監也不例外。有個名叫王毛仲的宦官，深得唐玄宗歡心，他的乾女兒要出嫁，唐玄宗問他還缺少甚麼，王毛仲說，有一個客人請不來。唐玄宗「哈哈」一笑，說：「請不來的一定是宋璟了。」

對於貪官污吏和昏庸官員，宋璟毫不留情。他任宰相時，不顧太平公主的反對，罷免了許多昏庸官員，因此得罪了太平公主，被貶為楚州（今江蘇淮安）刺史。唐玄宗李隆基平定太平公主的叛亂後，他才得以重返京城。

當時，人們稱宋璟為「有腳陽春」，意思是他走到哪裏，就把德政和恩澤帶到哪裏。

|出處|

五代後周．王仁裕《開元天寶遺事．有腳陽春》：「宋璟愛民恤物，朝野歸美，時人謂璟為有腳陽春，言所至之處，如陽春煦物也。」

|例句|

宋．李昂英《摸魚兒．怪朝來》：「丹山碧水含離恨，有腳陽春難駐。」

愚公谷

笨老頭居住的山谷。比喻隱者居住的地方，也比喻與世無爭的地方。

有一次，齊桓公外出打獵，因追趕一頭鹿而跑入山谷。他左看右看找不到那頭鹿，只看到一位正在耕作的老人。

齊桓公問老人：「這裏是甚麼地方？」老人回答道：「這裏是愚公谷。」

齊桓公不禁感到奇怪，怎麼會有這種怪名字的山谷？於是又問：「甚麼名字不好叫，為甚麼叫愚公谷？」老人不經意地說：「這個山谷是用我的名字命名的。」

齊桓公越發感到奇怪：「我看你並非愚人，為甚麼叫愚公？」老人回答道：「我原先養了一頭母牛，母牛生下了一頭小牛，小牛漸漸長大了，我就把牠賣了，買了一匹小馬。有個年輕人來到這裏，要把小馬搶走。我跟他爭論起來，年輕人說：『這馬是你的嗎？母牛能夠生出小馬駒來？』我可沒得說了，眼睜睜地看着年輕人把馬牽走。」

齊桓公「哦」了一聲，說：「竟然有這樣的事？」老人說：「可不是嘛，附近的鄰居聽說了這件事，一個個都說我太傻了，將我叫做『愚公』，就把這山谷叫『愚公谷』。」

齊桓公淡淡一笑，說道：「你為甚麼把馬駒給了那個年輕人？你可真是夠傻的。」

第二天上朝，齊桓公把這件事告訴了管仲。管仲聽了，立即整了整衣服，向齊桓公拜了兩拜，說：「要說愚蠢，是我管仲愚蠢。假使唐堯為國君，咎繇為法官，會有強取別人小馬的人嗎？如果有人遇見老人受到欺負，也一定會出手相助。那位老人知道現在官員斷案不公，只好把小馬給了那位年輕人，老人不是愚蠢，是聰明。這件事給了我很大的教訓，我一定努力修明政治。」

孔子知道了這件事，對弟子們說：「你們一定要記住這件事！齊桓公是霸主，管仲是賢明的宰相，他們尚且把聰明當做愚蠢，更何況那些不如齊桓公和管仲的人呢！」

| 出處 |

漢．劉向《說苑．政理》：「齊桓公出獵，逐鹿而走入山谷之中，見一老公而問之，曰：『是為何谷？』對曰：『為愚公之谷。』」

| 例句 |

唐．王維《愚公谷》詩三首之三：「借問愚公谷，與君聊一尋。」

欲加之罪何患無辭

患：擔心；辭：言辭，指藉口。想給別人橫加罪名，不愁找不到藉口。

春秋時的晉獻公，共有五個兒子：申生、重耳、夷吾、奚齊、卓子。當初，太子是長子申生。

晉獻公的寵妃驪姬於心不甘，想立自己的兒子奚齊為太子。驪姬設計害死了太子申生，晉獻公的另外兩個兒子重耳、夷吾逃至國外避難，驪姬終於實現了自己的心願，他的兒子奚齊成為晉國太子。晉獻公的小兒子卓子是驪姬妹妹的兒子，仍然留在晉國。

晉獻公去世以後，晉國又陷入了混亂。大夫里克立即發難，殺死了驪姬和十五歲的奚齊。當時晉獻公尚未安葬，大夫荀息力主立晉獻公的小兒子卓子為國君。里克又殺了卓子，迫死大夫荀息。

里克打算迎立公子重耳為國君，重耳知道國內政局不穩，回覆道：「父親在世時我違命出逃，父親去世後我沒有盡孝，哪裏還有臉回去做國君呢？」里克遭到重耳婉言謝絕，只好迎立重耳的弟弟夷吾為國君，他便是晉惠公。

晉惠公即位後，怕里克故伎重演，決心將他除掉。他派郤芮領兵包圍里克家，讓人對里克說：「如果沒有您，我就不能做國君。雖然如此，但是您殺掉了兩個國君，迫死了一個大夫，做您的國君，實在是太難了！」

里克仰天長歎，絕望地說：「不先廢除原先的繼位者，你怎麼能當上國君？想給別人橫加罪名，還怕找不到藉口嗎？」說完這懊悔話，里克便自刎而死。

|出處|

《左傳・僖公十年》:「不有廢也，君何以興？欲加之罪，其無辭乎。」

|例句|

郭沫若《呂不韋與秦王政的批判》:「他既要除掉呂氏，當然是『欲加之罪，何患無辭』的。」

鷸蚌相爭漁翁得利

鷸：一種嘴細長的鳥，常在水邊吃小魚小蝦、貝殼等。鷸鳥和大蚌爭鬥，相持不下，讓漁翁把牠們都捕獲。比喻雙方爭鬥不下，讓第三者從中漁利。

戰國時，趙國為了擴張自己的勢力，準備攻打燕國。燕王知道燕國不是趙國的對手，心裏非常着急，請蘇代到趙國去說情，希望趙國不要攻打燕國。

蘇代見了趙王，沒有直接說出自己的來意，先給趙王講了個故事：

我這次前來路過易水，看見一隻大蚌爬上岸，張開了扇甲，舒舒服服地在河岸上曬太陽。這時候，一隻鷸鳥俯衝而下，一下子啄住了蚌的肉。大蚌大吃一驚，立即把扇甲合上，把鷸鳥的長嘴緊緊地夾住。牠們各不相讓，誰也不肯放開對方，結果，鷸鳥掙脫不了，大蚌也沒有辦法逃脫。

鷸鳥急了，威脅大蚌說：「今天不下雨，明天不下雨，你就要活活地曬死在河灘上。」

大蚌不甘示弱，說：「今天你的嘴拔不出來，明天你的嘴拔不出來，明天這裏就有死鷸。」

這時候，一個漁夫正好路過，一下子把牠們都抓住了。

講完了這個故事，蘇代對趙王說：「趙國和燕國的力量差不多，打起來很難一下子決出勝負，長期打下去，老百姓受苦，國家遭受損失。我擔心強秦趁着這個機會，像漁夫一樣從中獲取大利。」

趙王聽了蘇代的分析，嚇出一身冷汗。對呀，現在主要的敵人是強秦，怎麼能跟燕國去爭鬥呢？趙、燕相爭，秦國一定會從中漁利！經過一番思量，趙王決定不去攻打燕國了。

| 出處 |

《戰國策．燕策二》。

| 例句 |

涂園《鷸蚌相爭漁翁得利》：「結果如何呢？還不是被一部韓國家庭劇《傳聞中的七公主》搶盡了風頭，真是應驗了『鷸蚌相爭，漁翁得利』這句古話。」

雲間陸士龍

本為陸雲向荀隱所作的自我介紹。後來比喻極有才華的人。

「雲間陸士龍」、「日下荀鳴鶴」是極有名的一段文壇佳話，也被很多人看做是我國最早的對聯。這個故事的主人公是晉代的陸雲和荀隱。

陸雲，字士龍，是著名文學家陸機的弟弟，與哥哥陸機並稱「二陸」，是當時文壇上響噹噹的人物；荀隱，字鳴鶴，也是一位極有才華的文人，當時名氣也不小。

有一天，陸雲在著名文學家、前輩張華家做客時，遇到了洛陽名士荀隱。二人之前不曾謀面，張華要他們互相自我介紹，介紹時不要用尋常俗語。

陸雲拱手自報家門：「雲間陸士龍。」荀隱一聽，不禁心生敬意。古代「雲間」為松江（今上海松江）的別稱，說出了自己的籍貫，「陸士龍」是他的姓名，同時這句話又諧「雲間露世龍」之音，這句自我介紹的話非同小可，不可小覷！

荀隱略一思索，答道：「日下荀鳴鶴。」陸雲一聽，暗暗叫絕。古代「日下」為京城的代稱，說出了自己的籍貫，同時這句話又諧「日下尋名鶴」之音，真虧他想得出，難得！難得！

陸雲又機敏地應接下去：「已經撥開雲彩現青天，看見了白雉，為甚麼不張開你的弓，搭上你的箭？」

荀氏回答道：「我本來以為是威武的雲龍，可原來是山野麋鹿；獸弱弓強，遲遲不敢放箭。」

張華聽罷撫掌大笑，為二人的才華叫好。

出處

南朝・宋・劉義慶《世說新語・排調》：「陸舉手曰：『雲間陸士龍。』荀答曰：『日下荀鳴鶴。』」

例句

宋・蘇軾《次韻劉景文西湖席上》：「將辭鄴下劉公幹，卻見雲間陸士龍。」

糟糠之妻不下堂

糟糠：酒糟、米糠等粗劣食物，指不值錢的東西；堂：房屋的正房。貧賤時共過患難的妻子不離開正房。指不遺棄共過患難的妻子。

漢代的大臣宋弘，因為「糟糠之妻不下堂」的佳話而流芳百世。

宋弘年紀輕輕便當上了大官，在哀帝、平帝兩朝官居「侍中」。王莽篡權以後任命他為共工（官名）。赤眉軍攻入長安，將宋弘一家俘虜，行至渭橋時，他縱身跳入河中，家人連忙把他救了起來，他便裝死，才未被擄走。就在這次災難中，宋弘認識了一位姑娘並和她結為連理。

光武帝即位，授予宋弘太中大夫的職務。建武二年（公元26年），宋弘代替王梁擔任大司空，並被封為木匋邑侯。宋弘為官清廉，把自己的俸祿全都分送給了窮親戚，家中沒有一點積蓄。他為官口碑甚佳，後來光武帝劉秀改封他為宣平侯。

那時候，光武帝劉秀的姐姐湖陽公主剛剛死了丈夫，光武帝想讓她再嫁，他看中了宋弘，但不知姐姐同意不同意。

有一天，光武帝故意跟她談起朝廷羣臣，暗暗揣摩姐姐的心思。湖陽公主說道：「宋公的相貌與道德，不是其他朝臣所能比的。」光武帝聽了非常高興，姐姐和自己想法一致！

光武帝特地召見了宋弘，讓公主坐到屏風後面仔細觀察。談了一會兒朝廷事務，光武帝便跟他閒談起來。光武帝對宋弘說：「人升了官就換朋友，發了財就換老婆，這也是人之常情吧。」

宋弘何等聰明，一下子就明白了皇上的心思，於是回答道：「臣聽到有這樣的諺語：貧賤之交不可忘，糟糠之妻不下堂。」

能做皇上的姐夫，這是何等好事！連這樣的好事都被他推脫了，光武帝不得不對他另眼相看。宋弘離開以後，光武帝對湖陽公主說：「看樣子這件事辦不成了！」

宋弘不仰慕權勢，不貪圖富貴，一句「糟糠之妻不下堂」，便傳為千古佳話。

|出處|

《後漢書・宋弘傳》：「臣聞貧賤之交不可忘，糟糠之妻不下堂。」

|例句|

清・蒲松齡《聊齋志異・八大王》：「糟糠之妻不下堂，寧死不敢承命。」

增兵減灶

灶：鍋灶，古代可以用清點鍋灶的辦法推算出兵力。指暗裏增加兵力，明裏裝作減少兵力的計謀。

孫臏，是戰國時著名的軍事家，是《孫子兵法》的作者孫武的後代。年輕時，孫臏曾經和龐涓一起學習兵法，後來龐涓在魏國做了將軍，龐涓生怕學識、才能比自己高出一頭的孫臏給自己帶來威脅，就把孫臏騙到魏國。魏王見到孫臏以後對他非常欣賞，使得龐涓對他更加嫉妒。龐涓假造罪名，將孫臏陷害。龐涓命人挖掉孫臏雙腿的膝蓋骨，並且在他的臉上刺字塗墨，想使孫臏從此以後再也不能出頭露面。

從此以後，孫臏在魏國遠離塵世，含垢忍辱度日。有一天，他聽說齊國的使者到了魏國，便暗暗設法脫身。一天入黑以後，他去拜見齊國使者，經過交談，齊國使者發現他是個人才，就偷偷把他藏在車子裏，帶着他來到齊國。

到了齊國，孫臏得到大將田忌和齊王的賞識。公元前 353 年，魏國大將龐涓率軍攻打趙國首都邯鄲，趙國形勢十分危急。趙王向齊王求救，齊王以田忌為主將，以孫臏為軍師，率軍馳援趙國。田忌採用了孫臏「圍魏救趙」的計謀，在桂陵大敗魏軍，解救了趙國。

公元前 342 年，魏國攻打韓國，韓王向齊王求救。齊王仍以田忌為主將，孫臏為軍師，率領十萬大軍援救韓國。兩人領兵不是前往兩國交戰的戰場，而是領兵攻打魏國的首都。

龐涓聞報齊軍攻向魏國的國都，連忙撤離戰場，火速回國馳援。孫臏得到龐涓返回的消息，對田忌說：「龐涓依仗魏軍強悍，一向看不起齊國軍隊。我們要因勢利導，讓他更加驕橫。魏軍越是輕敵，對我軍越有利。」

田忌問道：「該用甚麼辦法取勝？」孫臏說道：「兵法上說，疾行百里去爭利的，三軍將領可能被敵人擒獲；疾行五十里去爭利的，只有半數人馬能按時到達。為了使魏軍疾行爭利，我們可用此等計謀。」他將減灶之計細細說給田忌聽，田忌認為大妙，決定依計而行。

龐涓領兵回到魏國，齊軍已經越過邊界進入魏國境內了。龐涓不敢耽擱，急忙領兵追趕。他一面追趕，一面留意齊軍安營處的痕跡。追到齊軍第一天安營的地方，龐涓讓人數一數鍋灶的數目，推算出齊軍有十萬人。第二天，又發現齊軍安營的痕跡，數一數鍋灶的數目，推算出齊軍為五萬人。等到他追到齊軍第三天安營之處，細細一數鍋灶的數目，推算下來齊軍只有三萬人了。

龐涓大喜，喜滋滋地說：「我早就知道齊軍膽怯，現在看來一點兒不假。他們進入魏國境內時有十萬人，第二天為五萬人，第三天只有三萬人，逃亡的官兵已經超過一半了，這樣的軍隊自然不堪一擊！」他當即作出決定，丟下輜重和步卒，只率領精兵銳卒日夜兼程追趕齊軍。

他哪裏知道，這是孫臏的計謀，故意製造假象讓他上當。孫臏計算一下龐涓的行程，魏軍當在傍晚時分趕到馬陵（今山東莘縣西南）。馬陵那裏地勢險峻，道路狹窄，難以通行。孫臏讓官兵們砍倒許多大樹，堆放在路中央；把一棵大樹的樹皮刮掉，在白色的樹幹上寫上「龐涓死於此樹下」幾個大字，然後在山坡上埋伏一萬名弓箭手，命令他們：「夜晚只要看到火光，一齊向火光處射箭。」一切安排妥當，只等龐涓前來受死。

天剛斷黑，龐涓果然領兵來到馬陵。忽然先頭部隊向他報告，齊軍在路上堆滿了砍倒的大樹，擋住了大軍的去路。龐涓來到被堵處，細細察看情況。他發現路邊的樹上彷彿有字，於是大步向前，讓士兵點起火把，細看上面寫的是甚麼字。不看則已，一看差點兒把他氣昏，上面赫然寫着「龐涓死於此樹下」！

埋伏的一萬名弓箭手見到火光，一齊向火光處射箭，霎時間，矢如飛蝗，魏軍在狹窄的山谷裏擠成一團，根本沒法躲避，官兵們紛紛中箭身亡。忽然，埋伏着的齊軍如同猛虎下山，向魏軍直撲過來。龐涓知道敗局已定，拔出劍長歎一聲：「終於成就了這小子的名聲！」說完這句話，一狠心拔劍自刎。

龐涓一死，魏軍更是一片混亂，很快就被齊軍殲滅。這一仗魏軍損失慘重，不僅損兵折將，連太子申也被齊軍生俘。

這個典故本作「減灶」，後來演變成「增兵減灶」，比喻的意思差不多。

|出處|

《史記．孫子吳起列傳》。

|例句|

張若愚《歷史印記——一個時代的剪影》下：「把個古人曾運用過的計謀，運用得更加嫻熟……精簡機構用的是『增兵減灶』計；申請貸款用的是『草船借箭』計……可以說是人人胸有韜略，腹有良謀。」

杖頭錢

指買酒的錢。

魏晉南北朝時期，陳留郡阮氏活躍在歷史的舞台上，阮籍、阮咸、阮孝緒、阮長之、阮佃夫等數十人成為名重一時的歷史人物，阮修也是其中之一。

阮修，字宣子，他喜好《易經》、《老子》，善於清談。阮修討厭凡夫俗子，在路上相遇便轉身離去；而對志同道合的人，則不論貴賤，自由往來，即使無話可說，也樂意默默地相對而坐。

有一次，阮修要砍土地廟裏的樹，有人阻止他，說：「砍掉了土地廟裏的樹，土地神會憤怒，就要做出對大家不利的事。」

阮修說：「如果土地廟裏只有樹，砍了樹也沒甚麼；如果種樹是為了土地神，砍了樹土地神就走了。既然如此，土地神怎麼會做出對人不利的事！」

阮修疏放任性，無意政事，飲酒成了他宣泄痛苦、躲避災禍的一種方式。他常常將錢串起來掛在拐杖上，徒步行走，遇到酒店，便進去獨酌獨飲，一醉方休。

| 出處 |

南朝・宋・劉義慶《世說新語・任誕》：「阮宣子常步行，以百錢掛杖頭，至酒店，便獨酣暢，雖當世貴盛不肯詣也。」

| 例句 |

唐・王績《戲題卜鋪壁》：「旦逐劉伶去，宵隨畢卓眠。不應長賣卜，須得杖頭錢。」

執牛耳

春秋時代，諸侯之間訂立盟約，要割牛耳歃血，由盟主拿着盛放牛耳的盤子。本指盟主。後泛指在某一方面居於領導地位。引申為位於第一。

春秋時代，諸侯們為了擴大自己的地盤，鞏固自己的勢力範圍，你打我，我打你，戰爭連年不斷，這便是後世說的「春秋無義戰」。

不過，有時候，諸侯國之間打得兩敗俱傷，雙方都想休兵，於是便宣誓結盟，求得暫時的安寧；有時候，為了遏制某一個諸侯國的入侵，幾個國家結盟共同抵禦某一諸侯國；有時候，力量強大的諸侯為了使別國都聽自己的指揮，也和其他的諸侯結盟，結盟以後，自己成為盟主，其他各國都必須聽從自己的指揮。

宣誓結盟是件大事，不得馬虎。舉行這一隆重儀式時，組織這次結盟活動的「主盟者」先將一頭活牛的耳朵割下，將牛耳盛於盤中，執盤祭拜天地神靈，並以牛血塗抹嘴唇以示誠意。隨後，赴會的諸侯也要祭拜，同樣要用牛血塗抹嘴唇，表示彼此之間的結盟誓言有天地神靈作證，倘若有人違背了誓言，必將受到神靈的懲罰，像牛一樣死亡，這就是「歃血為盟」。

魯哀公十七年（公元前478年），狂妄自大的魯哀公在蒙地與齊平公結盟。在舉行結盟儀式時，齊平公叩頭為禮，魯哀公只是彎腰作揖。齊國人為此惱怒，認為魯哀公輕慢齊平公。魯國人卻說，這一次結盟魯哀公執牛耳，是當然的盟主；既然是盟主，除了天子以外不向任何人叩頭。

魯哀公爭奪盟主的名分，卻沒有做盟主的實力。十年以後，魯哀公因為內亂逃亡國外，最終卒於有山氏。

| 出處 |

《左傳・哀公十七年》：「諸侯盟，誰執牛耳？」

| 例句 |

清・孔尚任《桃花扇》第四齣：「論文采，天仙吏，謫人間。好教執牛耳，主騷壇。」

擲果盈車

盈：滿。婦女把水果扔給潘安，水果堆滿了他乘坐的車子。形容男子容貌俊美，女子對他十分傾慕。

讚譽男子美貌，最常用的詞語就是「貌如潘安」；誇人文才好，常說「陸海潘江」，陸指陸機，潘指潘岳，也就是潘安。潘安既有才又有貌，怪不得眾多婦女對他傾慕了。

據說潘安年輕的時候，喜歡坐車到洛陽城外遊玩，女孩子們見了他，立時手拉着手把他圍在中央；即便是老婦人見了他，也要把水果扔給他。以至於潘安外出回家時，車上總是裝滿了水果，這就是「擲果盈車」的來歷。

你可千萬不要以為潘安是招蜂引蝶的紈絝子弟，潘安對待愛情真正是忠貞不二。

潘安十二歲時，便與十歲的楊氏定親。婚後兩人共同生活二十多年，幸福美滿，伉儷情深。妻子不幸早亡，潘安對她念念不忘，以後未曾再娶。他寫下三首有名的《悼亡詩》，用來懷念亡妻，開創了悼亡詩的先河。

潘安還是個大孝子。他的母親得了重病，思歸故里。潘安立即辭官，奉母回鄉。回到家鄉後，他的母親病癒，由於家境貧窮，他就親自勞作，奉養母親。在他精心護理下，母親得以安度晚年。

不過，潘安最終還是沒能擺脫榮華富貴的誘惑，經常參與依附賈謐的文人集團的活動，身陷宮廷爭鬥的漩渦中。賈謐是皇后賈南風的姪子，賈后很快敗亡，司馬倫發動兵變入宮，盡誅賈后黨羽。公元300年，潘安在洛陽被殺，時年五十三歲。

|出處|

南朝·宋·劉義慶《世說新語·容止》:「潘岳妙有姿容，好神情。」劉孝標注引《語林》:「安仁至美，每行，老嫗以果擲之滿車。」

|例句|

明·梅鼎祚《玉合記·詗約》:「其人如玉，空教擲果盈車，當此春景融和，不奈鄉心迢遞。」

重價求山雞

花大價錢購買山雞。比喻不辨真偽。也用作有所奉獻的謙辭。

有個楚國人，籠子裏裝着山雞在賣。有個人從這裏路過，看到山雞便停了下來，左打量右打量，說：「這隻鳥的毛真好看。」賣山雞的人說：「那當然。」那人又看了一會兒，問道：「這是甚麼鳥？」賣山雞的人騙他：「這個鳥你都不知道？這是鳳凰。」

那人聽了一驚，說：「哦，怪不得！過去我只聽說過鳳凰，今天總算見到了。你這隻鳳凰賣不賣？」賣山雞的人說：「當然賣了。」那人想了一會兒說：「一千兩銀子賣給我，怎麼樣？」賣山雞的說：「虧你說得出口，一千兩銀子就想買鳳凰？」那人問：「你說要多少錢？」賣山雞的說：「最少也要二千兩銀子。」那人猶豫了一會兒，最後還是狠下了心，花二千兩銀子把那隻山雞買下了。

那人買了山雞，準備把牠獻給楚王。不料過了一夜，那隻山雞竟然死了。那人十分懊喪：買下這麼貴重的寶貝，竟然沒能獻成！

一傳十，十傳百，這件事很快就沸沸揚揚傳開了，大家都以為那人買了鳳凰打算獻給楚王，第二天鳳凰卻死掉了，最後沒能獻成，太可惜了！

這件事很快就傳入宮中，楚王被那個買山雞人的忠誠感動，於是召見了他，對他進行賞賜。那個人得到的賞賜，價值超過了買山雞的十倍。

|出處|

《太平廣記》卷四六一引《笑林》。

|例句|

唐・李白《贈從弟冽》:「楚人不識鳳,重價求山雞。」

周妻何肉

周顒有妻子,何胤要吃肉。本指二人學佛修行各有所累。後比喻飲食男女。

周顒,字彥倫,南朝汝南安城(今河南汝南)人。他學識淵博,尤長於佛理。那時候,宋明帝劉彧喜好玄理,召他為內殿侍事。

宋明帝劉彧信鬼神,多忌諱,喜怒無常,行為荒唐。冊立太子的那一天,劉彧讓所有后妃、公主與命婦(受有封號的婦人)坐在一起歡宴。有時候他獸性大發,對臣下大加責罰,任意殺戮。周顒不敢對劉彧的所作所為進行勸諫,只是頌唸佛經中因緣罪福之事。劉彧聽說了此事,惡行稍稍有所收斂。

何胤,字子季,也是南朝時人。他自幼好學,精通儒家學說,作《毛詩隱義》十卷、《毛詩總集》六卷、《禮記隱義》二十卷、《禮答問》五十五卷;晚年獨身一人,喜好玄學,注《百法論》一卷、《十二門論》一卷、《周易》一卷。

南齊時,周顒年紀漸老,清心寡慾,一年到頭只吃蔬菜,雖有妻子，卻獨自住在山舍。

有一次，衞將軍王儉問他：「你在山中吃些甚麼？」周顒回答道：「糙米白鹽，綠葵紫蓼。」太子接着問道：「甚麼菜的味道最好？」周顒說：「春初早韭，秋末晚菘。」太子接着又問：「你跟何胤相比，哪一個更加精進？」周顒回答道：「三災八難，在所未免。不過，各人受累有所不同。」太子問道：「你們受到甚麼牽累？」周顒回答道：「周妻何肉（我周某有妻子，他何某要吃肉）。」

|出處|

《南齊書・周顒傳》：「太子曰：『所累伊何？』對曰：『周妻何肉。』」

|例句|

錢鍾書《槐聚詩存》：「所謂儉而難遵矣，余周妻何肉，免俗未能。」

竹頭木屑

竹頭：竹子的根部。竹子的根部和鋸下的木屑。比喻可以利用的廢棄之物，也比喻沒有用的東西。

陶侃，東晉大臣，曾任荊州刺史、廣州刺史、侍中、太尉，都督荊、交等八州軍事，是東晉的開國元勛。他四十年如一日，勤於政務，被時人和後世稱道。

陶侃任廣州刺史時，每天早晨把一百塊磚頭運到書房的外邊，傍晚又把它們運回書房裏。別人問他為甚麼這樣做，陶侃回答說：「我們應當致力於收復中原失地，不能使自己過於安逸。現在自行鍛煉，是為北伐做準備。」這就是典故「日運百甓」的出處。

有一次，陶侃外出，看見一個人拿着一把未熟的稻子。陶侃問他：「你拿着它幹甚麼？」那人回答說：「剛才在路上看見，隨便拿在手上罷了。」陶侃大怒，說：「你不種田，還要損壞莊稼，真是太可惡了。」便立即命人狠狠地打了他一頓。

陶侃任荊州刺史時，命令造船官：無論鋸下來的木屑有多少，全部收藏起來。大家很不理解，收藏這些木屑有甚麼用呀？後來正月初一，官員們集會，正遇上多日大雪剛剛放晴，大廳前的台階非常潮濕，於是陶侃命人將木屑鋪在上面，走在上面就不會滑倒了。

官用的竹子，他命人將竹子的根部全部收集起來，天長日久，堆積如山。大家心裏直嘀咕，要這些東西有甚麼用？後來桓溫征伐西蜀，製造了大量戰船，都是用這些竹頭做竹釘。

|出處|

南朝・宋・劉義慶《世說新語・政事》。

|例句|

張中行《黃宗江及其〈賣藝人家〉》：「他天南海北，國內國外，半個世紀以來，寫，掇拾些竹頭木屑就夠了；自然性質單純些，不離戲劇。」

自毀長城

自己毀壞保衛邊疆的萬里長城。比喻自己殺害保衛國家的大將。後也比喻自己削弱自己的力量，也泛指自己破壞自己的事業。

檀道濟，南朝劉宋開國元勛，曾隨宋武帝劉裕征戰南北，為劉宋的建立做出了不可磨滅的貢獻。

公元422年，宋武帝劉裕去世，太子劉義符繼位。劉義符繼位後惡習不改，終日遊幸，被輔政大臣徐羨之等所廢，不久被殺。隨後劉裕的第三個兒子劉義隆即位，他就是宋文帝。

檀道濟功勛顯赫，威名日重，他的左右心腹都是身經百戰之將，幾個兒子又很有才氣，引起了朝廷的猜忌。那時候，文帝久病不癒，執掌朝政的彭城王劉義康非常擔心，萬一文帝劉義隆去世，檀道濟將難以被鉗制。劉義康便向宋文帝屢進讒言，勸文帝儘早除掉檀道濟。時隔不久，朝廷頒發詔書，召檀道濟回朝。

檀道濟接到朝廷的命令，準備整裝啟程。他的妻子向氏對檀道濟說：「功高蓋世，自古所忌。如今無事相召，恐怕有甚麼禍事。」

檀道濟安慰她道：「我率領軍隊抵禦外寇入侵，責任重大。如今詔書上說回朝商議邊患之事，你也不要擔心。」

檀道濟入朝，探問文帝病勢。公元436年春，文帝病情有所好轉，檀道濟準備返回。剛要下船，忽然有人來報，皇上不省人事，檀道濟只得回宮聽候消息。

彭城王劉義康再不手軟，指示禁軍將檀道濟拿下。劉義康編造事實，誣陷檀道濟圖謀不軌，隨後將他殺害。臨刑前，檀道濟目光如炬，憤怒地喊道：「你們這是在自毀長城啊！」檀道濟被殺，同時遇難的還有他的兒子和部將八人。隨後，他的妻子和家人都被殺害。

北魏諸將得到這個消息，一個個欣喜萬分，紛紛說道：「檀道濟死了，以後再不用懼怕吳兒之輩！」

公元450年，宋文帝再次北伐，結果大敗而歸。魏軍乘勝南下，一直打到長江北岸的瓜步（今南京六合東南）。宋文帝登上石頭城，後悔地說：「假如檀道濟還在，敵人怎麼能打到這裏來！」

|出處|

《宋書・檀道濟傳》：「初，道濟見收，脫幘（頭巾）投地曰：『乃復壞汝萬里之長城！』」

|例句|

金玉舟《趙匡胤》：「國家現在危急到這種程度，卻枉殺忠臣，自毀長城。」

走麥城

關羽敗走麥城（今湖北當陽兩河鎮）。比喻強者陷入失利的局面或絕境。

孫、劉聯軍在赤壁大敗曹軍以後，關羽領兵駐紮荊州，與曹操的軍隊相對峙。

公元219年，關羽率領荊州大軍，向駐守樊城（今湖北襄陽北）的曹仁發起進攻。樊城雖小，卻是戰略要地，曹操生怕有所閃失，忙派于禁、龐德率領人馬火速增援。這一仗關羽打得實在漂亮，于禁被迫投降，龐德被殺，他們帶去的人馬全軍覆沒。這消息如同一聲炸雷，驚得曹操坐立不安，連忙又派大將徐晃到前線抵禦關羽。

關羽得到于禁的數萬官兵後，糧草不繼，便派兵奪取東吳儲存在附近的糧食，供應自己的部隊。孫權聞訊後大怒，派兵時時騷擾關羽。

孫權對荊州垂涎已久，這時趁機寫信給曹操，請求允許他討伐關羽為曹操效力，同時要求曹操不要把消息泄露出去，使關羽有所防備而貽誤戰機。曹操接到來信，和屬下商量了一番，決定一方面答應孫權的要求，一方面將孫權將要攻打關羽的消息悄悄散佈出去。

孫權得到曹操的應允，委派呂蒙為主帥，準備向關羽發起進攻，奪取荊州這塊肥沃的土地。呂蒙說服了孫權，起用年輕的將領陸遜與關羽周旋。然後他藉口有病，將兵權交給前來接任的陸遜。

關羽聞知呂蒙離任，由後生小子陸遜接替，漸漸變得不再警惕。陸遜順水推舟，派人給關羽送去一封措詞謙恭的信；關羽看了來信，更不把陸遜放在眼裏。他放心大膽地將駐守後方的軍隊調來，增援攻打徐晃、曹仁的部隊。

關羽將後防的軍隊調走，荊州防務空虛。孫權聞報後大喜，親自率領大軍向荊州進發。他讓呂蒙為前部，悄悄向荊州方向移動。呂蒙將精兵銳卒偽裝成商人，躲藏在船艙內，分批渡過長江，來到荊州地域。東吳的人馬輕而易舉地拿下了沿江的崗樓，荊州的警戒完全失靈，關羽對東吳軍已經到來的事，竟然一無所知。

關羽領兵在外，屢屢催促駐守在江陵的糜芳和駐守在公安的傅士仁供應軍需物資，軍需物資未能完全送到，關羽怒道：「待我回去以後懲治這兩個小子！」兩人聽說後惴惴不安，對關羽產生了二心。呂蒙認為有機可乘，向他們分析利害得失，兩人最終向東吳投降。

呂蒙進入江陵後，將被囚禁的于禁釋放。他又向全軍發佈嚴令：

不許騷擾百姓。這道嚴令起了很大的作用，當地軍民沒有人抗拒東吳軍隊。

關羽得知荊州一帶失守，大吃一驚，連忙率領人馬，向南撤退。他想奪回荊州，挽回自己一手造成的敗局。關羽一面南撤，一面連連派出使者到荊州與呂蒙會見。呂蒙對關羽的使者都予以熱情接待，並且允許他們在城中自由活動。將士們的家屬有的向使者詢問親人的情況，有的託使者帶信給自己的親人。使者返回以後，將士們私下向使者詢問家中的情景，得知一切平安，將士們因此喪失了鬥志。

就在這個緊要關頭，孫權來到江陵，荊州的文武百官全都歸附。這時的關羽陷入了困境，前有東吳的大軍，後有曹操的軍隊，前進不得，後退也不成。呂蒙、陸遜見時機已到，率部迎頭邀擊，一邊是養精蓄銳之師，一邊是疲憊不堪、軍心動搖之眾，一經交鋒，關羽的軍隊立即潰敗。

關羽看看身邊的將士，只剩下幾百人。這麼點兒兵力連突圍都困難，哪裏還能再收復荊州！他長歎一聲，說：「我關羽英雄一世，沒料想今日落到如此地步。」他略一思索，決定先往麥城，然後再做打算。關羽剛進麥城，呂蒙便率領大軍追到，一下子將麥城層層包圍。

關羽並沒有氣餒，一面設法突圍，一面期望救兵趕到。一連幾天過去了，望眼欲穿的官兵們連一個援兵的影子也沒有見到。孫權派人前去勸降，關羽假裝答應下來。他讓人用幡旗做了人像插在城頭，自己率領部下乘敵人疏忽之際突出了麥城。

孫權估計大軍困不住這位猛獅般的大將，事前已經命令朱然、潘璋切斷了通往西川的道路。朱然、潘璋讓部下挖好陷阱，只等關羽自投羅網。

關羽突出麥城以後，不敢走大路，只敢走崎嶇不平的崎嶇小道。這時候，跟隨他的只有關平和十幾個騎兵。沒跑出幾十里，朱然、潘璋領兵擋住了他的去路。關羽拍馬上前，準備再拚殺一番，誰知戰馬才跑出幾步，就「轟隆」一聲連人帶馬掉進陷阱；關平連忙來救，也跌入另一個陷阱。

朱然命人將關羽、關平五花大綁捆好，押赴大營送到呂蒙面前。呂蒙好言勸降，招來的卻是關羽一頓臭罵。他見關羽不肯降服，便將關羽關押起來。呂蒙想將關羽、關平押赴江陵，又怕途中發生意外。萬一放虎歸山，那可不得了。他思索再三，將關羽父子就地斬首。

荊州一帶落入孫權之手，劉備僻處蜀中，實力大損。三國之間的矛盾衝突，也就更加複雜激烈了。

|出處|

明・羅貫中《三國演義》第七十二回。

|例句|

張代春、劉學農《常照「走麥城」的鏡子》：「筆者不禁感到，這雖然是『走麥城』的紀錄，但它和掛在牆上的那三十六面錦旗是交相輝映的。」

責任編輯 劉萄諾
封面設計 鄧佩儀
版式設計 龐雅美
排版 時潔
印務 劉漢舉

中國經典系列叢書

徐尚衡／編著

出版 ／ 中華教育
香港北角英皇道499號北角工業大廈1樓B室
電話：（852）2137 2338　傳真：（852）2713 8202
電子郵件：info@chunghwabook.com.hk
網址：https://www.chunghwabook.com.hk

發行 ／ 香港聯合書刊物流有限公司
香港新界荃灣德士古道220-248號荃灣工業中心16樓
電話：（852）2150 2100　傳真：（852）2407 3062
電子郵件：info@suplogistics.com.hk

印刷 ／ 美雅印刷製本有限公司
香港觀塘榮業街6號海濱工業大廈4樓A室

版次 ／ 2022年10月第1版第1次印刷

規格 ／ 16開（240mm x 170mm）
ISBN ／ 978-988-8808-72-4